(DES)CONECTADOS

COURTNEY MAUM
(DES)CONECTADOS

Tradução de
Carolina Simmer

1ª edição

EDITORA RECORD
RIO DE JANEIRO • SÃO PAULO
2019

CIP-BRASIL. CATALOGAÇÃO NA PUBLICAÇÃO
SINDICATO NACIONAL DOS EDITORES DE LIVROS, RJ

Maum, Courtney

M411d   Desconectados / Courtney Maum; tradução de Carolina Simmer. – 1ª ed. – Rio de Janeiro: Record, 2019.
    336 p

    Tradução de: Touch
    ISBN 978-85-01-11371-9

    1. Ficção americana. I. Simmer, Carolina. II. Título.

                    CDD: 813

18-51700   CDU: 82-3(73)

Vanessa Mafra Xavier Salgado – Bibliotecária – CRB-7/6644

TÍTULO ORIGINAL:
TOUCH

Texto revisado segundo o novo Acordo Ortográfico da Língua Portuguesa.

Direitos exclusivos de publicação em língua portuguesa somente para o Brasil adquiridos pela
EDITORA RECORD LTDA.
Rua Argentina, 171 – Rio de Janeiro, RJ – 20921-380 – Tel.: (21) 2585-2000,
que se reserva a propriedade literária desta tradução.

Impresso no Brasil

ISBN 978-85-01-11371-9

Seja um leitor preferencial Record.
Cadastre-se no site www.record.com.br e receba informações sobre nossos lançamentos e nossas promoções.

Atendimento e venda direta ao leitor:
mdireto@record.com.br ou (21) 2585-2002.

Para minha família dos dois lados do Atlântico,
por cuidar das crianças

Então, finalmente, a porta se abre... e se abre para *fora* — esse tempo todo, estávamos dentro daquilo que desejávamos.

— David Foster Wallace, 1999

Sloane Jacobsen estava vivendo num mundo sem amendoins. Enquanto a comissária da Air France se ocupava em encher taças de plástico com prosecco para os passageiros da primeira classe, Sloane lamentava o protocolo que a separava de seu petisco favorito. Alguém era alérgico — *talvez* fosse alérgico —, então nada de produtos com amendoim. Geralmente, sua mente interessada no futuro teria começado a especular — como a normalização de intolerâncias alimentares afetaria os hábitos dos consumidores nos próximos anos? Mas, em vez disso, ela apenas se sentia triste pelo fatalismo da atual situação geopolítica. Como havia a possibilidade de alguém a bordo usar a taça de vinho para perfurar a jugular do piloto, as empresas aéreas também tinham banido copos de vidro.

A comissária, que não era francesa — "Carly", segundo seu crachá —, lhe serviu um drinque, acompanhado de uma única fatia de pepino e de um pedaço de algo cor malva que se passava por *foie gras*. Sim, o mundo era um lugar mais simples e agradável quando Sloane ainda podia comer amendoim em público.

Ela deu uma olhada na outra extremidade de seu reduto oval, onde seu companheiro, Roman, lia uma matéria sobre turismo no jornal: "Ainda existem lugares seguros para visitar no Mediterrâneo?"

— Existem? — quis saber ela, cutucando o calcanhar dele com o pé para chamar sua atenção.

— Existem o quê? — perguntou Roman, encarando-a através dos óculos que usava mais por motivos estéticos do que por qualquer problema na vista.

— Lugares seguros para visitar?

— Ah — respondeu ele, sacudindo o jornal para ajeitá-lo. — Portugal, pelo visto.

Ela bufou.

— Mas Portugal não fica no Mediterrâneo.

— É verdade. — Roman deu de ombros. — Então acho que não. — Ele virou a página como se examinasse o texto. — Essa matéria não é das melhores — concluiu, mas continuou lendo.

Sloane se recostou na poltrona e encarou o teto abobadado, acima do qual havia apenas o céu sem oxigênio. Não é fácil voar quando você é uma analista de tendências. Ela absorvia as sensações dos ambientes ao seu redor como uma esponja, o que só piorava quando entrava num avião. Sentia-se incomodada, nervosa. Aquela matéria a deixara irritada. Apesar de seu trabalho ser encontrar a próxima tendência, era exaustivo viver incessantemente em busca do que ainda não fora descoberto, das novidades, do *novo* novo. É claro que Lisboa não era "nova" — a cidade era uma das mais antigas do mundo, mais velha até que Paris —, mas agora era consagrada pelas publicações de turismo como a nova Berlim.

Ela tentou se acalmar, diminuir a negatividade — talvez fosse bom assistir a um filme. Dado o excesso de opções de entretenimento a bordo, podia escolher qualquer coisa. Mas não conseguia se livrar daquela ansiedade crescente. Havia alguma coisa errada. Não errada como da última vez em que estivera em um avião, quando sentira um presságio tão forte que chegara ao ponto de se perguntar se a política de alertar as autoridades caso notasse algo estranho incluía "ter um mau pressentimento". Meia hora depois daquela decolagem, o voo tinha sido atingido por um raio. O avião tremera, perdera altitude. As pessoas gritaram. Mas o piloto conseguira estabilizar a aeronave. Não, aquela sensação de estranheza era completamente diferente. Era algo interno, um erro mecânico dentro de si mesma. Seu corpo devia estar precisando de vitaminas. Vitamina D.

Ao seu lado, Roman desistira de ler sobre a crise das dívidas europeias e suas consequências para o turismo. Agora ele analisava as opções de filme do avião; seu dedo parou em "Lançamentos". Para Sloane, era fato consumado que ele optaria por *A escolha perfeita 3*. Sua adoração pela cultura americana não tinha limites: roupas esportivas, suvs, geladeiras Sub-Zero, outlets, a popularidade do patriotismo (com bandeiras penduradas em janelas e fincadas nos quintais quando alguma tragédia acontecia), cultura pop, cultura da internet — ele adorava tudo aquilo. Para alguém como Roman, treinado para encontrar sinais e indícios em qualquer experiência, comédias românticas eram a base para a compreensão do estilo de vida americano. Ficar excessivamente animado com a ideia de ouvir música *a cappella*, pelo visto, era o primeiro passo.

Enquanto os olhos do companheiro brilhavam diante do símbolo da Universal Pictures girando na tela, Sloane tirou os formulários de imigração do bolso do encosto da poltrona, lembrando-se das sobrancelhas da comissária se erguendo quando ela pedira dois. *Um por família*, repetira Carly, certa de que as pessoas sofisticadas diante de si eram unidas em matrimônio. Sim, pois bem. Em Paris, casamento tradicional era tão popular quanto plano de saúde particular. Fazia dez anos que estavam juntos. O nome de Roman estava na conta de luz de Sloane, mas os dois jamais teriam filhos; suas carreiras eram seus filhos, e ponto-final. Na verdade, suas carreiras tinham *decolado* por causa da decisão conjunta de não procriarem. A famosa analista americana e o intelectual francês — "O casal que tem tudo, menos filhos" (*Le Figaro*, julho de 2013); "A maior das militantes contra a maternidade" era o título de uma matéria recente sobre Sloane na *Vogue* britânica. ("A reprodução é um ato de ecoterrorismo", explicara ela nessa entrevista.) Na sua opinião, a culpa fora do horário escolhido pela entrevistadora — três da tarde, seu pior momento no dia. Glicemia baixa, uma monotonia no ar, ela e a jornalista animada tomando aquele champanhe barato.

Ecoterrorismo. Pois é — que bom que sua família não lia muito. Ou talvez eles tivessem começado a se interessar pelas belas revistas europeias de moda desde sua última visita, há três anos — era difícil saber. De acordo com o boletim de notícias anual que sua irmã mandava no feriado da Independência (sim, ela fazia esse tipo de coisa), Leila estava grávida do terceiro filho. Depois da morte do pai delas, quando Leila tinha 18 anos e Sloane, 22, fora a irmã — e não Sloane — que acabara se tornando o sucesso da família. Ela enfrentara a morte com nascimentos.

Sloane havia feito previsões que revolucionaram a indústria da tecnologia — pressentira o simbolismo das raízes para a indústria alimentícia antes do 11 de Setembro, previra o agora onipresente gesto de arrastar a tela, o *touchscreen*. Havia feito palestras e consultorias em 37 países até o momento, tinha um apartamento no 6º *arrondissement* de Paris, era amiga de pessoas que só se apresentavam pelo primeiro nome. Um monte de gente admirava a vida que construíra para si mesma. Ela também costumava admirar isso.

Roman bateu na tela para pausar a idiotice a que assistia.

— Você fazia isso? — perguntou ele alto demais, ainda com os fones.

Sloane levou um dedo aos lábios antes de responder; os passageiros estavam dormindo.

— Fazia o quê?

— Cantava com outras garotas?

Ela estreitou os olhos.

— Não.

— E os garotos também cantam? Eles são populares?

Apesar de tudo, ela teve de rir.

— Quando eu estava na faculdade, cantar *a cappella* não era algo tão popular — explicou. — Isso só virou moda depois de um seriado chamado *Glee*.

Roman arqueou as sobrancelhas.

— Todo mundo sabe o que é *Glee*.

Sloane se irritou com aquele novo tom de desdém. Roman sabia tudo sobre tudo agora que era uma estrela cibernética. Para uma analista de tendências, era deplorável o fato de ela preferir a versão antiga de seu namorado ao Roman 2.0.

Quando os dois se conheceram, Roman trabalhava com pesquisa de mercado para a empresa de bens de consumo Unilever, na França. Ela ficara imediatamente encantada com sua sagacidade criativa e uma espécie de compostura natural que, depois, identificaria como otimismo, algo difícil de encontrar nos franceses. Eles trabalharam juntos num *focus group* para uma nova linha de sabonetes masculinos. O feedback dos consumidores fora inútil — por exemplo: "Quero algo com aroma de carvão, só que com um cheiro gostoso, como de sabonete" —, mas, quando Roman dispensara os executivos da indústria, o fizera com uma diáfora perfeita: "Senhores, não sei com que vou me lavar, mas preciso lavar minhas mãos quanto a isso." *Ele é um pouco metido*, Sloane se lembrava de ter pensado. *Mas parece engraçado.*

Ultimamente, a parte metida reinava quase o tempo todo. Roman trocara a pesquisa de mercado pelo eruditismo profissional: dava palestras pela Europa, falando sobre os paradigmas volúveis do contato humano. Criara até mesmo um termo para sua pesquisa: *neossensualismo*. O que fazia dele um "neossensualista" — a palavra era um sucesso. Entre editoriais sobre como a fisicalidade estava se transformando em um mundo digital e sua presença on-line cada vez mais exuberante, Roman conquistara espaço em meio aos intelectuais europeus. Mas, quando resolvera inserir o macacão zentai em seus posts e vídeos nas redes sociais, acendera o fogo do estrelato na internet.

A primeira vez que Sloane vira Roman no macacão sem costuras, muito comum no Japão, fora em sua cozinha em Paris, e a única coisa que saíra de sua boca havia sido uma risada. A roupa cobria tudo — não havia buracos para os olhos ou para a boca, e você entrava nele por um buraquinho minúsculo. Quando vestido de forma apropriada, parecia que o corpo de quem o usava havia sido mergulhado em estanho líquido.

— Você parece um super-herói — dissera ela, afastando os olhos do trabalho para observar a figura esquisita ao lado da geladeira. — Pra que isso?

Pra que isso? A frase agora a enchia de humilhação; tivera tanta certeza de que ele usaria o macacão numa ocasião única. Em um evento, talvez. Para fazer uma gracinha para o público, algo que fisgaria alguns cliques.

— O macacão zentai é fascinante — respondera Roman, passando as mãos pelo próprio corpo. — É um convite. E uma rejeição, não? Apresenta o corpo como algo anônimo que pode ser contemplado, mas jamais acessado de verdade. — Ele levou os braços para trás da cabeça esquisita. — Achei meu avatar.

E parecia ter achado mesmo. Se trabalhasse em uma universidade americana, Roman provavelmente teria sido demitido se desse aulas em trajes de látex, mas, em Paris, fora cultuado: o visual condizia com sua nova função, que era especular sobre a sensualidade na era digital. Ele apresentava o macacão como um canal entre a tentação e a rejeição.

— É fácil ver tudo o que o traje ressignificaria. — Ele gostava de dizer. — Métodos anticoncepcionais, traições.

— Traições? — Sloane se lembrava de ter perguntado.

— Se não houver penetração nem contato físico, pode ser considerado traição?

Ela apoiou a cabeça na janela gelada do avião. Se muito, Roman a traía com o telefone. Pouco antes de irem para os Estados Unidos, a popular revista francesa de notícias *Le Nouvel Observateur* publicara uma matéria sobre seu companheiro: "*Touché*: um dia na vida do neossensualista Roman Bellard", e o celular dele não parava de tocar, apitar e vibrar desde então. Seis páginas de fotos acompanhavam o texto, mostrando Roman na rotina de qualquer trabalhador parisiense: lendo o jornal num quiosque, cheirando melões na feira, passeando em um parque. A diferença é que estava fazendo tudo isso em seu macacão zentai colado ao corpo.

Ele andava pela cidade com o modelito dourado, pegava o metrô, contemplava o rio Sena. A suposta elegância e indiferença com a qual Roman se apropriava de uma preferência fetichista deixava as massas burguesas encantadas. Da noite para o dia, sua conta no Instagram atraíra multidões. Duzentos mil, quatrocentos mil: Sloane parara de contar quando vira o número chegar a quinhentos mil.

Em Paris, os dois com frequência prestavam consultorias juntos (a mídia local se referia ao casal como um *duo de choc!*, o que lhe parecia um jeito fofo e juvenil de dizer "casal poderoso"), mas Sloane fora egoísta — e reticente — sobre seu trabalho com a Mamute, uma gigante da indústria tecnológica, que agora a trazia de volta aos Estados Unidos por seis meses. Ser discreta era uma característica fundamental para o ramo da análise de tendências, e isso a deixava hesitante, mas havia outra coisa também. Seus instintos gritavam que seria um erro incluir Roman no trabalho com a Mamute.

Sloane sabia a cláusula principal de seu contrato de cor; tinha orgulho de tudo que fizera para se tornar uma pessoa capaz de aceitar uma tarefa assim, e, pela primeira vez, não sentia vontade de compartilhar:

Com sua experiência mundial em tendências das indústrias de moda, beleza, tecnologia e entretenimento, sua tarefa é ajudar nossas equipes de criação a aperfeiçoar a visão de nossa conferência ~~Re~~Produção em junho.

Todo ano, a mandachuva dos equipamentos eletrônicos organizava uma conferência de três dias sobre tendências de consumo que reunia os maiores visionários e formadores de opinião do mundo para prestar consultoria sobre um tema difícil. O tema daquela edição seria impressionante, polêmico. *O que faremos quando pararmos de gerar filhos?* Daxter Stevens, CEO da Mamute, precisava de um nome com reconhecimento internacional. Uma pessoa visionária. Empática. Alguém que não tivesse filhos.

E era aí que entrava Sloane Jacobsen: progenitora de ideias, profeta do gesto de arrastar telas. Instintos presentes; instintos maternais inexistentes.

Leva um tempo para alguém conseguir definir sua especialidade quando se trabalha no ramo das tendências. Apesar de ela ter começado no mercado da beleza (uma americana em Paris que crescera rapidamente de um cargo iniciante para diretora de criação não oficial da Aurora, uma gigante francesa de cosméticos), seu forte era mapear os futuros desejos da elite conectada.

E, atualmente, isso envolvia não ter filhos. Nas últimas duas décadas, o ego da classe média alta norte-americana queria sistemas de posicionamento global e tecnologias usáveis; não crianças. Para as muitas empresas para as quais prestava consultoria, Sloane esboçava um ponto de vista de que o mundo vinha se tornando cada vez mais egoísta, com um aumento em equipamentos eletrônicos pessoais e aperfeiçoamento individual, além de um declínio na taxa de natalidade, pois gerar uma criança era um ato *altruísta*. Ela estava arrependida das matérias publicadas nas quais chamava a reprodução de um ato de mentes limitadas? Veja bem, provavelmente podia ter usado termos mais suaves. Mas ela nunca se retratava por suas opiniões nem se desculpava. Para o mundo exterior, Sloane era bem-sucedida, influente, segura: o suprassumo oposto ao espírito da maternidade.

Paciência, então. A julgar por sua incompatibilidade emocional com a própria mãe (uma pessoa obsessivamente carinhosa), ela não teria talento algum para criar filhos. Generosidade simplesmente não era uma característica sua. Também não era muito fã de sentir medo, sem falar que devia ser aterrorizante amar alguém mais do que a si mesmo.

Ao seu lado, Roman riu, assistindo ao filme. Ela esticou o pescoço para ver do que ele achava graça, mas a tela estava inclinada de modo que a única coisa que enxergava era escuridão.

2

Na década de 1950, equipamentos eletrônicos individuais eram um sonho de consumo: um reflexo dos desejos da classe média. Quando Daxter Stevens saíra da Greylight Advertising para se tornar o mais jovem CEO da Mamute, ele elevara os eletrônicos de consumo a um novo patamar: eram os *aparelhos* que ditavam nossas vidas.

Aos videogames, televisões, telefones e computadores que impulsionaram a Mamute nos anos 1980, Dax acrescentara serviços de internet, produtos especializados, redes sociais, segurança, integração robótica e tecnologia de energia renovável. Consequentemente, trabalhar com a Mamute incluía *vários* benefícios gerados pela energia solar, um dos quais o carro sem motorista para seu uso pessoal. O veículo era um protótipo, provisoriamente batizado (sem muita criatividade) de Carro-M, e havia sido projetado para oferecer uma experiência mais personalizada do que aquela oferecida pelos modelos da competição, a maioria ainda incapaz de diferenciar "estrada" de "calçada".

O problema de ter um carro sem motorista é que ele vinha sem motorista: não havia ninguém para recepcioná-lo no portão de desembarque do aeroporto. Sloane não pedira à família que viesse buscá-la, e ninguém se oferecera. A mãe e a irmã provavelmente achavam que ela tinha um disco voador à disposição.

— O carro não está aqui? — perguntou Roman, com as sobrancelhas erguidas, os olhos focados na rua onde os sedãs, usados pelos serviços de compartilhamento de veículos, esperavam pelos passageiros com sua aparência não muito limpa.

Sloane vasculhou as mensagens, e o simples ato de olhar para o celular já fez com que ficasse arrependida. Ela desenvolvera uma espécie de alergia ao aparelho naquele último ano. Dores de cabeça, problemas de visão, aumento da temperatura corporal. Seu terapeuta dizia que eram sintomas de ansiedade — mas Sloane resolvera ser mais específica e chamara o problema de "ambiente-siedade". Se dependesse dela, jogaria todos os equipamentos eletrônicos no lixo, deixaria de ser uma pessoa constantemente disponível e se livraria do alto estresse de estar sempre ciente de tudo. Mas seria impossível manter sua renda se ficasse off-line. Era o lema do milênio. Celebridades, eleitores negros, clareza induzida por ayahuasca: tudo e todos precisavam estar ao *alcance*.

— A secretária do Daxter disse que o carro está estacionado — respondeu ela, abrindo o e-mail. — Corredor 37. Andar B.

Os olhos de Roman se arregalaram.

— Está simplesmente *estacionado*?

Sloane deu de ombros. Sim, o protótipo de um dos primeiros carros com direção autônoma estava parado num estacionamento público — entre um Ford Explorer enferrujado e um Honda Civic, por sinal.

Ela já andara em carros autônomos antes, mas apenas naqueles cujos padrões de conforto foram inspirados em carrinhos de golfe. Com seus *focus groups*, a Mamute descobrira que o público-alvo desse tipo de veículo ainda queria ter a *sensação* de que alguém dirigia, o que significava: motorista invisível na frente, passageiros atrás. Havia focos de luz no teto do carro, com reguladores individuais, uma tela divisória para privacidade pintada de prateado e assentos de couro que faziam massagem. A melhor parte era que o carro tinha nome. Depois de assistirem a um vídeo explicativo que mostrava tanto os benefícios quanto as limitações da tecnologia LiDAR do veículo, as luzes do teto ficaram mais fortes e o motor foi acionado.

— Bom dia, Srta. Jacobsen, bom dia, Monsieur Bellard — disse o carro numa voz fria. — Meu nome é Anastasia, e serei sua motorista. Por favor, localizem os botões de emergência e também os cintos de segurança.

Anastasia, pensou Sloane, sorrindo para si mesma. Eles não seriam levados para o outro lado do Midtown Tunnel, mas para as pradarias russas.

— A gente deve interagir com ela? — sussurrou Roman, nervoso, interrompendo a fantasia de Sloane sobre cavalos e casacos de pele branca.

Ela se inclinou para a frente, direcionando a voz para o painel.

— Também é um prazer conhecê-la.

— O prazer é todo meu! — Anastasia respondia com entusiasmo exagerado. — O seu voo 9773 da Air France, saindo do Charles de Gaulle com destino ao aeroporto JFK, foi confortável? — continuou ela.

— Hum, sim. — Sloane notou que a Mamute precisava resolver algumas bizarrices na conversa. — Foi, sim.

— Fico feliz em saber. E vamos seguir para a East 9th Street na altura da Avenue C, em Manhattan?

Ao seu lado, Roman estalou a língua daquele modo típico dos franceses quando estão irritados. A Mamute dissera que alugariam um apartamento para Sloane onde ela quisesse; Roman preferia o Upper West Side, mas sua noção do mercado imobiliário nova--iorquino basicamente era baseada nos filmes antigos de Woody

Allen — ele não entendia que a região tinha mudado desde *Noivo neurótico, noiva nervosa*.

Sloane contava com sinais e maneirismos para fazer suas análises de tendências: observava a forma como as pessoas se comportavam, mudavam de gostos e desgostos, a maneira como conversavam e se vestiam. Era possível monitorar o fluxo de novos comportamentos em grandes lojas de departamento, mas essa não era a melhor opção. O fato de a Costco apostar em uma grande liquidação de truta defumada não lhe dizia tudo que precisava saber sobre a humanidade.

E por isso ela preferia morar na região da Alphabet City, no East Village, uma área que, no geral, era livre de redes de lojas e *frozen yogurts*. Como uma pessoa branca abastada, ela sabia que era hipocrisia pensar em Alphabet City como a Nova York "de verdade". A Nova York "de verdade" não existia mais. E com certeza não ficava no Brooklyn — recentemente denominado o "lugar com os preços menos acessíveis dos Estados Unidos". O Brooklyn deixara de ser um bairro e passara a ser uma categoria, como queijo importado.

Mesmo assim — com sua mistura de aromas, seus valiosos jardins comunitários, suas latas de lixo transbordando de embalagens gordurosas de pizza barata e *ristrettos* caros, havia uma confluência que a deixava emocionada. Alphabet City não era perfeita — seu novo apartamento ficava a apenas dois quarteirões do local da revolta de Tompkins Square Park, onde milhares de pessoas pediram a morte da escória dos ricos —, mas, pelo menos, não era desanimada. Porque lugares sem-sal deixavam Sloane mais assustada do que comunidades que viviam sob tensão: a monotonia de condomínios de luxo com academias, serviço de lavanderia e mercados internos que vendiam sucos verdes com chia e incentivavam — até mesmo louvavam — que todo mundo fosse e fizesse a mesma coisa.

A última vez que morara no East Village, fora num apartamento de um cômodo que dividia com uma pesquisadora feminista chamada Ramona, num prédio sem elevador. Leila, sua irmã, à época no último ano do Ensino Médio, a visitava com frequência e, por vezes, acabava sendo a terceira moradora do local. Como ela aproveitara aquela época simples e movimentada, quando encontrar tufos de cabelo dos outros no ralo da banheira era considerado um problema. Além de estar cansada da globalização, a nostalgia também era um fator que chamara Sloane de volta para Alphabet City. Havia uma necessidade constante de esconder esse seu lado sentimental.

— Se me permitem — cantarolou Anastasia, trazendo Sloane de volta para o trajeto —, o encosto do assento com radar térmico detectou uma temperatura elevada em Monsieur Bellard, o que sugere desidratação moderada. Oferecemos uma variedade de bebidas com temperatura regulada no frigobar que se encontra sob o braço do assento. Também temos uma cafeteira que serve doses individuais, mas no momento não recomendo cafeína devido à desidratação previamente citada.

Sloane abriu o frigobar e pegou duas garrafas de água.

— Água de torneira engarrafada — disse ela, passando uma para Roman, cujos lábios raramente encontravam algo diferente de café e vinho tinto. — Bem-vindo aos Estados Unidos.

Quando Sloane era pequena, sua melhor amiga (além da irmã, que ainda estava aprendendo a andar na época) era uma argentina encapetada chamada Marti Fernandez. Quando tinham 12 anos, Marti dormia em sua casa praticamente todas as sextas-feiras, e, como a maioria das meninas dessa idade, as duas continuavam conversando muito tempo depois da hora de dormir.

Numa dessas noites, Sloane acordara de um sonho. Tinha visto o homem com quem Marti passaria a vida, com uma clareza impressionante. A amiga, adulta, estava de volta à Argentina, na cozinha de sua casa. O homem tinha um rosto largo, um sorriso amigável, um topetinho infantil, um nariz pontudo e mãos grandes. Parecia engraçado, bondoso. Com o coração acelerado, como se tivesse fugido de um pesadelo, ela despertara certa de que vira alguém que existia de verdade, porém vinte anos no futuro.

Quando Marti acordara, Sloane contara que vira o homem com quem a amiga se casaria, que vira sua cozinha. (Tinha achado a bancada de granito feia, mas não mencionara esse detalhe.) Que ela estava morando de novo em Buenos Aires com seus filhos.

A amiga morrera de rir, querendo ouvir todos os detalhes sobre sua futura vida de adulta. Depois que Sloane contara tudo que lembrava, Marti se jogara no travesseiro, olhando para o teto com um ar sonhador.

— Que pena que nunca vou voltar!

Mas ela acabaria voltando. A escola em que estudaram mandava boletins informativos frequentes para os ex-alunos, e a versão adulta de Sloane ficara sem fôlego ao ver as últimas atualizações dos formandos de 1995. Marti tinha se casado, e tinha se casado com *ele*: o homem que ela vira naquele sonho tantos anos antes. Era o mesmo cara, com a mesma idade que tinha em seu sonho, com o mesmo sorriso bobo e o cabelo para cima, bem maior que a pequena Marti; generoso e bondoso.

Parada agora no apartamento que ocuparia com Roman, Sloane sentiu a mesma frequência inquietante crescendo dentro de si: a sensação perturbadora de que já sabia como aquilo acabaria. Tentou afastar o pressentimento — disse a si mesma que tudo ficaria bem.

— Então a história das cozinhas é verdade! — gritou Roman, largando as malas. — Nova-iorquinos nunca cozinham?

Escadas de incêndio enferrujadas, superfícies limpas com água sanitária para mascarar os odores antigos de cerveja velha e perfume barato: eles tinham chegado ao seu novo lar. Sloane observou o companheiro analisar a minúscula cozinha com piso de linóleo preto e branco iluminado pelo sol, a janela com painéis de vidro se abrindo para o imponente edifício Christodora mais adiante na rua. Roman checou alguns armários e deu uma olhada na geladeira enquanto Sloane absorvia os chiados e estalos e rangidos e ruídos de um apartamento em Nova York. Ela se esquecera da cacofonia simples das tubulações, do barulho da água correndo pelo prédio, do *plic-plac* de publicitárias de salto alto secando o cabelo, andares inteiros cheios de locatários que se recusavam a colocar carpete. Apesar de ser maior, no último andar — e bem mais caro —, a energia daquele apartamento não era muito diferente da do lugar onde Sloane vivera na época da faculdade: com uma arquitetura inóspita, impossível de se manter limpo.

— Esse forno funciona? — gritou Roman da cozinha que ela acabara de abandonar.

— Provavelmente não! — berrou Sloane para ele, analisando o quarto que pretendia transformar em escritório, apesar de saber como as coisas funcionavam em Manhattan: nunca ficaria em casa. Ela teria uma muda de roupas e uma escova de dente extra na mesa do trabalho, e aquele cômodo perfeito e ensolarado acabaria sendo ocupado por Roman, para escrever o livro que ele só dizia ser sobre "neossensualismo!" sempre que ela perguntava.

Seus amigos em Paris achavam estranho que Sloane não insistisse mais para que o companheiro explicasse o projeto, que não tivesse lido o que já escrevera. Mas ela era uma defensora do processo criativo. Respeitava o ritmo e a privacidade de Roman. E também, se as fotos do zentai pela cidade fossem um sinal do que estava por vir, tinha certeza de que ia odiar o livro.

Ela chegou ao banheiro, um aglomerado apertado e cheio de reboco, com mais linóleo preto e branco e uma bela pia cor-de-rosa remodelada para parecer antiga. Apesar das reformas óbvias, ainda havia aquele cheiro fétido de leite que Sloane se recordava do apartamento da época da faculdade. O lugar era tão abarrotado e abafado que ela precisava guardar a maquiagem na geladeira para que não derretesse. Deixava até uma xícara lá dentro para a irmã — no lado direito da prateleira mais alta — cheia de delineadores da *Wet n Wild*. Leila tinha medo de usá-los perto da mãe.

Meu Deus, agora parecia até indulgente o tanto que se divertiam. As três apertadas naquele banheiro minúsculo, Ramona sentada na beirada da banheira, calmamente frisando o cabelo enquanto Leila testava uma maquiagem vampiresca numa Sloane que fingia estar contrariada. A música saindo aos berros do toca-fitas, os tons agudos altos demais.

Se não fosse por Leila, ela provavelmente teria passado todas as noites da faculdade lendo numa livraria. A irmã iluminava sua severidade, aliviava sua seriedade, tentava mostrar que nem tudo precisava ser analisado, que algumas coisas podiam ser apenas *divertidas*. Como dividir margaritas do tamanho de baldes no Tortilla Flats, ou dançar com um desconhecido entre as mesas de um bar. Dançar, meu Deus, isso também parecia algo que pertencia a outra era, como pagers e patins. A última vez que Sloane havia sido tocada por um desconhecido — que dirá *dançado* com um — fora durante uma revista no aeroporto. Sua mala de mão acionara um alarme (e o spray facial de cem mililitros que estava torcendo para que ninguém visse fora imediatamente confiscado). Enquanto estava ali, porém, parada com os braços esticados, as palmas para cima, ouvindo a funcionária uniformizada informar por que iria apalpá-la, e sentira a mulher segurar seu ombro e ir descendo com certa firmeza... Era ridículo, na verdade. Mais ridículo do que margaritas gigantes. Ela quisera chorar.

— Querida! — gritou Roman do que provavelmente era o quarto. — A cama é meio esquisita!

Sloane entrou no cômodo e encontrou o companheiro deitado com a cara no colchão, as mãos espalmadas e os dedos arqueados.

— Tem Botox nela! — disse ele, erguendo uma das mãos.

Ela analisou o material subindo lentamente ao redor da marca da palma.

— É viscoelástico — explicou ela, sentando ao seu lado. — Fica moldado ao corpo.

— Por quê?

Sloane franziu a testa e tentou não se preocupar. Não estava tão emotiva por causa de um desequilíbrio químico, só pelo *jet lag*. Normalmente, os dois teriam discutido pra valer o assunto — por que os colchões viscoelásticos são tão desejados pelos consumidores americanos? —, mas estava exausta demais.

— Não sei — admitiu ela, a voz cansada e monótona. — É só uma dessas coisas que as pessoas escutam que deveriam ter, e então passam a desejar.

— Bem, não quero essa cama — disse Roman, enfiando o dedão no denso bolo de espuma de poliuretano.

— Também não gosto dela.

Os dois ficaram quietos. Era a primeira vez em muito tempo que concordavam com alguma coisa na cama. O que começara como um aparente desinteresse por sexo da parte de Roman agora parecia mais uma aversão; ou pelo menos ele tinha aversão ao tipo de sexo que Sloane queria. Ela trabalhava tanto. Estava prestes a completar 40 anos. No fim do dia, simplesmente não tinha disposição para entrar num macacão de fetiche sem olhos.

Roman se deitou e suspirou, completamente satisfeito: logo cairia no sono. Sloane, por sua vez, olhou ao redor e percebeu quanto seu sentimentalismo era inútil. Morar num apartamento perto dos antigos refúgios da época da faculdade não faria Ramona surgir como num passe de mágica em seu roupão com estampa de abacaxi, com o cabelo enrolado na toalha após um banho de espuma; não iria transpor Leila para a beirada de sua cama, onde contemplaria uma nova caixa de tinta de cabelo com uma cor esdrúxula, inebriada com a liberdade.

Sloane precisava de um lugar para morar enquanto trabalhasse para a Mamute, e era isso que o apartamento seria. O fato de estar, pela primeira vez em duas décadas, em um lugar onde poderia simplesmente pegar um carro e ir visitar a família não mudaria nada, e seria ingênuo pensar diferente. Então, não. Não podia convidar a irmã para uma noite de queijos e vinhos, não podia lhe dizer para contratar uma babá para que as duas fizessem uma maratona de cinema, não podia puxá-la até o banheiro, enquanto Roman abria uma segunda garrafa, para confessar que os dois não transavam fazia um ano e meio.

Ao contrário de sua vida profissional, onde sempre era a favor de discutir problemas, na vida pessoal, Sloane costumava varrer a sujeira para debaixo do tapete. Por dentro, enquanto seguia com sua vida em Paris, observando as pessoas paradas em frente a floriculturas, cheirando rosas com um ar esperançoso, sentia que seus problemas com Roman eram passageiros. Era fundamental que aquilo fosse só uma fase, ou, pelo menos, algo que se diluísse até chegar a um ponto em que não a magoasse mais como magoava agora. Aquele período em Nova York seria bom para eles. Uma mudança para se realinharem. Na melhor das hipóteses, seria uma distração com um salário alto. Na pior, outro tapete.

Ela olhou ao redor novamente, sentiu que o mundo dos sonhos a chamava. Isso não ajudaria a aliviar o *jet lag* — devia se forçar a ficar acordada até mais tarde, mas Roman já dormia tranquilamente, e não havia muitas malas para desfazer. Dadas as alternativas, no Mediterrâneo ou em qualquer outro lugar, o sono parecia o lugar mais seguro para visitar.

Não era comum que Sloane sonhasse com o pai. Precisava estar meio gripada ou em sono REM muito (muito) profundo para que isso acontecesse, o que era raro. Mas o *jet lag* era alucinógeno, ia e vinha em ondas. Antes de ele morrer, Sloane sempre acreditara que o pai, Peter, estaria ao seu lado nos momentos importantes da vida com seus papos dadaístas (*o pensamento se faz na boca* era um favorito recorrente), então era normal, ou normalmente anormal, que ele aparecesse para lhe dar apoio moral em seu primeiro dia de trabalho na Mamute.

No sonho, o pai estava sentado ao piano que ainda hoje ficava na sala da mãe; o cabelo castanho coberto por um boné, o corpo esguio inclinado na direção do instrumento numa corcunda. Aquela era uma de suas brincadeiras favoritas: menor, sétima menor; Peter escolhia uma tecla, e os dois diziam a emoção que ela trazia. Acordes menores para sons misteriosos, e de sétima menor para os realmente impressionantes.

— Sétima maior — disse ela, porque, em seu sonho, o pai apertara o ré maior.

— Suco de fruta! — falou ele, daquele seu jeito enigmático, mostrando a língua.

O senso de humor excêntrico, a emoção que os dois sentiam ao prestar atenção em algo que a maioria das pessoas ignorava, o respeito pela maneira como um ambiente era capaz de mudar seu estado de espírito; todas essas coisas que o pai lhe inspirara estavam presentes no sonho. O que não estava lá: a mãe, desconfortável com o relacionamento de ambos, coisa que fazia Sloane se apegar ainda mais à brincadeira estranha no piano; tantas vezes sentira um frio esquisito na barriga ao erguer o olhar das teclas e encontrar a mãe encarando os dois com uma expressão doída e confusa, como se tivesse colocado uma planta no vaso errado.

Sloane nunca se comportava como uma adolescente rebelde padrão — não passava lápis de olho em excesso, não fizera tatuagens. Ela fugia dos padrões, e seu pai — um homem alto, um homem bom — também. Era evidente que ela pensava demais antes de falar qualquer coisa, mas Peter sempre incentivava a filha a observar tudo. Como arquiteto, ele admirava a capacidade de deliberação, a paciência e a análise de todos os lados de uma questão. No seu trabalho, conclusões precipitadas faziam prédios ruir. Mas Margaret Jacobsen não gostava de ter duas pessoas pensativas em casa. Ela sempre considerara a filha mais velha um mistério que não tinha permissão de solucionar.

— Uma pensadora profissional — dissera Peter uma vez, quando a mãe a acusara de ser "sombria".

Se ficasse acordada até tarde, entocada embaixo da escada, Sloane conseguia ouvir fragmentos dessas conversas. Margaret queria que as filhas fossem felizes. Qualquer coisa diferente de felicidade a deixava apavorada. O que fez as coisas ficarem bem assustadoras depois da morte do pai.

— Dormiu bem? — perguntou Roman, dando-lhe um tapinha de leve ao passar por ela a caminho da sala de estar, e de sua ioga.

Ele tinha tomado banho e, depois da ioga, tomaria outro. Sua obsessão por higiene fazia Sloane se sentir contagiosa. Ela passou a mão pelo cabelo bagunçado do sono e prendeu-o num coque.

— Dormi pesado, na verdade — respondeu, seguindo para a sala de estar, observando-o desenrolar o tapete.

Acuidade olfativa era uma parte importante de seu trabalho — era possível rastrear o que as pessoas iriam querer dali a anos a partir dos aromas de que gostavam, e Sloane ansiou pela dádiva da fragrância de café pairando pelo apartamento. Mas, quando o assunto era bebida matinal, eles viviam numa casa dividida. Roman só gostava de espresso preparado por profissionais; em casa, tomava chá verde. Assim, Sloane se tornara usuária de cápsulas unitárias, e os resultados olfativos eram decepcionantes. Nada de fortes aromas de bom-dia dominando a casa.

Ela deu as costas para Roman e foi se preparar para o primeiro dia de trabalho. Outra imagem surgiu de seu sonho: o pai dentro de um armário escuro, cheio de vestidos num tom azul-marinho tão intenso que era quase preto. Os cabides eram feitos de fones de ouvido que brilhavam no escuro. Peter gesticulava para ela, mas não para chamá-la. Queria que a filha se afastasse.

— Vá diminuindo, meu bem — dissera ele antes de abrir a porta com um sorriso misterioso; era o tipo de conselho obscuro o suficiente para soar como algo que o pai diria.

Um sonho estranho, com aquele monte de roupas; na vida real, Sloane vestia a mesma coisa todos os dias. De acordo com o clima: túnica de lã/algodão, legging, sandálias/botas. A única concessão mais estilosa era um colar, que geralmente era exótico e enorme. O uniforme existia em parte para economizar tempo, mas era algo pre-meditado também — como analista de tendências, precisava manter a neutralidade de estilo a todo custo. A moda estava sempre mudando; os desejos também. O uso de um uniforme sugeria que ela, não.

Sloane fechou os olhos por um instante, tentando expulsar o sonho do próprio corpo. Já se passara tempo suficiente, é claro, para que compreendesse que o pai realmente se fora, mas, nos primeiros dias após o acidente, quando ela havia acabado de chegar a Paris, com a mudança de fuso, de comida, e por conta do idioma no qual ainda não era fluente, enfrentara muitas manhãs de confusão mental pós-sono. Tinha dificuldade de acordar e diferenciar sonho e realidade. O cargo na Aurora impulsionara sua carreira, mas Sloane o encarara como uma permissão para viver como sonâmbula. Aceitar o trabalho em Paris significava que teria de entrar num avião e ir morar do outro lado do oceano. *Teria* — essa palavra surgiu quando a irmã lhe chamara de egoísta, quando a mãe choramingara: *Por que agora?* A proposta de emprego havia sido feita *antes* da morte do pai, e Sloane sempre teria esse argumento. Mas também era verdade que o emprego permitia que ela mergulhasse na negação — outro mecanismo para lidar com a perda.

Ela penteou o cabelo para trás, passou um batom nude nos lábios. Da sala de estar, conseguia ouvir a voz calma, de tom estável, do instrutor de ioga entoando orientações gravadas para os movimentos de Roman. Ele não era muito fã dessa coisa autodidata; na verdade, não era fã de nada que fizesse por conta própria. Gostava de companhia, especialmente de pixels que acompanhassem telas e telefones. Sloane também costumava ser assim — fora uma das coisas que os unira, a fé em novas tecnologias. Mas todos esses anos de novas tecnologias haviam passado. A visão de seres humanos com os olhos grudados em seus aparelhos era tão desoladora para ela quanto máquinas robotizadas de ordenhar presas a tetas de vacas. Seu entusiasmo cada vez menor por novas tecnologias era outro motivo para ter aceitado o trabalho na Mamute. Com tantos pensadores revolucionários e especialistas na área por lá, ela esperava — precisava — que sua fé no mundo tecnológico fosse renovada.

Pronta, Sloane voltou para a sala de estar, seu perfume impregnando o espaço que estaria cheirando a suor se Roman tivesse glândulas que permitissem tal indiscrição.

O companheiro se levantou na posição do guerreiro, as mãos erguidas sobre a cabeça.

— Boa sorte — disse ele com o rosto brilhando. — Mal posso esperar para conhecer todo mundo!

Sloane piscou. Na vida normal dos dois, Roman *conheceria* seus colegas de trabalho. E também trabalharia com eles. Em Paris, um ajudava o outro. *Le duo de choc.* Ela o trazia para seus projetos, ele pedia sua opinião sobre palestras e ideias. O fato de que estavam evitando pedir opiniões um ao outro — o fato de que ele mantinha um *livro* inteiro em segredo — era mais uma coisa que acabaria debaixo do tal tapete.

— Não esqueça que vamos jantar na minha mãe — disse ela, verificando se estava com as chaves.

Roman se ergueu para acolher esse lembrete com uma perfeita pose da cobra.

Na rua, Sloane analisou suas opções. O dia estava lindo: fresco, claro, o ar eletrizado com a promessa de coisas que podiam dar certo ou errado. Era raro um dia tão ameno em meados de novembro, e ela pretendia ir andando até a sede da Mamute, na Union Square, mas achou que ficaria feio se não chegasse, no primeiro dia de trabalho, com o carro autônomo cedido pela empresa.

Então, arrastou a tela para a esquerda, abrindo o aplicativo do Carro-M através do qual poderia chamar o veículo onde quer que Anastasia estivesse se recarregando. Sloane gostou de imaginar o carro num estábulo imperial com cavalariços enluvados e candelabros. O aroma das turfas e de cavalos de carga esquentando o ar frio.

Estábulo chique ou garagem comum, o lugar com certeza ficava perto. Anastasia virou a esquina em exatos dois minutos.

— Bom dia, Srta. Jacobsen — gorjeou o carro quando Sloane entrou. — Café? Tenho um leite maravilhoso. Ou já ingeriu cafeína hoje?

Sloane olhou com gratidão para a cafeteira embutida no braço do assento. O que ela teria de sacrificar em termos de saúde por não caminhar até o trabalho seria compensado por não precisar frequentar uma cafeteria sadomasoquista onde os funcionários costumam agir mais como sopradores de vidro do que baristas.

Não foi preciso explicar a Anastasia como ela preferia seu café — a motorista fora informada de suas preferências, e a xícara foi enchida quase até a borda, resultando em uma bebida rala e doce. Sloane não gostava de misturar leite no café. Na verdade, até se mudar para Paris, ela gostava. Os turistas superestimam a qualidade do espresso parisiense, mas é raro ouvir alguém elogiar a habilidade dos garçons franceses quando se trata de leite.

— Então vamos para o escritório?

Sloane ficou grata pelo tom de hesitação na voz do carro. Ela queria acreditar em um mundo onde todas as suas escolhas ainda não tinham sido feitas. Onde poderia dizer não — preferia ir para Coney Island fazer um piquenique, ou ordenar que Anastasia seguisse rumo ao norte, para uma viagem sem compromisso até Cape Cod. A espontaneidade e a longevidade andavam de mãos dadas, isso era algo que seu pai lhe ensinara; ele, que era enigmático à perfeição, complexo ao extremo. Mas isso não fora nenhuma vantagem. Pegar os outros de surpresa.

— O que achou de tudo até agora, Srta. Jacobsen? Gostou do apartamento?

— Pode me chamar de Sloane — disse ela, colocando um guardanapo de linho sobre o peito para o caso de a tecnologia LiDAR do carro dar uma freada brusca na frente de um bueiro. — Ah, o apartamento é lindo — continuou, com medo de ter sido grosseira. — É exatamente o que eu queria. Morei aqui na época da faculdade.

— Bem, estar de volta deve fazê-la se sentir muito bem então — comentou Anastasia. — Sua família mora por aqui?

Sloane fez uma careta. Anastasia recebera informações suficientes para antever suas preferências em relação ao café, mas não o bastante para saber que ela era uma Jacobsen desertora, por assim dizer. Não que isso fosse algo que constasse em seu currículo. Sloane nunca falava sobre o acidente do pai quando as pessoas lhe perguntavam por que morava em Paris, nem mesmo com os amigos. De toda forma, em seu meio, seria de se presumir que ela conversaria sobre os problemas íntimos com um profissional. É incrível o quanto as pessoas querem acreditar nas suas palavras quando você diz que está bem.

— Minha família mora em Connecticut — respondeu ela. — Então é perto.

— Ah — disse Anastasia, mais suave. — Detectei uma mudança em seu tom de voz.

— Como é?

Sloane ficou chocada — e, lá no fundo, comovida — pelo fato de o sistema de reconhecimento de voz do carro ter sido calibrado para captar esse tipo de nuance.

— Sua voz ficou metade de uma oitava mais grave — explicou a motorista. — Mas não precisamos falar sobre esse assunto. Fui informada por diversas fontes de que as festas de fim de ano costumam ser um período tenso.

Em vez de responder, Sloane tomou seu café. Ela se sentia na defensiva, mas também queria conversar. A percepção excepcional do carro estava cutucando uma ferida.

— Sabe, se você olhar a agenda, vai ver que iremos até lá hoje à noite. À casa da minha mãe.

— Isso mesmo! — chilreou Anastasia, optando por não reagir à irritação em sua voz. — Stamford! *A cidade trabalhadora!*

— Exatamente — disse Sloane, impressionada e perturbada ao mesmo tempo. Sensível *e* engraçadinha? Talvez ela estivesse namorando a máquina errada.

Enquanto esperavam um sinal abrir, ela observou os pedestres, notou os padrões de vestimenta da elegante Nova York. Já sabia o que encontraria, é claro, mas isso não impediu que seu coração se apertasse ao ver que estava certa: blasé militar (leggings de couro sintético, camisas de tricô largas cor de pedra, jaquetas camufladas, botas pesadas). Marselha, Hong Kong, Sydney, Mumbai, a mesma coisa em todos os lugares. A resposta visual de um mundo cansado — até mesmo *entediado* — de guerras.

O sinal ficou verde, e Anastasia foi bombardeada por buzinas de carros com motoristas de verdade. Quando finalmente passou a primeira marcha, a luz estava amarela de novo e os carros manobravam ao redor do veículo. O trajeto não seria rápido.

— Esse café é muito bom — elogiou Sloane, a cafeína agradavelmente desanuviando seu cérebro.

— É o que sempre dizem! — exclamou Anastasia. — São protótipos! Creio que a nave-mãe vai entrar no mercado de produção de cápsulas de café.

Sloane ergueu uma sobrancelha. Anastasia estava sendo... insolente? Ela não tinha imaginado aquilo — havia um quê de reprovação na voz da motorista. Os domínios da Mamute tinham se tornado um pouco... expansivos ultimamente.

— Posso fazer uma pergunta? — continuou Anastasia, hesitante.

O tom de voz do carro continuava amigável. Sloane considerou a ideia de entrar no clima; virar amiga dela.

— Sim — respondeu. — Claro.

— Como se entra no mercado de análise de tendências?

Sloane riu, surpresa.

— Eu sou a primeira analista que você transporta?

— Você é a primeira pessoa que transporto, analista ou não. — Ao registrar o choque da passageira, Anastasia se retratou. —

Desculpe. Eu não devia ter dito isso. Você sabe, é claro, que os Carros-M são os veículos autônomos mais fabricados no mundo.

— Sim — respondeu Sloane. — Fui informada.

— Acho que estou nervosa — disse Anastasia. — Desculpe.

— Não, está tudo bem — garantiu-lhe Sloane, corando ao registrar a sensibilidade na engenharia do carro. — É a primeira vez que ando sozinha em um.

O silêncio ficou pesado: parecia que Anastasia estava mesmo esperando uma resposta.

— Acho que funciona mais ou menos assim — começou Sloane, dando uma tossidela. — O mercado encontra você. Comecei trabalhando com beleza, na Aurora. Existe um departamento de tendências na área de produtos de luxo. A gente não previa as cores, na verdade, e sim texturas. Que tipo de sensação as pessoas iriam querer experimentar na pele. Acho que se trata não de se perguntar *quando* algo vai ser desejado, e sim *por quê*.

— Que interessante — disse Anastasia, com sinceridade. — Mas como você sabe se é boa nisso ou não?

Sloane pressionou a palma da mão na bochecha; não conseguiria responder de forma sucinta. As pessoas frequentemente lhe perguntavam por que suas previsões eram tão bem-sucedidas, e a resposta nunca se tornava mais fácil ou mais clara. Era como o pai sempre dizia: *o pensamento se faz na boca.* A verdade era que outras pessoas decidiam por você. O tempo decidia. O mundo eventualmente mostrava se suas premonições estavam certas ou erradas.

É tipo um sexto sentido?, costumavam perguntar. *É tipo uma clarividência? Você realmente consegue* ver *coisas que ainda não aconteceram?*

A resposta era sim, mas também não. Havia uma grande diferença entre *pesquisadores* de tendências e *analistas* de tendências. A maioria das pessoas achava que queria fazer parte do último grupo quando, na verdade, desejava pertencer ao primeiro. Pesquisadores de tendências viajavam pelo mundo e pela internet em busca de coisas aleatórias que pudessem agradar às massas. O fato de que muitos hipsters estavam fazendo a mistura das próprias mostardas ou de que uma determinada celebridade fora vista tomando sol numa canga de *ikat* das ilhas Okinawa... Pesquisadores de tendências davam às empresas permissão de abraçar uma moda, enquanto *analistas* lidavam com algo mais difícil de entender. Eles precisavam convencer as companhias a se arriscar com uma tendência que poderia aparecer apenas dali a cinco anos.

— Acho que é um bom sinal se você tiver dificuldade em se concentrar no presente — respondeu Sloane, se lembrando de como costumava enlouquecer a irmã com sua mania de televisão. Enquanto algumas garotas eram loucas por cavalos ou meninos, a jovem Sloane era fascinada por propagandas.

Indicações de pessoas famosas, produtos que se transformavam em super-heróis — independentemente do gênero, durante o comercial, ela não deixava a família falar. Tudo naqueles interlúdios brilhantes parecia carregado de significado, até mesmo as trilhas sonoras. Os acordes em dó maior ridiculamente alegres que saudavam uma mulher bonita enquanto ela se espreguiçava para começar o dia, abria a geladeira de aço inoxidável para alimentar o marido e as crianças. Os violinos doces que anunciavam o momento em que o herói se voltava para o telefone e decidia ligar para o pai.

Sloane fizera aulas de escrita literária quando estudara na Barnard. Na época, estava na moda dizer que talento era algo que se aprendia: que uma boa redação surgia de determinação e dedicação. Talvez isso fosse verdade. Mas e os instintos? Isso era inato. Ninguém consegue explicar instintos sem fazer parecer uma maluquice mística. E era exatamente assim que Sloane soava quando tentava colocar em palavras a forma como as previsões funcionavam. Ela fazia aquilo porque era capaz. Porque tinha um botão de percepção que vivia ligado, que fazia com que fosse praticamente impossível para ela se acomodar no momento presente com tranquilidade. Seus ouvidos e seus olhos estavam constantemente abertos para o que viria em seguida. Tinha sido assim com a previsão do gesto de arrastar telas. Ela podia tentar explicar — fora *paga* para explicar —, mas a verdade era que simplesmente sabia.

Meu Deus, isso havia acontecido fazia tanto tempo. Parecia quase impossível. Sloane tinha 20 e poucos anos, assim como Dax — que ainda não era o chefão da Mamute, mas estava claro que tinha um futuro promissor pela frente. Fora na conferência Tendências do Futuro de 2005, em Miami, que ela e o atual CEO da Mamute haviam se conhecido. Sloane recebera a tarefa de preparar uma palestra sobre os desejos da geração Y, e estava se sentindo pouco inspirada até ter uma epifania envolvendo um cigarro.

Na época, ela ainda fumava. Mais ou menos. Já morava na França. Estava tentando. Sentada no quarto de hotel, apoiada contra uma janela que não abria, com um Davidoff preso entre dois dedos, Sloane pensava nas outras precauções modernas de segurança que agora dominavam o mundo — piscinas fechadas com grades, a obrigação de tirar sapatos nas inspeções de segurança de aeroportos, trampolins com redes embaixo — quando se tocara de que fumar também causava um frenesi perigoso. Então, o que substituiria o cigarro depois que ele fosse banido? Não qual droga ou toxina, mas qual *gesto* viria a seguir? A rebeldia de levar um cigarro aceso aos lábios — na sua irreverência diante da saúde, o ato insistia na juventude do fumante, e era isso que o tornava tão popular, tão legal. Então o que diabos o substituiria numa economia globalizada em que os formadores de opinião iriam preferir ser flagrados bebendo café Arábica obtido de forma suspeita a ser pegos tragando um cigarro eletrônico?

Sloane deixara de ir a três festas naquela noite para montar sua apresentação. Passara a madrugada em claro, balançando as mãos no ar, sentada de pernas cruzadas na cama. O fato de que aparelhos eletrônicos ficariam menores era óbvio. Tudo se tornava cada vez mais brilhante, ousado, do tamanho de laptops. O que faltava descobrir eram quais tecnologias acionadas por gestos alimentariam esses futuros aparelhos. A ativação por toque já estava garantida, mas ficar batendo numa tela como um pica--pau não era gracioso, não tinha o mesmo significado que o ato de fumar. Sozinha no quarto de hotel em Miami, ela bolara o gesto de arrastar a tela.

Tão elegante quanto os movimentos do maestro diante de uma orquestra, a arrastada de tela remetia à fluidez de alguém que estava constantemente indo de um lado para outro sem transmitir a sensação de "estresse" ou "pressa". Em resumo, o gesto não transmitia o nervosismo de ficar cutucando o telefone. Arrastar era sensual. Arrastar era *descolado*.

Depois de sua palestra na Tendências do Futuro, os maníacos por tecnologia sabiam que Sloane descobrira algo que revolucionaria a segunda fase do ambiente de acesso à informática — especialmente Daxter Stevens. Ele tentara contratá-la antes mesmo de ela descer do palco, mas, ainda que estivesse vibrando com a força e a sincronia da palestra, Sloane estava no começo da vida em Paris, ainda construindo sua cartela de clientes, ainda apaixonada pela França. Os convites de Daxter continuaram vindo à medida que ele subia a escada corporativa. Apesar de trabalhar com os figurões do mercado, o homem alegava em seus muitos e-mails que nenhum analista de tendências era tão sensível quanto ela, tão sensual quanto ela, tão capaz de detectar as forças sociais que tornavam aparelhos eletrônicos de uso pessoal atraentes para os consumidores.

Pois bem, pensou Sloane, recostando a cabeça no assento. A quarta proposta viera na hora certa. Ela agora tinha 39 anos, vivera tempo suficiente como parisiense nativa, e a cidade acabara perdendo um pouco do encanto. No geral, se parasse para pensar no assunto (coisa que Sloane não fez — quando a Mamute convida você para prestar consultoria por seis meses em Nova York, você vai), se *realmente* pensasse, ela veria que havia aceitado o trabalho para provar algo a si mesma. Sloane estava naquela idade em que a mente começa a ficar mais lenta, os gestos se tornam desajeitados de forma atípica. Quando se começa a duvidar da própria capacidade neurológica. Câncer, tumores, tecidos anormais nadando, invisíveis, nos mares profundos e obscuros do corpo. As premonições e o instinto que a tornaram tão famosa não estavam tão aguçados naquele ano — naquele último ano inteiro. Mas continuavam lá. Sloane ainda levava jeito para a coisa. Aceitar a proposta da Mamute era uma forma de garantir isso a si mesma.

— Eu tive uma mãe que era ótima em adivinhar as histórias dos filmes — comentou Anastasia, trazendo Sloane de volta ao presente.

— O quê? — soltou ela, chocada, certa de que ouvira errado.

Sloane olhou ao redor. Fazia um tempo que estavam paradas.

— Vou repetir — disse Anastasia. — Nós chegamos.

5

A sede da Mamute ocupava um quarteirão inteiro na esquina da 19th Street com a 6th Avenue, com seu logotipo icônico em letras minúsculas brilhando lá no alto. Num lobby igualmente grande, ofereceram a Sloane cinco tipos diferentes de água com gás. O Sr. Stevens já estava descendo, disseram.

Ela se sentou na extremidade mais distante de um sofá de couro branco, perto de um viveiro de suculentas naturais, e refletiu sobre as últimas vezes que vira Daxter Stevens. Ele era o tipo de pessoa que, em determinada época, estava em todos os cantos. Os dois se esbarraram na Bienal de Arte de São Paulo, em 2014 — ela fora sentir o clima do futuro das artes plásticas, ele queria comprar quadros para sua casa de veraneio. Poucos meses depois, os dois se encontraram num jantar em Paris, e ela o vira novamente na Feira Europeia Maison&Objet, um evento de design *de rigueur* que ocorria no outono.

Eles tinham a mesma faixa etária, eram colegas num sentido abstrato, mas nunca haviam sido amigos. Sloane sempre tivera a sensação de que Daxter queria algo dela, ao mesmo tempo que se ressentia dessa necessidade. Ele não era necessariamente um cara "legal", mas, em sua linha de trabalho, isso não fazia diferença.

Daxter tinha recursos para contratar pessoas para serem legais por ele e uma empresa de relações públicas para consertar qualquer coisa desagradável que pudesse dizer.

Nada disso incomodava Sloane. Era assim que o mundo funcionava. O fato de aceitar o sistema era mais um motivo para ela ter sido escolhida para a consultoria, e não outra pessoa. Havia analistas de tendências conhecidas no mercado — não muitas, talvez duas —, que eram tão bem-sucedidas quanto ela, e nenhuma seria capaz de aguentar uma manhã de segunda-feira em Nova York sem uma histerectomia. Anneke era uma analista holandesa de 60 e muitos anos que escrevia tudo à mão, e Chantelle, que fora sua chefe em Paris, achava que velas eram "luzes de escritório" e se recusava expressamente a preencher o assunto nos seus campos de e-mail.

Sloane, no entanto, era algo raro no mercado: criativa, porém confiável. Ela cumpria prazos — às vezes, até orçamentos. Tinha o mesmo nível de comprometimento com seguradoras de vida e fábricas de lingerie. Outro dos ensinamentos de seu pai: alguns dias são mais inspiradores que outros, mas a inspiração sempre virá se você for trabalhar. (*Trabalho requer trabalho* também era uma de suas frases favoritas.)

Ela observou os mamutinhos entrando pelas portas giratórias, passando os olhos rapidamente pelo que quer que estivessem lendo — olhares apressados, depois demorados, surpresos, quando viam a pessoa sentada no sofá. Sloane sorria; os funcionários também, mas com timidez, e provavelmente passariam todo o trajeto no elevador se perguntando se fora ela mesma quem viram. Ao contrário de outras pessoas de sua área, Sloane não fazia nada chamativo em relação à aparência para se tornar memorável. Nada de luzes excêntricas nem olhos maquiados como marca registrada. Ela tinha seu uniforme, suas percepções, e só.

Sem vontade de perder tempo com as revistas de moda sobre a mesa de vidro diante dela, que comemoravam gravidezes e términos de relacionamentos de celebridades, sua atenção se voltou para as plantas do lobby. Os americanos não sabiam por que ficaram tão obcecados por cactos — simplesmente aceitavam o fato de que plantas resistentes à falta de água eram o novo item que todo escritório e toda casa deveriam ter, da mesma forma que um dia aceitaram samambaias; porém, na verdade, tratava-se de uma apatia socialmente aceita sobre o superaquecimento do planeta. Era uma climatização apocalíptica na forma de plantas ornamentais.

— Sloane! — Ela ouviu o tenor sofisticado de Daxter antes de vê-lo, e, subitamente, lá estava ele: a pele sempre jovem e o terno azul-marinho que era sua marca registrada. — Você chegou! Está maravilhosa! — mentiu ele. — Demorei muito? — Ele a puxou do sofá e lhe deu um beijo em cada bochecha. — Seu voo foi tranquilo? O que achou do apartamento? — continuou perguntando, agarrando seu cotovelo esquerdo.

— Adorei — respondeu Sloane com sinceridade, apesar da pressão vagamente arrogante que o homem ainda exercia sobre seu braço. — É perfeito. Obrigada.

— E o carro? — Ele acompanhou Sloane até os elevadores enquanto assentia de forma animada com a cabeça para todos os funcionários que passavam. — É ótimo, não é?

— Ela é muito atenciosa.

— Você provou o *café?* — Ele apertou com força o botão com a seta para cima. — Os Carros-M fazem um café sensacional. Estamos pensando em entrar no mercado de cápsulas. Depois me lembre de conversar com você sobre isso. Não consigo entender se essa história de cápsulas é uma moda passageira ou não. Ah, chegou!

Os dois entraram no elevador, e as pessoas atrás deles ficaram onde estavam, preferindo não subir com o CEO e sua convidada famosa.

Dax se apoiou na parede e analisou Sloane da cabeça aos pés. Ela envelhecera, sabia disso, mas não de um jeito terrível. Estava um pouco mais magra. Talvez um pouco mais alta. Parecia um pouco cansada.

Quanto a Dax, ele dava a impressão de ser poderoso e cheio da grana, mas fazia isso com a acessibilidade forjada dos ricaços. E parecia meio agitado. Ela não se lembrava de ele agir de forma tão maníaca.

— Como vai seu marido? Argh, a França. Sinto muito pelo que aconteceu lá. Todo mundo que você conhece ficou... bem?

Sloane garantiu a ele que sim, se é que a ansiedade paralisante causada por múltiplos atos de terrorismo pudesse ser qualificada como "bem". E deixou passar o uso do termo "marido".

— Então, estamos muito animados por você ter vindo — continuou Dax, com os braços esticados, como se estivesse se alongando. — Essa conferência vai ser a melhor de todas. Eu realmente acho que focar em pessoas sem filhos vai ser de matar.

Sloane empalideceu diante da escolha vocabular, mas tentou não pensar muito nisso. "Visão positiva" era como o bom e velho Stuart, seu terapeuta britânico, chamava isso. *Veja as coisas de forma positiva até ter razão para o contrário.*

— Ou vai dar apoio a elas — sugeriu Sloane. — As pessoas sem filhos. Mas queremos encorajá-las em vez de acusá-las, certo?

— Dar apoio. Claro. Faça como quiser. — Dax deu de ombros, como se ela tivesse sugerido que era melhor comer yakisoba em vez de sushi no almoço. — Vamos deixar as coisas fluírem. Vai ser ótimo para o pessoal, bem diferente do que estão acostumados.

— É mesmo? — perguntou ela, agora alerta. — Por quê?

— Ah, você sabe — respondeu Dax. — Mais... relaxado. Mais *francês*. É bem legal, não é? Ninguém nunca fez isso antes, até onde eu sei. Contratar uma analista de tendências interna? Pelo menos não por tanto tempo. Ou você já...

Sloane abriu um sorriso irônico. Os dois sabiam que ela não ia entregar de mão beijada informações sobre a natureza dos relacionamentos que tivera antes com outras empresas.

— Bom, enfim — cedeu Dax, relaxando os braços. — Temos um café da manhã de boas-vindas. Isso estava na sua agenda, certo? Você está com fome? Bem, de toda forma — continuou ele, sem esperar por uma resposta —, as crianças estão muito animadas.

E então a memória veio, um fragmento de uma conversa que os dois tiveram na última vez em que se viram. Ele se referia aos funcionários como "suas crianças". Sloane se perguntou se teriam que repensar esse termo agora que o foco da conferência do verão era... contra crianças.

— Fico feliz em saber disso — disse ela. — Também estou animada.

— Então vamos? — perguntou Dax, esticando o braço para indicar o andar que acabara de ser revelado.

Ela lhe deu uma resposta focada no futuro:

— Vamos.

Sloane já havia prestado consultorias em escritórios com espaços abertos estilo playground, nos quais a Mamute se inspirara, mas nunca trabalhara num lugar assim por tempo integral. Ao observar a mesa de *beer pong* projetada por um designer no canto da sala de descanso, perto dos elevadores, o bufê de café da manhã flanqueado por azulejos brancos e um barril de kombucha, sua primeira impressão foi que não sobreviveria àquilo. Para completar, o espaço tinha um aroma característico: uma mistura de capim-limão e aromas cítricos que saía de difusores no teto e que incialmente aguçou seus sentidos — mas ela logo percebeu que passaria os próximos seis meses com cheiro de restaurante tailandês.

— Há quanto tempo vocês estão nesse prédio? — perguntou ela enquanto Dax a guiava pelo corredor na direção de onde quer que estivessem indo.

— Dois anos? — respondeu ele. — Três? Todos já devem estar no auditório.

No caminho, Sloane observou as capas de revista e propagandas que enfeitavam as paredes como discos de ouro, provas das conquistas da jovem empresa. O primeiro telefone ergonômico controlado por toque, com formato de S; vigilância tecnológica para idosos (*"Estamos de olho em você, vovó!"*). Programas de música criados por colaboração coletiva; monitores com bateria de sódio-íon para cachorros diabéticos. Tudo emoldurando o caminho do progresso. E era *mesmo* progressivo. Uma empresa capaz de inovar tanto no ramo de entretenimento como no da saúde? Ela nunca trabalhara para uma companhia tão multifacetada. A maioria de seus clientes se destacava em uma área, monopolizava um serviço. A Mamute tinha de tudo.

O auditório, na verdade, era uma praça de alimentação bonita que ocupava o quarto e o quinto andares. O espaço cavernoso era preenchido com mesas redondas em graus variados de proximidade de uma tela gigantesca. Uma parede era flanqueada por um bufê e uma cozinha pequena; a outra, por uma escada bem aberta e que dava direto na sala.

Havia um *food truck* em miniatura num canto, onde as "crianças" faziam fila para pegar cafés com leite e pretzels de bacon e cheddar. Atendentes vestidos com uniformes listrados circulavam pelo público com sucos verdes em copos que imitavam béqueres e com barrinhas de cereal que Sloane imaginou serem feitas de sementes de chia e outras fibras.

Ela se sentiu lisonjeada por Dax — por alguém — ter se dado a tanto trabalho para sua reunião de boas-vindas com os mamutinhos, mas também existia a possibilidade de que o bufê de café da manhã fosse assim todos os dias.

— Isso tudo veio de zonas livres de conflitos, aliás — explicou Dax, indicando a comida que circulava nas bandejas. — Ou pelo menos é o que me dizem. Muito bem! — continuou ele, um pouco mais alto. — Vamos para o palco!

Sloane o seguiu para uma estrutura elevada que podia muito bem ter sido construída para o evento daquela manhã e se abria para a multidão que ocupava o salão. Devia haver pelo menos 150 pessoas ali, talvez mais.

— São só os chefes dos departamentos de criação e mais um pessoal — explicou ele enquanto se aproximavam do microfone.

Pessoas criativas, então, todas parecendo jovens demais para ter filhos. Ela tentou segurar o sorriso enquanto Dax verificava o microfone. Não era a tarefa mais confortável do mundo, incentivar os outros a nunca procriar.

— Nós lançamos rastreadores de condicionamento físico, mas não conseguimos ligar um microfone... Não é possível. Ah, agora sim, está funcionando. E aí, galera? *Guten morgen*, como dizem por aí! Então — Dax abriu um sorriso radiante na direção dela —, o grande dia enfim chegou. A França nos mandou ajuda! — As risadas eram sinceras, vibrantes. — Bem, todos nós sabemos quem está aqui, mas vou fazer isto de toda forma, porque ela atravessou um oceano para se juntar a nós. — Ele tirou um papel dobrado do blazer, para logo depois guardá-lo de forma espalhafatosa. — Dane-se, acho que posso quebrar o protocolo. Sloane Jacobsen é uma das analistas de tendências mais importantes do mundo real. Ela começou a carreira fazendo previsões sobre beleza na Aurora, em Paris, quando tinha apenas... o quê, uns 20 anos?

(Na verdade, 22, mas ela não falou nada.)

— ... onde transformou completamente a visão que essa gigante do mercado tinha de cores. Batons laranja, esmaltes verde-menta... os produtos que achamos comuns hoje em dia surgiram por causa dela. E então... — A biografia impressa reapareceu por apenas um instante antes de sumir de novo. — Sloane entrou para a MirrorWall, a famosa empresa parisiense de previsões, na qual, durante uma palestra sobre otimismo na Nestlé, convenceu a velharia de que os consumidores iam querer tomar água colorida. Se você já tomou uma BrightWater, isso também é graças a ela. Ou talvez vocês queiram escolher os ingredientes que serão colocados em seus drinques? No outono de 2001, Sloane explicou a uma sala lotada de executivos da Kraft por que a geração de vocês iria buscar consolo em raízes, literais e figuradas. Pessoalmente, eu atribuo a ela o movimento do consumo de comida local, e já declarei isso em entrevistas. Ela é boa com comida, é boa com moda, mas, meu Deus, como é boa com tecnologia. — Dax se virou para Sloane, orgulhoso, e ela sorriu para ele agradecida. — Várias e várias vezes, vi Sloane ir além dos dados para analisar as coisas que as pessoas vão querer fazer com seus aparelhos e que são impossíveis agora. Ela tem a capacidade incrível de combinar o lado humano com o eletrônico. A primeiríssima vez que nos falamos foi um segundo depois de ela ter feito sua previsão, agora lendária, sobre o gesto de arrastar a tela. E com certeza ela foi a única pessoa a recusar meu convite três vezes! E é por todos esses motivos que estou superanimado por Sloane finalmente ter concordado em nos ajudar com a conferência ReProdução.

(Mais risadas, incluindo dela.)

— Como alguns de vocês sabem, ou estão prestes a saber — continuou Dax, trocando o peso de uma perna para outra —, já faz um tempo que Sloane é a garota-propaganda do movimento antirreprodução. Apesar de eu não poder dizer que comprei a ideia — Sloane abriu um sorrisinho; Dax tinha um filho. Dois? —, conforme o mundo continua a... oscilar, e a economia a... derrapar, os não reprodutores serão um mercado muito influente. Ora, já são. Gosto de pensar que estamos escolhendo honrar o próximo movimento de independência criativa, sem julgar aqueles que querem, ou não, ter filhos. Fora isso — concluiu Dax, falando mais alto para silenciar um grupo de pessoas que, por algum motivo, aplaudia

—, como uma mulher sem filhos bastante franca, Sloane vai ser fundamental para ajudar a guiar cada uma de nossas equipes de departamento em suas apresentações para a ReProdução. Quero produtos bastante ousados, inovadores, e sei que ela será capaz de guiá-los e os inspirar a criar apresentações mais originais do que nunca. Então, meus amigos! — gritou ele, antes de passar o microfone para ela. — Que tal uma salva de palmas para nossa nova integrante, Sloane?

Durante a sessão de bate-papo que se seguiu, Sloane conheceu uma consultora de identidade verbal chamada Greta. Um viralista geográfico chamado Chaz. Foi apresentada a um grupo inteiro de pessoas com nomes de espécies de maçã: Courtland, Pippin, Lodi. Conversou com três funcionários que usavam ceroulas. Conheceu uma gerente de mídias sociais com uma tatuagem de seta com o texto "Você está aqui" apontando para o coração.

Independentemente do que as roupas sugeriam sobre suas personalidades, todos pareciam muito animados em conhecê-la. Animados e um pouco assustados. Era complicado socializar com uma analista de tendências. A qualquer momento, o oráculo podia dar as caras: declarar que mechas louras estão fora de moda ou decretar o fim do ensino superior, e aquilo essencialmente transformar sua vida.

Sloane teve dificuldade com as interações rápidas com os funcionários. Ela não lidava bem com aquela política social de conversas breves com o maior número de pessoas possível, um meio em que você era descartado se não fosse inteligente e ágil. Enquanto seguia de uma pessoa brilhante para a próxima, ela se consolou com o fato de que aquela era apenas sua primeira manhã de seis meses de trabalho que ainda viriam. Teria tempo de conhecer todo mundo. Compreender as nuances das coisas que não eram ditas.

— Você previu sandálias plataforma? — perguntou, de súbito, uma mulher à sua direita.

Sloane olhou para as sandálias monstruosas que a menina usava com meias escuras. Uma saia de pregas batia abaixo de seus joelhos.

— Sapatos plataforma? Não — respondeu ela, tentando encontrar uma maneira de parecer educada. — No ano passado, a moda eram as rasteiras. Sandálias rasteirinhas, quero dizer... Então faz sentido. Sabe? Primeiro veio o jeans skinny; depois os jeans largos.

— Espere aí, então a previsão de tendências só se trata de opostos? Trabalho com relações públicas aqui, mas sou, tipo, *obcecada*, por análise de tendências.

Sloane sorriu diante do otimismo óbvio da mulher. Os níveis do mar estavam subindo, a Associação Nacional de Rifles basicamente mandava no país, mas sempre haveria sapatos novos.

— Você geralmente pode contar com os opostos para mostrar a direção que as coisas estão tomando — explicou ela. — As coisas surgem e desaparecem.

— Sabia! — A garota assentiu. — *Bem* que eu desconfiava.

— Pronto, acho que você já foi muito exposta. — Dax apareceu ao seu lado, tocando seu braço direito. — Quero te apresentar à minha secretária, Deidre. Ela vai te mostrar o escritório. É melhor você se ambientar um pouco antes do início das reuniões.

Aquele primeiro encontro tinha sido uma loucura. Sua cabeça ainda estava girando com todas as roupas, peles, nomes. Por isso foi tão reconfortante ver aquela mulher simples esperando por eles num canto com uma prancheta. Algo no porte tranquilo fez Sloane querer fechar os olhos e se render às ideias e visões estranhas que sempre surgiam dentro de si — tapetes de grama de verdade, portas circulares. Os ombros arredondados e as raízes grisalhas do cabelo de Deidre eram uma recepção mais serena para seu retorno ao lar.

6

Nos seus dez minutos livres antes da reunião com o departamento de beleza, Sloane resolveu tornar o escritório um lugar mais propício a ideias criativas.

Ela trouxera quinquilharias coloridas que facilitavam o tipo de pensamento sonhador e criativo que às vezes fazia parte de seu trabalho. Havia uma lhama peruana em miniatura que o pai tinha trazido da viagem a Lima, o corpo coberto com uma estampa colorida e pelo branco; um vaso redondo feito de lápis de madeira coloridos; e uma foto emoldurada de um pão de forma que ela deixaria escondida dentro da mesa. A fotografia do pão era, de longe, a coisa mais estranha que trouxera do outro lado do Atlântico. Apesar de ninguém nunca ter perguntado nada sobre a imagem, Sloane tinha a resposta na ponta da língua, caso o assunto surgisse: "Ela me lembra de um ditado famoso." A verdade era que aquele fora um cartão que comprara para a irmã havia alguns anos, mas nunca enviara. E trazia mesmo uma citação no interior; no caso, um ditado português que dizia: *Cada filho que chega traz um pão debaixo do braço*. O pão significava saúde, significava nutrição, significava felicidade. O apego de Sloane ao cartão não tinha nada a ver com filhos. Não — era muito mais estranho que isso. Ela o comprara quando a primeira sobrinha nascera, e escrevera no interior tanto suas felicitações como um pedido de desculpas, mas o espaço para as duas coisas fora insuficiente, e então ela percebera que uma mãe com um bebê recém-nascido provavelmente não queria receber parabéns e desculpas no mesmo cartão e, no fim das contas, enviara uma manta estampada da melhor loja infantil de todo o 6º *arrondissement* e um bilhete que dizia apenas: *Parabéns*. E isso bastava. Não fazia sentido se desculpar por algo que você não sabia explicar.

Ao lado da luminária de mesa, uma concha em forma de cone cheia de manchinhas, que encontrara em Oahu, para lembrar a si mesma de que ainda havia mágica no mundo. Uma foto noturna da roda-gigante que iluminava os Jardins das Tulherias todo verão ficou ao lado do telefone. Ela devia ter colocado também reguladores de luz, porque a iluminação ali era *forte*.

Uma ligação interrompeu suas melhorias decorativas.

— Alô? — atendeu ela, hesitante, o corpo desacostumado com as exigências ergonômicas de um telefone no escritório.

— Srta. Jacobsen, olá. Desculpe incomodar, aqui é Deidre de novo. Eu me esqueci de mencionar que deixei alguns panfletos sobre nossos programas de bem-estar. Não é obrigatória a sua participação, eu só queria... deixá-la ciente... E, também, sua mãe está na linha. Posso passar a ligação?

— Minha mãe? — perguntou Sloane.

— Sim, sua mãe. Quer que eu peça a ela que ligue mais tarde?

O coração de Sloane se apertou. Margaret não gostava de ligar para o celular da filha porque presumia que ela não atenderia quando visse quem era. Já fazia muito tempo que Sloane não ouvia a voz dela.

— Mãe? — disse Sloane, nervosa, quando Deidre lhe passou a ligação. — Está tudo bem?

— Tudo bem? — perguntou Margaret, num tom de quem está na defensiva. — Por quê? Ah, não, só estou ligando para dar um oi!

E também por causa do jantar. Fiquei na dúvida se vocês têm alguma restrição alimentar.

— Restrição? — repetiu Sloane. — Oi. Não. Mas como você conseguiu... me encontrar aqui?

— Ah, pedi para Leila procurar o número. É que não quero fazer certas coisas se o Roman estiver numa de suas... Nunca consigo lembrar, ele come carne ou não?

— Mãe. — Ela suspirou. — Ele é francês.

— Então... não?

— Nenhum de nós tem restrições. Comemos de tudo. Gordura. Açúcar. Pão.

— Tudo bem. Ótimo. Só queria confirmar — disse Margaret num tom irritado.

Inconscientemente, os dedos de Sloane se apertaram, se fechando num punho. Ela sabia o que a mãe queria dizer, é claro. *Já faz tanto tempo que não a vejo, sabe Deus o que mudou.* Nas poucas vezes que conversara com seu terapeuta sobre a tendência da mãe de ser passivo-agressiva, ele dissera algo útil: *Lembre-se de que ela está envelhecendo.* Por algum motivo, Sloane achava isso extremamente reconfortante.

— É claro — disse ela, se forçando a amolecer. — Nós dois estamos muito animados.

Houve uma pausa. As duas sabiam que aquilo era mentira.

— Que ótimo! — exclamou Margaret, entusiasmada. — Mal podemos esperar!

Ao desligar, Sloane tentou se distrair com os panfletos que Deidre mencionara em vez de se permitir analisar as entrelinhas do diálogo com a mãe. Ela devia cancelar o jantar, seria o certo a fazer. A ideia surgira pelos motivos errados — ela queria fazer algo generoso, jantar na casa da mãe no seu primeiro dia nos arredores; algo nobre e altruísta que poderia mencionar se (quando) fosse acusada de estar sempre ocupada por causa do trabalho. Essas acusações não viriam da família (que desistira de se dar ao trabalho há uns 12 anos já), e sim dela mesma.

Porém, enquanto isso: panfletos. Convênios com academias, descontos de viagem, os benefícios de um crachá corporativo. Sloane folheou os catálogos de clubes dos quais nunca participaria: hataioga, ioga aérea, as recompensas e os desafios da fabricação artesanal de cerveja, LEGO para adultos, totó, degustações de Pinot Noir em fevereiro, "A conexão com a tranquilidade: como encontrar a plenitude com aplicativos de meditação".

Uma batida à porta interrompeu suas reflexões sobre o paradoxo daquele último panfleto. Ela analisou a mesa em busca de algum botão, mas, quando não encontrou nada modernoso, apenas gritou:

— Sim?

— Ah — disse Deidre, entrando na sala e notando os papéis nas mãos de Sloane. — Eu só achei... ou talvez você tenha alguma sugestão? — Ela ficou vermelha como um pimentão.

— Não, não — respondeu Sloane, se agarrando aos panfletos como se fossem um presente. Deidre tinha um ar de animal ferido, algo que Sloane queria amenizar. — Tem coisas muito legais aqui! LEGO! Todos nós temos uma criança interior.

A secretária pareceu esperançosa, depois nem tanto. O contrato de trabalho de Sloane era bem claro: sua missão era ser contra crianças.

Deidre se empertigou e prendeu uma mecha do cabelo grisalho atrás da orelha.

— Bem, se você não estiver ocupada, é melhor já irmos para a reunião. É um pouco difícil localizar as salas. — Ela empurrou o cabelo de novo. — Todas parecem iguais.

Para se manter alinhado com a proposta da empresa, o departamento de beleza da Mamute só criava cosméticos e produtos para cuidados com a pele que tivessem um viés tecnológico. Ferramentas pessoais de microdermoabrasão e máscaras faciais antirrugas, protetores solares para o couro cabeludo, esmaltes aromatizados. Considerando sua experiência na Aurora, não era de surpreender que o dia de Sloane começasse ali. Apesar de rituais de beleza serem considerados fúteis, eles realmente sinalizavam as tendências mais promissoras no mundo.

A cor de esmalte mais vendida dava pistas do humor geral de uma nação, assim como as combinações de aromas que dominavam a área de higiene pessoal. Para um consumidor na seção de perfumaria de uma farmácia, os componentes dos antitranspirantes serviam apenas para confirmar que não havia alumínio na lista, mas, para Sloane, o fato de que tantos produtos estavam sendo formulados para ter cheiro de manteiga de cacau e água do mar, folhas de palmeiras e aromas exóticos, era prova de que havia certa inquietação nos banheiros das classes mais abastadas. As pessoas queriam, para todos os efeitos, fugir de seus corpos. Dos aromas pungentes de sua labuta diária.

O lado pessoal sempre dizia algo sobre o público. Ela com frequência se lembrava de um *focus group* para uma caneta tira--manchas em que trabalhara com Roman, no qual uma jovem parisiense se emocionara a ponto de chorar, contando como se sentira quando uma de suas roupas favoritas ficara manchada. Depois disso, Roman decidira relatar aos chefões da Pfizer que os jovens precisavam de sabões mais fortes porque não sabiam como cuidar de suas roupas; que misturavam peças brancas com coloridas e tal. Mas, para Sloane, a reação da mulher fizera com que ela se lembrasse da palestra que dera na Kraft sobre raízes. O que vira naquela jovem (e o que também sentia na geração pós-11 de Setembro) era uma resistência ao descartável, à conveniência de curto prazo de *porcarias* baratas. Pós-queda das torres, pós-telefones fixos, pós-modernos, a juventude conectada queria crer em algo, em qualquer coisa. Incapazes de admirar políticos, privados de exemplos de colegas que acreditavam num deus, sentindo-se deslocados pela suposta conectividade da internet, alguns desses jovens depositavam suas esperanças espirituais em roupas.

E esta geração?, perguntou Sloane a si mesma enquanto seguia com Deidre pelo piso acarpetado até a sala de reunião com paredes de vidro, através das quais via as pessoas mexendo em seus aparelhos. Bem, eles depositavam sua fé na capacidade de serem a melhor versão de si mesmos. De serem tão atraentes e competentes quanto possível, tanto on-line como na vida real; de serem sociais em mundos duais; de terem empregos que eram ao mesmo tempo importantes e divertidos.

Quando chegaram à porta de vidro, ela e Deidre fizeram uma pausa.

— Vou participar da maioria das reuniões — disse a secretária. — Dax gosta que eu faça anotações. Então, se você precisar de alguma coisa, em qualquer momento, pode contar comigo.

O sorriso de Deidre era hesitante; sua mão ainda estava apoiada na porta, talvez ciente de que, uma vez aberta, a aventura iria começar.

Havia 13 pessoas ali, 15 com ela e Deidre. Os funcionários pareciam alertas e tensos, lembrando-a dos comentários de Daxter de que suas interações com eles seriam "muito diferentes de tudo com que estavam acostumados". Mas com o que eles estavam acostumados? Na Europa, os *focus groups* e as sessões de *brainstorming* comandadas por Sloane eram diretas, participativas, muito divertidas. Quando o grupo estava alinhado, a sensação era de que não havia nada no mundo que um trabalho em equipe de verdade não pudesse mudar.

Ela não usava planilhas. Não usava quadros brancos. Em geral, trabalhava com revistas pouco conhecidas e amostras de cor e texturas de tecido para as pessoas passarem entre si. Mas não trouxera nada disso — não queria impor seus métodos num modelo já existente: queria compreender como a cultura da Mamute funcionava para que conseguisse respeitar — e talvez mudar — a forma como os funcionários pensavam.

— Olá, pessoal — começou ela. — Para aqueles que conheci hoje cedo, que bom revê-los. Para os que ainda não me conhecem, sou Sloane. Acho que é melhor eu começar perguntando: vocês já trabalharam com alguém como eu?

Uma mulher extraordinariamente asseada ergueu dois dedos elegantes.

— Já trabalhamos com grupos de previsão de cores. Para ajudar com nossas paletas. Mas não com alguém que, tipo, lida com outras tendências.

— Tudo bem. — Sloane assentiu, pensativa. — Vocês sabem o que iria me ajudar? Vou conhecer muita gente, são muitos nomes para decorar. Se puderem se apresentar, dizendo seu nome e o setor em que trabalham quando fizerem algum comentário, seria ótimo.

Sloane abriu um sorriso convidativo para a moça que havia acabado de falar.

— Ah, hum, Aster — disse ela. — Desenvolvimento empresarial.

— Ótimo — falou Sloane, por um momento hipnotizada com a perfeição do rabo de cavalo de Aster. — Então vamos nos concentrar na tarefa mais importante. Vou participar de algumas das reuniões de vocês para ajudá-los a apresentar os produtos para a conferência ReProdução. Como sabem, isso significa que temos que pensar nas necessidades e nos desejos de uma parcela da população que decidiu não ter filhos. Que tipo de produtos de higiene pessoal alguém assim desejaria?

— Acho que tenho uma pergunta — disse uma garota com cabelo preto na altura dos ombros, sentada em posição de lótus na cadeira. — Por que essas pessoas teriam necessidades diferentes daquelas que têm filhos? Quero dizer, acho que consigo entender por que teriam interesses diferentes em coisas tipo carros, mas cosméticos? Não sei. Argh, desculpe. — Ela coçou a cabeça. — Mina Tomar, design gráfico.

— Exatamente — respondeu Sloane, animada. — É isso que torna a preparação para a conferência tão desafiadora. *Será* que as necessidades das pessoas que, seja lá por qual motivo, decidiram não ter filhos são diferentes daquelas que querem reproduzir? Por quê? Como? Concordo com você, Mina, e, em particular na área da beleza, vamos ter que nos esforçar. Talvez seja bom começar com: alguém aqui tem filhos?

Sloane olhou ao redor da sala. Cabeças faziam que não, alguns rostos demonstravam certo pânico. Ela se virou para Deidre, mas a secretária não ergueu a mão.

— Ah — continuou Sloane —, parece que vamos precisar de ajuda externa. — Ela riu. — Vamos montar *focus groups* para descobrir a opinião de mulheres com e sem filhos sobre cosméticos. E de homens também. — Um silêncio pesado tomou conta da sala. — Vocês já participaram de *focus groups* antes, não é?

Ainda silêncio. Risadas envergonhadas.

— Alguém, em algum lugar, já deve ter feito isso — disse um homem lindo num moletom sofisticado.

— O que o Jones quis dizer é que trabalhamos com o feedback de *focus groups* executados por pesquisas de marketing — comentou Aster.

Sloane hesitou.

— Então ninguém aqui nunca participou de um *focus group*?

O rapaz com o moletom sofisticado deu de ombros.

— Nós monitoramos a opinião popular pela internet — explicou ele. — As estatísticas são maiores e melhores.

— Certo — disse Sloane, desabando sobre a cadeira na cabeceira da mesa de reunião. Ela entendia a expansão da rede mundial de computadores. Mas havia algo essencial a ser captado na observação da *reação* das pessoas: os movimentos do corpo, os tiques faciais incontroláveis. Especialmente quando se tratava de produtos que seriam usados na pele de alguém. — Certo, desenvolvimento de produtos — repetiu ela. — Vamos começar devagar. Vocês já começaram a pensar nos produtos que podem apresentar?

— Cara, estamos quase no Natal — disse Jones. — Não temos tempo nem para *respirar.*

Sloane sorriu. Ela sabia como o calendário de lançamentos deles era apertado.

— Então por que não me contam o que estão produzindo? E começamos a partir daí.

Jones olhou para o outro lado da mesa, para um rapaz que parecia tenso, usava camisa polo e apoiava as mãos num fichário.

— Ah, claro — disse o garoto, entendendo o recado de Jones. — Sou Brennen. Também trabalho com desenvolvimento de produtos. — Ele abriu o fichário e começou a folhear algumas páginas. — No outono, vamos lançar uma linha de maquiagem que é ativada por câmeras de celular — continuou, o rosto ficando cada vez mais vermelho. — É nossa continuidade às bases HD que são um sucesso no mercado. Mas, em vez de ser adaptado para televisão e filmes, esse produto é feito para ter melhor desempenho em redes digitais. Tipo selfies e conversas por vídeo.

— Certo — disse Sloane. — Legal.

Obviamente encorajado pela resposta, Brennen parou de ler as páginas do fichário.

— Também estamos criando um scanner de rugas infravermelho que vai funcionar como aplicativo. Tipo um *plug-in*, basicamente, que você coloca no telefone, e aí...

Jones então fez um barulho de algo sendo fulminado enquanto escaneava o rosto com um aparelho invisível.

— Certo, isso é interessante — disse Sloane, animada —, mas tem um problema básico. Como se resolve o fato de que a luz de alta energia emitida pelos nossos celulares causa mais envelhecimento do que os raios UVA e UVB juntos?

Ela viu Mina franzir a testa.

— Ah, para isso temos uma linha completa de cremes contra os efeitos da alta energia. — Mina suspirou, sarcástica. — Mãos. Pescoço. Rosto.

Várias pessoas se encolheram, constrangidas. Sloane tinha se deparado com algo inesperado: vergonha. Por mais criativo que seus trabalhos fossem, todos ali sabiam que precisavam vender aqueles produtos.

— Ainda temos que resolver alguns detalhes, é óbvio — acrescentou Jones com um sorriso enorme.

— É óbvio — repetiu Brennen.

Sloane observou alguns pomos de adão se mexerem. Eles precisavam se conhecer melhor, decidiu ela. Ninguém conseguia inovar sozinho.

— Mas o que nós *já* resolvemos é bem legal — continuou Jones, estimulado pelo silêncio dos outros. — Apesar de ainda não termos data para o lançamento, é um produto físico que consegue avaliar de verdade a saúde e o processo de envelhecimento da pele.

Algo ressoou dentro dela. Era uma reação bioquímica que Sloane sentia ao se deparar com sinais de uma tendência futura. Podia ser estimulada por uma imagem numa revista (ela se lembrava de ter visto, no início dos anos 2000, a fotografia de uma modelo vestida de forma suntuosa diante de uma cabana de palha e imediatamente saber que os dez anos seguintes seriam dedicados a um luxo imoral: irreverente e chamativo, nada politicamente correto), uma fala num filme, a cor de uma fruta madura. Ela sentia essas mensagens de um jeito físico: aminoácidos que se reuniam para formar uma molécula de proteína de uma tendência maravilhosa.

— Isso, *sim*, parece algo que podemos usar para a ReProdução — disse Sloane, tentando controlar a empolgação. — Continue...

— Bem — retomou Jones, orgulhoso —, ainda não decidimos se será algo que as pessoas possam usar, tipo um bracelete, ou algo que passem na pele, como um creme. A ideia é que o celular detecte o estado atual da pele. Tipo, se você tem 26 anos, mas com cara de 35, então vai precisar fazer mudanças para melhorar a situação. Ou, por exemplo, se estiver de ressaca — isso causou algumas risadas —, sua pele vai ficar tipo, eita!

Sloane se esforçou para não ceder aos pensamentos premonitórios e tentou focar em guiar a garotada no caminho certo. Mas aquilo era delicioso demais para resistir. Imagens e visões alucinógenas a invadiam quando uma premonição se abria diante de si. Ela viu pessoas usando máscaras de segunda pele, os corpos inteiros com enxertos de cútis mais bonitas, mais fortes. Na Ásia, muita gente já seguia essa rotina com máscaras faciais de proteção contra o sol e macacões que não eram muito diferentes dos zentai de Roman. Problemas epidérmicos causados pelo sol eram considerados um absurdo por asiáticos de determinada classe social. Havia classes inteiras de pessoas indo à praia em roupas que cobriam o corpo inteiro. Enquanto o buraco na camada de ozônio continuasse aumentando, essas segundas peles se tornariam cada vez mais comuns. Tão fáceis de comprar quanto chiclete. As pessoas as colocariam no pescoço, no rosto, nas áreas mais expostas aos danos solares e onde os efeitos do envelhecimento ficariam mais óbvios... Sloane ergueu o olhar. Os mamutinhos a encaravam. Ela viajara. Para longe.

— Desculpe — disse ela, tentando voltar à linha de pensamento original. — Vamos seguir com essa ideia. Aparelhos para monitorar a saúde da pele de pessoas sem filhos. Podem começar.

O grupo a encarou, impassível.

— Não precisam ficar com receio, pessoal. Não existe certo ou errado. Essa é a graça do nosso trabalho para a conferência. Podemos pensar em voz alta. Na verdade, algumas das ideias apresentadas nesse verão nunca vão virar produtos de verdade. Preciso que vocês vejam esta conversa como um ponto de partida, como uma *reflexão* sobre as tendências. Falem de coisas pelas quais se interessem ou desejem, mas talvez não comprem. Faz sentido?

Na falta de uma resposta, várias pessoas pegaram o celular. Sloane ficou tensa. Ela compreendia agora — eles eram espertos, tinham senso de humor, mas lhes faltava instinto. A confiança em suas opiniões só existia quando elas eram dadas pelo grupo.

— Estou falando sério — tentou ela. — Digam qualquer coisa. O que vocês iriam querer se nunca tivessem filhos? Vai ser um debate divertido.

— Beeem — disse Mina, se ajeitando na cadeira. — É uma ideia bem louca, mas, e se a pele inteligente monitorar quanto tempo faz desde que você foi tocado pela última vez?

A garota deve ter interpretado a surpresa no rosto de Sloane como confusão, porque elaborou seu pensamento.

— Tipo, eu tenho vários irmãos, e alguns deles têm filhos. As crianças sobem em mim, estão sempre *em cima* da gente. O que estou querendo dizer é que pessoas sem filhos não são tocadas com tanta frequência. Aí, talvez, se houvesse um recurso que, tipo, monitorasse a sua... a sua saúde interpessoal, acho que poderia ser...

Alguém bateu à porta de vidro. Sloane se virou, murchando ao ver Dax do outro lado. Ele acenou antes de entrar, se acomodando com tranquilidade na mesa ao lado da cadeira de Deidre.

Sloane sabia que ele tinha chegado na hora errada. A ideia de Mina era o tipo de coisa ao qual podiam ter se agarrado como um cometa e saído voando pelo céu, bolando uma variedade de produtos para pessoas que não tinham contato de pele frequente. Mas, agora, haveria um retrocesso. Ela já sentia isso acontecendo. As pessoas se sentavam mais empertigadas, doidas para verificar seus e-mails.

— E aí? — perguntou Dax. — Só quis dar um pulinho aqui para ver como estavam as coisas.

— Ah, sim — disse Sloane, olhando para seus pupilos, que subitamente ficaram inexpressivos, como se nada de interessante tivesse sido falado. — Nós estávamos nos conhecendo melhor, trocando ideias.

— Perfeito! — disse Dax, batendo as mãos. — Alguma coisa boa?

— Bem, na verdade, a Mina... — Sloane viu os olhos da garota se arregalarem. Então, sua cabeça pequena e de cabelos brilhantes fez que não num gesto rápido. — Eles me contaram sobre os lançamentos deste ano — corrigiu-se ela —, e estávamos vendo como poderíamos repensar os produtos para a conferência ReProdução.

— Ex-ce-len-te — disse Dax, arrastando cada sílaba. — Que bom que você assinou uma pilha de contratos de confidencialidade. Não é mesmo?

Sloane abriu um sorriso tenso em meio ao coro de risadas forçadas.

— Por favor — continuou o chefe, desdenhoso. Ele pegou uma tangerina da tigela cheia de frutas brilhantes. — Finjam que não estou aqui.

— Certo — disse Sloane, voltando-se para o grupo. — Então estávamos falando sobre peles inteligentes. E acho que a, hum... a ideia sobre criar produtos que possam ser usados para monitorar interações físicas é genial. E importante. Vamos falar mais sobre isso?

Era impossível ignorar os rostos pálidos como a morte. Mina estava com os pés plantados no chão, como se estivesse pronta para sair correndo.

— Ei, ei, ei, ei — disse Dax, se empertigando. — Então, tipo, algo que vigia sua vida amorosa? Sloane! Que coisa francesa!

— Não, não estou falando de *sexo* — insistiu ela, confusa com uma reação tão pudica —, só de interações interpessoais que envolvam contato de pele. Chegamos à conclusão de que pessoas sem filhos podem sofrer um... déficit de toque humano. Então estamos discutindo segundas peles que poderiam detectar esse tipo de coisa.

Dax colocou mais um pedaço da fruta na boca.

— Certo — disse ele, mastigando o gomo. Continuou comendo com tranquilidade. Depois se levantou. — Essa ideia é deprimente, e, na minha opinião, pessoas não compram coisas tristes. Acho que teríamos mais sucesso com algo que medisse proezas sexuais, como um amigo virtual. — Ele fez gestos de pistola com os dedos.

Todo mundo ficou esperando. A sala pulsava com o silêncio tenso das pessoas torcendo para que aquilo fosse uma brincadeira.

Dax jogou a casca da tangerina na lixeira e limpou as mãos na calça.

— Tá. Só não vamos pensar em coisas deprimentes *demais* — falou ele. — Vou deixar vocês voltarem ao trabalho. Não quero atrapalhar. — Então olhou para Deidre. — Está anotando tudo?

— É claro.

— Óóóótimo. Continuem, continuem!

Sloane esperou até Dax sumir de vista antes de voltar a encarar a sala.

— Pessoal? — disse ela, erguendo as mãos. — O que aconteceu? Tipo, eu sei o que aconteceu, mas vamos retomar o foco? Mina, você estava indo muito bem...

Mina *estava*, mas, agora, parecia escrever o e-mail mais importante do mundo.

— Pessoal? — tentou Sloane de novo. — Sei que isso foi meio frustrante, mas podemos tentar voltar?

Eles tinham perdido completamente o foco, isso era óbvio, mas havia outro problema. O ar de normalidade que tomou conta da sala parecia tão falso quanto aterrorizante. Sloane decidiu não insistir. Era mais importante descobrir o que estava acontecendo.

— Tudo bem — cedeu ela. — Às vezes é mais fácil pensarmos sozinhos. Quero que todos voltem para a próxima reunião com três produtos que ajudariam pessoas que optaram por não ter filhos. Estou falando sério. Dever de casa. E, como recompensa, vocês estão liberados — concluiu, autorizando-os a voltar para o mundo corporativo.

Depois que todos saíram, ela se virou para a única pessoa que continuava ali.

— Deidre? — chamou Sloane com uma expressão de dúvida. — Sei que os funcionários se sentem intimidados pelo Dax, mas é... Só por curiosidade, para futuras reuniões, é realmente difícil para eles? Ninguém pode falar o que pensa?

— Ah, as pessoas podem falar o que quiserem — respondeu Deidre com um sorriso tenso. — Temos uma cultura muito... aberta. É só que alguns funcionários têm uma ideia bem clara do que o Sr. Stevens quer ouvir.

— Entendi — respondeu Sloane, entendendo além do que deveria.

Ela tentou fazer o truque da terapia que Stuart lhe ensinara, não pensar no lado negativo das coisas. Mas não havia como evitar a pergunta: Por que fora contratada? Para escoltar os funcionários por um caminho já traçado?

Aquele era seu primeiro dia. As pessoas ainda não sabiam como lidar com a chefe nova e temporária. Infelizmente, Sloane desconfiava de que isso não mudaria em um futuro próximo.

Sloane estava exausta quando voltou para casa. As reuniões com os outros departamentos tinham sido parecidas com a do setor de beleza — começavam com debates rotineiros até alguém pensar em algo esquisito e não comercial, então a energia do grupo parecia se encolher de vergonha pela sinceridade do que havia sido mencionado.

Ela mantivera a porta do escritório aberta o dia inteiro, torcendo para Mina aparecer. Muitas pessoas apareceram, mas nenhum visionário com uma boa ideia. Aster, a moça efusiva do desenvolvimento empresarial, viera conversar sobre cosméticos; ela admirava o trabalho que Sloane havia feito com as cores na Aurora e queria saber sua opinião sobre o tom escolhido pela US Color Corporation para o ano: branco. Sloane respondera que acreditava de verdade que deviam ter escolhido verde-fluorescente, mas que a empresa que determinava as cores da moda tinha que compensar seu erro absurdo de 2015, que fora denominado como o ano da "marsala" — o que acabou sendo verdade apenas para mães de noivas.

No geral, o dia tinha sido difícil, cheio de novos sons e visões, e, quando saltou na calçada diante de seu prédio, ela ficou feliz ao ouvir, baixinho, a música eletrônica de Roman vindo do apartamento — o companheiro, pelo menos, seria capaz de entender sua frustração pelas oportunidades perdidas —, mas ficou menos contente quando viu o que ele estava fazendo. Sentado de pernas cruzadas no carpete, em seu macacão zentai (o vermelho, usado com menos frequência), Roman analisava o conteúdo de algumas caixas que pareciam ter sido entregues pouco antes.

— Ah, olá! — disse ele com sua não boca, levantando e se pressionando contra ela no que devia ser um abraço, mas, naquele traje, parecia mais uma fricção. — Como foi seu dia?

Sloane tirou as botas e desabou numa cadeira sem graça. O apartamento fora alugado já mobiliado. Quem escolhera aquela cadeira?

— Foi... Não sei. Fiquei um pouco decepcionada. O que é isso tudo? — perguntou ela, indicando as caixas da FedEx que ocupavam boa parte do piso.

— Que ótimo! — disse ele, sentando-se de novo. — As empresas mandaram esse monte de coisas! Depois da matéria na *Nouvel Obs*. Não te disse? Que simpatia!

Roman levantou uma caixa na direção dela. O macacão zentai não tinha abertura para os olhos, só era mais gasto na região facial devido ao uso, então era impossível determinar se ele via alguma coisa, mas Sloane conseguia enxergar. Conseguia ler. *O futuro da masturbação*, estava escrito em uma das caixas. VR Tenga era a marca.

— O auge do neossensualismo! — cantarolou Roman. — Esse é o futuro do sexo virtual realista. — Ele agarrou um par de óculos e um tubo fálico. — Você coloca isso sobre o órgão genital — explicou, demonstrando —, se conecta com o *headset* de jogos, e aí...

— Roman — interrompeu Sloane, cravando as unhas nos tornozelos. — Sobre que é a porra do seu livro?

— *Neossensualismo* — respondeu ele, com um suspiro. — Já disse! Como pessoas digitalizadas vivem o novo sexo! Vou deixar você ler um trecho daqui a pouco. Resolvi escrever uma matéria. Uma... como vocês dizem? Uma coluna?

— Sobre sexo virtual? — repetiu ela, indicando a caixa da VR Tenga com a cabeça.

— Sobre sexo *pós-sexual* — corrigiu ele. — É, eu sei! Tudo isso parece um jogo de videogame. Mas não é. *O* jogo é *você*. Esse nível de sincronia entre humanos e máquinas, Sloane. É algo nunca visto antes.

— Por um bom motivo — observou ela, sendo irônica. — É nojento.

— Não é do seu feitio ser tão careta assim. — Roman deu de ombros.

— Careta? — rebateu ela, a voz aumentando de volume. — Já existem tubos vaginais à venda no mercado? Aposto que não. Acho que essa ferramenta aí só serve para homens. Então não me venha com esse papo de que estou sendo careta.

Como o rosto dele estava coberto pelo macacão, Sloane não sabia dizer se seu comentário tivera o impacto desejado. Ela se agachou e pegou o tubo para rolas. Pintado de vermelho e prata e com dois fechos externos, o revestimento parecia mais algo em que se colocaria chocolate quente, e não um pênis.

Dominada pela exaustão, ela devolveu o assistente de masturbação ao lugar. Aquele era um péssimo dia para ir jantar na porra da casa da mãe, sem sombra de dúvida. Mas, se cancelasse, seria pior.

— Sabe — disse Roman, respondendo com sinceridade, ainda que com atraso, à sua pergunta —, é muito complicado estimular uma vagina virtualmente. Já o pênis é mais parecido com ferramentas tradicionais de jogos: joysticks, controles...

— Roman — disse Sloane, se levantando —, meu dia foi muito, muito, *muito* cansativo. E temos que jantar na minha mãe. Você pode tirar o macacão? Pode ir se arrumar?

— Não posso ir jantar assim?

Ele estava brincando, não estava? Ela não sabia mais.

* * *

Nada fazia Sloane se sentir menos à vontade do que visitar a família. Bom, não era bem assim, era? Nada fazia Sloane se sentir *mais* à vontade do que visitar a família. Uma coisa era ser a Sloane Jacobsen que morava em Paris, que podia se ocupar com previsões de tendências num idioma que nenhum dos parentes falava. Outra coisa, completamente diferente, era estar de volta à estrada que o pai costumava pegar para ir ao trabalho todo dia. Os nomes das saídas que um dia significaram algo para ela se aproximavam rápido demais. Round Hill, onde ela fora a uma festa na qual tocaram seus seios pela primeira vez. Lake Avenue, o rancho de um menino por quem ela fora apaixonada. Long Ridge, o quintal onde convencera Leila a escalar um pinheiro para, lá de cima, jogar os enfeites de Natal da mãe, porque ela tivera uma "visão" de que queriam ser livres.

Apesar de até Leila ter concordado que seria melhor para a mãe vender a casa depois da morte de Peter, Margaret nunca o fizera. Ela colocara o imóvel à venda uma vez, mas mudara de ideia depois de receber uma oferta. A casa e as construções aleatórias ao seu redor eram como uma relíquia do casamento dos pais: prova de que existiram, prova de que os dois viveram ali, juntos, um dia. A casa principal, vermelha e de madeira, com o pé direito baixo que o pai alto sempre xingava, a sauna seca perto dos arbustos de forsítia, que as origens dinamarquesas de Peter consideravam essencial, o ateliê de pintura da mãe acima da garagem, a casa da árvore que o pai construíra para Sloane e Leila atrás da fileira de velhos choupos.

Enquanto Anastasia passava pelas forsítias e caixas de correio acobreadas que ladeavam a rua da mãe, Sloane sentiu um frio na barriga. Na última vez que vira todo mundo, há três lamentáveis anos, ela fora embora se sentindo deslocada e desconfortável. A sobrinha — a filha mais velha da irmã — tinha feito um desenho da família inteira para a escola. Nina desenhara a mãe, o irmão e o pai à esquerda de uma casa vermelha quadrada e, na extremidade direita, acima de uma pirâmide cheia de fios que devia ser a Torre

Eiffel, aparecia uma figura desvairada: Sloane. Os filhos da irmã pensavam que a tia era francesa, e, pelo visto, Leila não tentava corrigir isso. Era melhor para todos fingir que ela ficara hospedada na casa da família durante um intercâmbio e que voltava de vez em quando para dar um beijo nas pessoas que um dia a abrigaram. Dessa forma, podiam pensar nela como uma convidada exótica em vez de uma filha ingrata.

— Você está bem? — perguntou Roman enquanto se aproximavam da entrada. Sua mão fez um contato misericordioso, rápido, com o joelho dela.

— Estou — mentiu Sloane, encarando o revestimento vermelho de madeira que sempre amara.

Ela não esperava que aquela visita fosse diferente das outras. Não ia se debulhar em lágrimas na mesa de jantar, por exemplo, e falar sobre todas as coisas que lhe afligiam. Mas havia certa satisfação em saber que poderia fazer isso.

— Ah, Sloane? — chamou Anastasia quando pararam na entrada de pedrinhas. — Sinto dizer que, se alguém além de vocês dois quiser entrar no carro, vai precisar assinar um termo de responsabilidade.

— Ah, sim, não. Vou dizer a eles que você é um carro normal.

— Ah — disse Anastasia, com a voz falha.

— Quero dizer, um carro normal mil vezes melhor do que os carros normais — corrigiu-se ela rapidamente, chocada e impressionada por ter magoado os sentimentos do veículo.

Sloane tocou a campainha da mãe e, assim que ouviu aquele som demoníaco, soube que devia ter usado a chave que ainda carregava, mesmo depois de tantos anos, entrado rápido na cozinha, toda escandalosa e animada, dando abraços em todo mundo, mesmo aquilo parecendo forçado. Ao tocar a campainha, anunciava aos membros da família que estava insegura. Ela desejou poder voltar para o carro, dar a ré e começar tudo de novo.

A mãe atendeu à porta. Tinha farinha no cabelo e um pedaço de massa grudado no punho.

— Ah! — gritou ela, a mão voando para a testa. — Vocês chegaram! Vieram cedo!

Margaret estava melhor do que Sloane lembrava. Mais animada, vivaz, estava ótima para seus 67 anos. O cabelo meio ruivo que a filha mais velha havia herdado aceitava os fios brancos; e ela ainda o usava comprido. Os olhos — um verde, outro castanho-esverdeado — exibiam uma bondade inegável. Sloane ficou comovida ao pensar que Margaret talvez estivesse mesmo ansiosa pela visita — a mãe ficara vigiando o relógio.

— Olhe só para vocês! — disse ela, unindo as mãos. A filha sabia que o gesto era um tique nervoso. — Olhe só para você!

Sloane sentiu uma onda de felicidade, aquela velha esperança de novo. Moveu-se na direção da mãe, que a envolveu em um abraço com cheiro de rosas e chá preto, o aroma inconfundível de suas boas intenções ressaltadas pelo suor de nervosismo.

— Roman! — exclamou Margaret, se afastando um pouco. Aquela proximidade era estranha para os dois. — Que magrinho! Não entendo como vocês, homens franceses, conseguem essa proeza! Acho que minha coxa não entraria em uma calça sua!

Margaret não gostava de Roman, mas se esforçava para ser simpática. Por outro lado, ele sempre fora elogioso e atencioso com a família de Sloane. Mas havia aquela estranha aura de energia ao redor dele que as outras pessoas sempre percebiam. A irmã uma vez perguntara a ela se Roman era bissexual. (A resposta de Sloane? *Ele podia ser, se experimentasse.*)

Depois de guardar os casacos dos recém-chegados (que escorregaram diretamente do cabideiro lotado para o chão), Margaret os empurrou para a cozinha, onde, orgulhosa, ergueu três dedos: o indicador, o médio e o anelar.

— Fiz três suflês diferentes!

Como Peter costumava ser o cozinheiro da família, nos anos que se seguiram à sua morte, algumas amigas bem-intencionadas presentearam Margaret com aulas de culinária. Para elas, comida e vinho eram a melhor forma de animar o coração de uma viúva. Mas, infelizmente, devido à formalidade das aulas a que assistira, para a mãe, boa comida agora equivalia a culinária sofisticada, e, assim, seus esforços gastronômicos com frequência acabavam se tornando fracassos elaborados.

O menu do dia — suflê de batata e costelas de cordeiro com molho de romã, pelo aspecto das sementes escuras manchando a bancada de madeira — não seria exceção. Sloane tinha acabado de pegar uma folha de papel-toalha para limpar a sujeira quando o barulho de coisas caindo e de vozes infantis no hall informou a chegada das crianças.

— Meus pequenos! — gritou Margaret, limpando as mãos. — Tia Sloane está aqui!

Sloane sentiu um aperto no peito. Ela se esforçou para aumentar ainda mais o sorriso — e a esperança de que aquela noite pareceria mais natural do que as anteriores se agarrou a seus músculos tensos.

Seguindo para o hall, ela viu Harvey com o pequeno Everett nos ombros. Lama pingava das botas do menino para o casaco do cunhado. Nina já estava sentada no banquinho, tirando os sapatos. Não havia sinal da irmã.

— Oi, pessoal! — cumprimentou Sloane na sua melhor imitação de voz de tia. — Nina, meu Deus, como você cresceu!

Em vez de medir a vida usando colheres de chá, Sloane conseguia avaliar a passagem do tempo pela altura dos filhos da irmã. Eles insistiam em continuar crescendo na sua ausência. Era uma afronta, na verdade, se despedir de um bebê e dar de cara com uma garotinha na volta.

Nina ergueu os olhos de sua tentativa de remover as botas, e Sloane teve um vislumbre de sua hesitação: o ressentimento porque a dinâmica da família seria diferente naquele dia.

— Não vai dizer oi para a sua tia? — perguntou Harvey, abrindo aquele sorriso desvairado que os pais usam quando falam pelos filhos. *Não vai dizer que ela não está usando sapatos adequados para o inverno? Não vai dizer que a irmã dela se sente abandonada? Não vai dizer à tia Sloane que não é nenhum crime pegar o telefone e ligar de vez em quando?*

— Oi, Harvey — disse ela, sem saber direito como cumprimentar um homem com uma criança nos ombros. Acabou se encostando no casaco úmido numa tentativa de abraço, dando um beijo na bochecha esquerda do cunhado. Então, tocou o joelho de Everett. — Olá! — cumprimentou-o, passando a mão pela bochecha rechonchuda. — Você está um homenzinho! Ele... — Ela olhou para o cunhado. — Ele já está falando?

Harvey deu uma risada antes de se abaixar e tirar o filho dos ombros.

— Pra caramba — respondeu, tirando a neve do gorro de Everett. — Mas, quando está perto de gente que não conhece... — Harvey tossiu para disfarçar a gafe. — Ele é um pouco tímido.

Roman esticou a mão com mais entusiasmo do que a ocasião pedia.

— Harvey! — exclamou. — Que bom rever você!

Sloane tentou não se encolher de vergonha ao ver os dois trocando um aperto de mão. Tinha se esquecido de relembrar Roman o nome dos sobrinhos. O fato de ele lembrar o de Harvey já era admirável — os dois só se encontraram uma vez, num Dia de Ação de Graças no qual ela e o companheiro deixaram Margaret extremamente ofendida ao se hospedarem em um hotel.

— Roman, você está ótimo, como sempre.

— Ah! — exclamou Roman. — Mas e você! Tão despojado!

A verdade era que Harvey Kane era o mais despojado dos pais suburbanos. Ele era engenheiro e compartilhava a obsessão fervorosa por esforço físico do pai de Sloane. Banhos ao ar livre, nadar em piscinas geladas, fazer trilhas ladeira acima entre montes de neve; um dos maiores elogios que Harvey podia fazer era dizer que algo era "revigorante".

— E *bonjour, demoiselle* — disse Roman, se abaixando na frente de Nina —, apesar de você não ser mais tão pequena!

Com uma pontada de inveja, Sloane observou a sobrinha sorrir para seu companheiro. As crianças adoravam Roman porque ele não gostava delas. É o que acontece com pessoas que odeiam gatos. Os felinos sempre preferem aqueles que não os toleram.

— Vocês voltaram! — A voz às suas costas era da irmã. — Everett! Espero que você tenha colocado seu cachecol. Como foi?

Sloane se virou para ver Leila agachada no robe azul-claro que usava desde a adolescência, uma peça que era mais antiga que o telhado da casa dos pais. Ela beijou o rosto gelado dos filhos antes de se levantar para cumprimentar a irmã.

— Vocês vieram — disse Leila, com o rosto franzido.

Apesar do alívio de finalmente estar cara a cara com a irmã, o carinho de Sloane foi abafado pela culpa. Era impossível não interpretar aquele cumprimento como uma acusação.

— Viemos — respondeu ela, passando os braços ao redor do robe desgastado da irmã, cuja manga tinha uma mancha de leite seco e um floco de cereal grudado.

Leila era o tipo de mãe que exibia os desafios da maternidade como uma medalha: nunca passava corretivo nas olheiras, raramente penteava o cabelo, não tomava banho com a frequência necessária, apesar de Harvey ser o tipo de marido que tiraria uma semana de férias sozinho com as crianças se ela pedisse.

— Roman — disse Leila, com frieza, se obrigando a beijá-lo nas bochechas.

A irmã nunca dissera com todas as letras que não gostava de seu companheiro, mas Sloane tinha quase certeza de que Leila acreditava que fora Roman quem a convencera a não ter filhos. Como progenitora inata, ela não confiava em pessoas que não queriam uma prole.

— Ah, crianças! — exclamou Sloane para os sobrinhos. — Eu trouxe presentes da França!

— Ahhh — entoou Leila, as sobrancelhas erguidas em zombaria. — Lá de Paris! Vamos abrir os presentes depois de tirarmos os casacos.

Sloane ficou parada ali enquanto as crianças eram liberadas das roupas de inverno. Nina olhou para ela, confusa.

— Paris é o planeta? — perguntou a menina, séria. — Aquele de onde você vem?

Sloane inclinou a cabeça para o lado, ignorando as bochechas coradas da irmã.

— Mamãe diz que você vive em outro planeta, com regras diferentes das nossas.

— Nina! — ralhou Leila.

— Eeeeeee, eeeeee — gemeu Sloane, fazendo uma péssima imitação de alienígena.

A vantagem de Leila ter dois filhos — com um terceiro a caminho — era que nada de importante podia ser discutido durante a refeição. Se Nina não estava derrubando alguma coisa, Everett estava arremessando algo. A irmã passou o jantar todo secando manchas de comida, incluindo um jato de molho de romã na própria blusa. (Romã! A chorona do *focus group* sobre tira-manchas de Sloane teria um colapso nervoso.) Ninguém conseguia terminar uma frase, que dirá contar uma história inteira, o que significava que a refeição chegou ao fim sem que ninguém tivesse feito qualquer pergunta sobre trabalho a Sloane ou a Roman, o que era ótimo, porque a última coisa de que precisava era que ele entrasse em detalhes sobre o macacão zentai enquanto passava as batatas.

Depois do jantar, um Roman prestativo foi lavar a louça com Harvey. Algo estava acontecendo no andar de cima: passos, a risada de Margaret, talvez alguém fosse tomar banho. Mas, por fim, Leila desceu as escadas com duas crianças sonolentas encasacadas e com seus respectivos gorros de lã.

— Vocês não vão ficar? — perguntou Sloane.

A irmã estreitou os olhos.

— Ficar?! — exclamou ela. — Por quê?

Leila e Harvey moravam a apenas vinte minutos dali, em Westport, então por que Sloane achava que dormiriam ali? Simplesmente porque dissera à mãe, no e-mail que motivara aquele evento, que passaria a noite lá, e, dando importância demais à ocasião, achara que Leila e as crianças também ficariam. Ela provavelmente acordaria cedo por causa do *jet lag* e se imaginara comprando o café da manhã para todos, tão generosa. Havia aquela lanchonete em que costumava ir com o pai — os muffins de milho amanteigados que dividiam...

— Amanhã as crianças têm *aula* — disse Leila. E então, quando percebeu, um tanto incrédula, a decepção da irmã, continuou: — Eles não dormem bem aqui.

— Não — disse Sloane. — É claro. Nós provavelmente devíamos ir embora também.

— Que pena que a gente não conseguiu conversar sobre você — lamentou Leila, acomodando o agora completamente adormecido Everett em seu quadril. — Harvey! — gritou ela. — Preciso de ajuda! Estou carregando duas crianças e meia!

Um pouco tarde demais, Sloane esticou os braços — por que não tinha considerado ajudar a irmã grávida? Mas lá estava Harvey, com uma bolsa de fraldas gigantesca pendurada no ombro.

— Mas teremos outra chance — disse Leila, dando de ombros.
— Quero dizer, você está morando aqui, certo?

— Ah, sim — respondeu Sloane. — Estou, sim.

— Por seis meses inteiros. — Leila assentiu.

Sloane fez que sim com a cabeça.

— Então a gente deve se encontrar, tipo, o quê? Mais uma vez?

Ela tentou não se incomodar com as insinuações nesse comentário.

— Talvez umas duas — respondeu.

Leila riu, e nesse ato sincero havia um vislumbre da proximidade que as duas costumavam ter. Tanto desejo por intimidade — tantos seres humanos com suas decepções e seus corações desesperados, mas era tão mais fácil, tão conveniente, colocar a culpa da distância emocional na falta de tempo...

— Tudo bem — disse Leila, tentando encontrar a melhor posição na escada. — Então a gente se vê em breve.

— Claro, em breve — respondeu Sloane, se afastando para os dois descerem a escada, certa de que "em breve" talvez fosse um momento que não aconteceria. — Tchau, Harvey — despediu-se quando o cunhado passou por ela, com uma Nina grogue nos braços. — Foi bom ver você de novo.

— É — disse ele, falando baixo para não acordar as crianças.
— Foi, sim.

Naquela noite, apesar de Margaret ter cedido à filha e Roman seu ateliê acima da garagem para que tivessem mais privacidade, Sloane não conseguiu dormir. Sua incapacidade de ter uma conversa de verdade com Leila a deixara temerosa demais para tentar a mesma coisa com a mãe. Então, apesar de Margaret ter ficado enrolando na cozinha, organizando palitos de dente e outras coisas que obviamente não precisavam de atenção, Sloane perguntara se ela já ia dormir, e a mãe perguntara se *Sloane* já ia dormir, e, sem saber como lidar com as inseguranças uma da outra, as duas seguiram para a cama.

Quando ela entrou no ateliê — lençóis limpos, velhas latas de tinta —, Roman estava na cama, se acasalando com seu tablet, a luz da tela agindo como um abraço eletrônico. Vê-lo ali, ocupado, fez Sloane querer voltar correndo para a casa — onde a mãe com certeza continuava acordada —, vomitar sua infelicidade como algo maldigerido, ser consolada enquanto bebia algo quente e doce, ser colocada na cama feito uma criancinha no quarto de hóspedes no fim do corredor.

Mas ela era uma adulta. Uma adulta que escolhera *não* precisar da mãe. E, em vez disso, contar consigo mesma para ter equilíbrio emocional.

— Você vai ficar nisso aí por muito tempo? — perguntou Sloane. Com tendência a ter insônia, ela seguia uma rotina livre de tecnologia à noite: nada de telas ou celulares três horas antes de ir dormir.

— Talvez — respondeu Roman, mostrando-lhe a tela. — Você já parou para pensar no próximo gato?

Os olhos de Sloane encontraram a imagem de um gatinho andando com cuidado sobre um monte de neve.

— Tipo, o que vai substituí-lo? — rebateu ela. — Em termos de vídeos fofos?

— É — disse Roman, voltando a tela para si. — Porque tem uns pandas vermelhos virtuais entrando no mercado. Talvez façam sucesso.

Sloane sentou no colchão, pegou seu livro. Ela sempre levava consigo uma lanterninha, porque os hotéis pareciam estar tirando os abajures das mesas de cabeceira, se guiando por uma clientela que só lia por meios eletrônicos. Naquela noite, porém, ela puxou a cordinha do pequeno abajur no criado-mudo, e um foco confortável de luminosidade clareou seu lado da cama.

Estava lendo *Argonautas*, de Maggie Nelson, um livro que desafiava ideias preconcebidas sobre sexualidade com o uso de epifanias complicadas. A leitura não era das mais simples — e era fácil demais se identificar com alguns trechos. Na verdade, Sloane até chorara dois dias antes, quando a autora descrevera uma discussão entre dois picolés: *"Você está mais interessado na fantasia do que na realidade"*, acusou o primeiro picolé. *"Estou interessado na realidade da minha fantasia"*, respondeu o outro.

— Querida — disse Roman, cutucando-a com o joelho sob as cobertas. — Os pandas?

A dificuldade — refletiu Sloane, se recusando a se virar para ele — em prever tendências era que nem tudo precisava mudar. As pessoas sempre amariam a sensação de jeans velho; o calor da bochecha de um bebê contra um peito ansioso. Vídeos dos gatinhos de outras pessoas fazendo coisas engraçadas.

— Pandas de mentira só vão deprimir as pessoas — respondeu ela.

— Não acho — argumentou Roman, animado. — Ainda mais quando os de verdade forem extintos.

Na manhã seguinte, num misto de *jet lag* persistente e uma péssima noite de sono, Sloane acordou se sentindo ansiosa. Fora um erro dormir na casa da mãe. Em termos de conveniência, aquilo com certeza não fazia sentido. Além do mais, seu entusiasmo em chegar ao segundo dia de trabalho acabou com qualquer desejo que tinha de conversar melhor com Margaret.

Ela acordou mais cedo que Roman — o relógio acabava de bater seis horas. Com cuidado, se levantou e vestiu as roupas do dia anterior, colocou o colar diferente que levara na bolsa e desceu a escada rumo ao frio do quintal.

Enquanto atravessava o gramado aos bocejos do início da manhã, Sloane conseguiu ver melhor os pontos onde a velha casa precisava de reparos. Parte da cerca cheia de infiltrações tinha caído, a horta de temperos precisava ser podada, a varanda dos fundos tinha o piso escorregadio, cheio de folhas e musgo verde-abacate.

Na casa, em silêncio — silêncio de verdade, com a mãe ainda adormecida —, Sloane teve que encarar a visão dos cômodos que abrigaram sua infância: o cheiro de flores velhas e papel queimado e luz do sol misturado com poeira. Com sua morte, Peter perdera a batalha de um casamento inteiro lutando por limpeza e ordem, e um sistema organizacional baseado apenas em sentimentalismo e nostalgia tinha vencido.

Sloane abriu a geladeira e se deparou com uma zona de restos nojentos abrigados em potes e frascos. Ela não era corajosa o suficiente para analisar os conteúdos, as provas liquefeitas dos *rémoulades* e quiches da mãe, seus esforços nítidos para afastar a solidão na terceira idade.

Por que ela achara que sairia para comprar café da manhã para todo mundo? Teria que se contentar com o estômago vazio — precisava ir para o trabalho. Mas, no momento em que começou a se perguntar se seria grosseiro demais deixar apenas um bilhete para a mãe, ouviu uma tábua estalar na escada.

— Querida, é você? — gritou Margaret. — Não toque em nada, vou fazer panquecas!

Sloane não respondeu. Ficou ouvindo os passos da mãe, tentando não notar como eram lentos e cuidadosos. E então Margaret estava na porta, enrolada num roupão de fleece, com restos de hidratante não absorvido acumulados nas rugas do pescoço.

— Você não quer panquecas? — perguntou ela, afastando o cabelo para tentar arrumá-lo. — Roman já acordou?

Sloane fez uma careta. Pronto, era esse tipo de coisa que a deixava incomodada na relação com a mãe. Ela achava que podia curar qualquer problema se sufocasse os outros com suas boas intenções. Panquecas? Panquecas?! Sloane tinha quase 40 anos, raramente mandava e-mails, jamais telefonava, e Margaret estava ali fingindo que um café da manhã farto resolveria tudo.

— Ahhh — disse ela. — Não sei.

— Roman não gosta de panquecas?

Meu Deus, aquilo era outra desculpa, colocar a culpa de todas as decepções em um homem que ela mal conhecia. As perguntas sobre suas preferências alimentares, a insinuação de que Roman era chato para comer — todo mundo ali estava cagando para o que Roman comia; Margaret só queria saber por que a filha se tornara tão difícil de amar.

— Ele está tomando banho — respondeu Sloane. — Lendo os e-mails. Então não sei. Talvez só uma torrada?

— Ah — disse Margaret, murchando. — Tem certeza?

Sloane olhou para os olhos da mãe, um de cada cor, para o cabelo desgrenhado e o roupão com manchas de chá, e quis sentar no chão com ela, se recostar nos armários e colocar tudo para fora; contar que seu parceiro preferia se esfregar em estranhos a tocá-la na cama; contar que sua decisão de trabalhar para a Mamute fora influenciada por algo assustador que ela tentava ignorar. Contar que a água do mar superaquecida ia destruir as regiões litorâneas, ia destruir o mundo todo.

Mas, em vez disso, ficou parada ali, na encruzilhada entre a fantasia de uma relação próxima com a mãe e a realidade.

— Não sei — disse Sloane. — Você já cozinhou tanto ontem à noite. Uma torrada seria mais fácil.

A mãe deixou os ombros caírem. Um galho estalou lá fora. Até mesmo os eletrodomésticos da cozinha, com suas superfícies cheias de marcas de dedo, pareciam censurar a filha que escolhera as palavras erradas.

Ao retornarem de Stamford, Anastasia deixou Roman no apartamento antes de levar Sloane para o trabalho.

No caminho, os dois não tinham trocado uma palavra. Roman não achava que precisavam "desabafar" depois de uma visita à família dela. Quando se tratava da família dele, os dois só visitavam Yves e Victoire Bellard duas vezes ao ano; então todos bebiam vinho branco e comiam frango gelado, em almoços rápidos e tão superficiais quanto o esperado. Considerando que Roman via os próprios parentes como móveis caros que precisavam ser limpos e lustrados de tempos em tempos, não era de surpreender que não sentisse a necessidade de perguntar a Sloane sobre seus sentimentos depois de saírem da casa da sogra. Já fazia dez anos que estavam juntos — ele presumia que ela não nutria sentimento algum.

Normalmente, Sloane ficaria aliviada — até mesmo grata — pelo silêncio do companheiro, mas, no caminho de volta para Manhattan, ficou decepcionada. Roman costumava ter bons instintos, costumava ser capaz de, pelo menos, identificar quando ela queria conversar — por mais inesperado que aquilo fosse —, mas, desde que se tornara uma sensação cibernética, ele não pensava em nada além de si mesmo. No momento, respondia a pedidos de entrevistas que surgiram depois da matéria polêmica na *Nouvel Obs* e verificava o sucesso das últimas selfies de zentai urbano que postara no Instagram. Roman correndo ao longo do rio East com o macacão dourado, parecendo uma estrela supernova escandalosa. Roman no metrô, entre uma passageira com roupas antiquadas e uma adolescente com cabelo branco.

Sua única concessão a algo parecido com empatia fora uma pergunta. Os dois tinham acabado de chegar ao prédio, e ele já estava com uma perna para fora do carro, os olhos momentaneamente afastados do telefone.

— Achei que as coisas foram bem, não? — perguntou ele.

— Não faço ideia — respondeu Sloane. E não fazia mesmo. Sua relação com a família era tão confusa que ela perdera a capacidade de avaliar suas interações.

— Hum — disse ele, distraído, se apoiando na porta do carro. — Estou quase chegando a oitocentos mil seguidores — comentou, incapaz de conter um sorriso.

— Jura?! — Sloane ficou chocada. — Está falando sério?

— Os americanos gostaram bastante da filosofia zentai. — Roman guardou o telefone no bolso. — Acho que é libertador para eles. Com todo o passado puritano... É uma filosofia libertadora, não?

Sloane ainda estava visualizando o número oitocentos mil na sua mente. Era gente demais. Em tão pouco tempo. A pessoa dentro dela, não a analista, desejava que Roman não tivesse descoberto algo importante. Mas ele tinha.

— Bem, que ótimo. Que maravilha. — Seu choque se transformou em ressentimento. — Isso vai ser muito bom para o seu livro. Seja lá sobre que diabos for.

— Ah, *chérie*. Já vou deixar você ler um pedacinho. Tenho grandes planos! — Roman jogou uma das mãos para cima, na vertical, imitando um foguete. — Vai ser ótimo para nós dois!

— Que maravilha — disse ela, sem saber o que ele consideraria "ótimo para os dois". Um relacionamento aberto? Zoofilia? Com um panda robô? — Eu só queria saber um pouco mais sobre o contexto. Você pode estar escrevendo uma biografia até onde sei.

Roman saiu do carro. Os dois não se beijaram. O último comentário deixou o coração de Sloane apertado. Um livro sobre a vida deles seria um fracasso de vendas. As pessoas não gostam de ler histórias sem amor.

Seja por ter detectado o desconforto de Sloane através de seus sensores termais nos assentos ou — incrivelmente — por instinto, Anastasia deixou a passageira seguir em silêncio até o trabalho. Sloane ficou grata pela surpreendente sensibilidade do carro; ela precisava esvaziar a cabeça. Complicações pessoais sempre a deixavam dispersa, e esse era um dos motivos pelos quais mantinha sua vida social totalmente livre de aborrecimentos. Ela evitava pessoas "problemáticas", pessoas carentes, pessoas tristes, qualquer um que precisasse muito, muito de um amigo. Em Paris, o grupo com quem andava era um acessório radiante: só servia para diverti-la. E quando as coisas ficavam difíceis? Os problemáticos deixavam de ser convidados para os jantares até recuperarem sua alegria e animação.

Era preocupante ter tanta agonia dentro de si. Parecia cada vez mais difícil ignorar a culpa, ou talvez a decepção, sobre seus sentimentos ao rever a família, sobre a recente mania de Roman de guardar segredos. E, pior ainda: essas coisas estavam dificultando sua capacidade de trabalho. A chegada em Nova York devia fazer sua mente fervilhar com ideias e intuições, sinapses cheias de possibilidades e códigos, mas, em vez disso, ela se sentia anestesiada e burra e preocupada.

Em geral, esse tipo de coisa só acontecia quando pegava trabalhos curtos e superficiais com os quais não se importava.

Previsões de moda às vezes tinham esse efeito — as tendências eram sempre tão dominantes e passageiras. Agora, os formadores de opinião jamais se dignariam a andar por aí usando tênis com sola branca, mas, uns anos antes, ninguém cogitaria usar outra coisa. É claro que Sloane tinha feito previsões que envolviam *produtos* reais: jardineiras jeans, calças masculinas que exibiam tornozelos, a volta das meias de marca — mas preferia investir seu tempo e energia em desvendar as mudanças a longo prazo dos desejos humanos. Porém, ainda não conseguia fazer uma leitura abrangente do que as pessoas queriam agora. Os seres humanos andavam tão cansados. O meio ambiente estava uma merda, a capacidade empática das pessoas desaparecia cada vez mais enquanto todo mundo tentava ser ecologicamente correto, as políticas mundiais se tornaram uma farsa completa. Parecia que as pessoas só queriam sobreviver, pedir *delivery* e se divertir, mudas, com seus telefones.

Sloane olhou para os restaurantes e cafés que passavam pela janela. Sentiu um desejo intenso de comer um pedaço de pizza. De queijo, gordura e carboidratos para soterrar parte da tristeza. Quase conseguia ouvir a mãe questionando sua vontade: Pizza? De *manhã*? O pai não se importaria. *É só queijo em cima de pão...*

Apesar de ela ter começado a se sentir como um bicho de zoológico numa jaula cheia de regalias nos últimos tempos, Sloane se achava sortuda por ser especial quando era mais nova. As premonições, os pressentimentos, o "sexto sentido", como o pai chamava, faziam parte de um dom divertido. É claro que muitas crianças acham que têm poderes mágicos, mas Sloane tinha os passatempos mais esquisitos: tentar com todas as forças mudar o sinal de trânsito, passar horas a fio parada na praia de Greenwich, apertando areia molhada nas mãozinhas, certa de que somente ela possuía a capacidade de fazer as ondas se moverem.

As coisas ficaram mais intensas no Ensino Fundamental. A mãe a levara ao psiquiatra quando ela passara a ter sensações estranhas sobre o clima, sobre a cor das árvores. Margaret achava que a filha mais velha era ansiosa demais. Além disso, um incidente tinha ocorrido. Sua irmã, boa atleta já naquela época, ia participar de uma partida de futebol, e Sloane havia passado todo o trajeto de carro até o campo implorando para Leila não jogar. Ela estava com um "pressentimento ruim", que só piorou quando viu o time adversário. Era uma coisa de energia, as outras garotas pareciam emburradas. Alguma bobagem, alguma briga boba entre o grupo. Havia um desequilíbrio entre todas as jogadoras da outra equipe, o que resultava num clima pesado que só podia acabar em algo ruim. Margaret e Leila não a levaram a sério (Leila dissera que a irmã sentia inveja por ela ser centroavante do time, enquanto Sloane não era boa em nenhum esporte). Porém, na metade do jogo, a outra centroavante pisara de propósito — e firmara o pé com força — na chuteira de Leila, que estava correndo e rompeu um ligamento no joelho. Era o primeiro jogo da temporada, e ela não poderia mais jogar naquele ano.

Aquilo fora azar, é claro, uma coincidência, mas assustara as mulheres da família Jacobsen. Em vez de se sentir orgulhosa por estar certa, Sloane ficara envergonhada. Era preciso encontrar uma maneira de amenizar sua intuição, de influenciar as pessoas sem apavorar todo mundo. O pai dizia que ela "acessava uma frequência diferente" (a conversa entre os pais naquela noite específica fora ouvida do topo da escada), mas a mãe insistira em levá-la ao médico, porque não era normal que uma criança tão nova tivesse tantos medos.

Pois é. Sloane falava sobre seus medos com bem menos frequência hoje em dia. Preferia não externar sua ansiedade. De toda forma, as pessoas não pareciam prestar tanta atenção quanto antes.

9

A primeira reunião do segundo dia foi com o departamento de móveis, um setor diferente, que destoava dos outros e que Dax lhe dissera estar na corda bamba.

— Não foi uma combinação muito boa — explicara ele ao telefone numa das conversas que tiveram sobre a empresa enquanto Sloane ainda estava em Paris.

O setor de móveis era um dos poucos que não eram exclusivos. A Mamute fazia parcerias com fabricantes de mobília para oferecer melhorias técnicas que deixavam suas ofertas mais competitivas no mercado. Sofás que cronometravam quanto tempo você estava sentado, camas de hospital que sabiam quando o paciente precisava mudar de posição para não gerar escaras.

O problema, de acordo com Dax, era que todas as ofertas atuais tinham defeitos.

— São carrascos — afirmara ele. — Nenhum desses produtos traz informações que deixem as pessoas felizes. Precisamos bolar algumas opções para a conferência, alguma coisa divertida.

Sloane se pegou vigiando o corredor por qualquer sinal de Dax antes de oficialmente começar a reunião com a nova equipe. Ela deu bom-dia a todo mundo, e eles a cumprimentaram de volta.

— Então, preciso ser sincera — disse ela, analisando os funcionários. — Acho que este setor tem o maior desafio. Como criar móveis especialmente para pessoas sem filhos? Vamos começar com uma conversa. Por que não pensamos juntos: como é uma casa sem crianças?

Um cara riu.

— Bem, nenhum de nós tem filhos.

— E meu apartamento é uma bosta — disse outra pessoa.

Sloane sorriu.

— Jura? Em que sentido?

— Bem, parece que tudo saiu de um blog de decoração — respondeu o sujeito. — É culpa da minha namorada. Tipo, ela colocou lenha branca empilhada contra uma parede, com livros ao redor, e a gente nem tem lareira.

— E a *minha* namorada pendurou uns quadros muito agressivos. Sabe, tipo "COMA" em cima da mesa do café da manhã? — disse outro homem cujo nome Sloane não sabia.

— *Mesa do café da manhã?* — zombou uma das meninas. — Faça-me o favor, Steve. Todo mundo sabe que foi você quem comprou esse quadro.

— Tudo bem, tudo bem — disse Sloane, erguendo uma das mãos. — A questão não é criticar o estilo de decoração dos outros, mas tentar entender o que os móveis revelam sobre nós. Vamos pensar nas casas das pessoas *com* filhos. Qual é a primeira coisa que vem à cabeça de vocês? Podem falar qualquer bobagem.

— Cereal no tapete — disse uma jovem.

— Bege — disse outra pessoa.

— Brinquedos espalhados. Um monte de... panos de prato — sugeriu o cara que fora o primeiro a falar. — Ah, e meu nome é Alex.

— Obrigada — agradeceu Sloane. — Pois é, não se esqueçam de me dizer seus nomes. Mas é melhor não sermos críticos demais.

Eu entendi que vocês acham que é "bagunçado", claro. E o que mais? Existe uma sensação de liberdade, talvez? Ou de diversão?

As pessoas franziram as testas, enrugaram os narizes. Depois de um tempo, um homem alto num suéter com gola redonda falou:

— Acho que a decoração é mais desgastada. Ah, e meu nome é Andrew Willett. Design — acrescentou ele. — As crianças, tipo, pulam em tudo. Ou se escondem embaixo dos móveis. As coisas são *usadas* mesmo.

— Isso é bem interessante — respondeu Sloane, pensando com carinho no comentário de Mina naquela primeira reunião, sobre como pais têm mais contato físico. — E como as pessoas sem filhos *não* usam seus móveis?

Mais narizes enrugados.

— Meu nome é Jaimie — disse o cara que alegava ter um apartamento bosta. — Pessoas sem filhos recebem visitas. Comem queijos, tentam não derrubar vinho em cima de nada.

— E... transam??? — sugeriu Steven, o cara da mesa de café da manhã, olhando ao redor.

— E assistem à televisão. — Jaimie riu.

— Então, no geral, essas pessoas precisam de móveis que permitam socialização — sugeriu Sloane. — E aí a Mamute adiciona um toque especial. Qual seria esse toque?

— Nós registramos tudo — disse Jaimie.

— Monitoramos o que as pessoas fazem — continuou Holly.

— Acho que *tranquilizamos* as pessoas — opinou Andrew, corado. — Por exemplo, temos a cama Faraó. É algo que ainda estamos desenvolvendo. Ela é maior que a California King e vem com um colchão inteligente que mede a qualidade e a duração do sono. Você pode acessar os dados pelo smartphone, então...

Sloane fingiu se empolgar com a ideia. Na sua opinião, as pessoas deviam entender o próprio corpo para conseguir avaliar — ou sentir — seu desgaste físico. Não era preciso ter um colchão inteligente para saber que você dormiu mal naquela noite.

— Ah, já sei! — exclamou Jaimie, tamborilando os dedos na mesa. — Tudo bem, isto vai parecer estranho, mas me escutem. Eu estava pensando por um ponto de vista competitivo, e... Carla, nem comece a reclamar — comentou ele, olhando para uma mulher séria que ainda não abrira a boca. — Mas e se a gente pegasse mais pesado, e as redes sociais anunciassem *mesmo* o que as pessoas fazem na cama? Quero dizer, não precisa ser baixaria, é óbvio, mas algo meio... safadinho. Tipo, o colchão avisa aos seus seguidores que você não vai conseguir ir ao brunch de domingo porque ainda está na cama, e o colchão também registra que há outro corpo nele...

Quando Dax e Deidre chegaram, os mamutinhos discutiam se a ideia era ofensiva ou interessante.

Aquele era só seu segundo dia, e dava para entender o lado de Dax, mas ele pretendia aparecer em *todas* as reuniões? E precisava ter chegado agora, quando a energia do grupo estava dispersada, ninguém concordava com nada e não estavam chegando a lugar nenhum?

— Fez algum progresso? — perguntou Dax ao entrar, dando um tapinha no ombro dela.

Sloane sentiu uma vontade súbita de proteger o grupo de funcionários com bochechas coradas e olhos que fitavam o chão, cientes de que não tinham nada para apresentar ao sujeito que queria assistir a um espetáculo.

— É complicado — explicou Sloane. — As pessoas recebem crianças em casa mesmo sem ter filhos, não é? Estamos presumindo que pessoas sem filhos não têm amigos com filhos? Temos que levar um monte de coisas em consideração, então estamos indo aos poucos.

— Não tem problema — disse Dax, passando por trás da cadeira de cada um de seus discípulos. — Mas ainda precisamos de algo espetacular. Quero um produto *bombástico*. Que deixe as pessoas de queixo caído com sua tecnologia.

Sloane pressionou os lábios. O que deixaria mesmo as pessoas de queixo caído seria um anúncio de que ninguém precisava mais de móveis. Grupos de jovens de classe média vivendo apenas com as coisas que cabiam numa mala porque se decepcionaram com o sistema, depositando sua fé nas viagens. Pensando apenas nos próximos países que visitariam.

— Sloane? — chamou Dax, pelo que parecia ser a segunda vez.

— Desculpe — respondeu ela, saindo do seu devaneio.

— Alex disse que talvez seja interessante vocês discutirem a iluminação das casas?

— A iluminação. Sim, é claro. — Ela assentiu enfaticamente para uma sugestão em que não prestara atenção. — Temos um monte de opções. Lâmpadas que incentivam a produção de melatonina para o sono, e, hum... — Ela prendeu a respiração.

— Tuuudo bem — disse Dax. — Estou vendo que vocês ainda têm muito o que conversar. Mas não vão deixar a peteca cair, né? — Ele piscou.

É claro que eles iam bolar algo fantástico, garantiu ela. Só precisavam de tempo.

10

Depois da reunião, Sloane bateu em retirada para a cafeteria da empresa, a fim de descontar seus medos nos carboidratos.

Por ser uma analista de tendências, as pessoas sempre presumiam que seu paladar era sofisticado, quando, na verdade, ela adorava comidas simples, sem valor nutritivo: a gostosura vazia de uma porção de cream cheese sobre um bagel gigante, macarrão na manteiga, pratos do cardápio infantil. Nos primeiros meses em Paris, praticamente vivera a base de baguetes tostadas com manteiga em spray, da mesma marca que a mãe usava em casa, produto que encontrara num minúsculo mercadinho americano perto de seu primeiro apartamento.

Sloane estava cobrindo a segunda metade do bagel com mais um monte de cream cheese quando Mina surgiu ao seu lado.

— Oi — disse ela num tom seco, segurando com as duas mãos uma caneca com as palavras *Zen vontade de sair da cama*.

— Ah, oi — respondeu Sloane, tão surpresa que quase derrubou a faca. — Que bom te ver! — Ela tentou disfarçar seu entusiasmo para não assustar Mina. — Que bom mesmo — tentou de novo. — Porque eu queria perguntar...

— O que me fez calar a boca? — sugeriu Mina, pegando um bagel de gergelim da cesta.

— Bem, sim... — Sloane ficou chocada com a franqueza da garota. — Você teve uma ideia tão interessante, e aí... Não sei, é ruim dizer certas coisas na frente de Dax?

— Sei lá. — Mina deu de ombros. — Ninguém nunca tentou.

— Ah. — Sloane se encolheu, surpresa com uma resposta tão simples. — Então você acha que todo mundo tem... medo dele?

— Olha — disse Mina, fazendo uma pausa para mastigar. — Nosso trabalho é vender. Todo mundo sabe disso. Então essas conferências sobre tendências... Daxter quer passar a ideia de que temos tempo e dinheiro para ficar debatendo ideias...

— Mas vocês *têm* dinheiro — argumentou Sloane.

— Claro. Mas, mesmo que tivéssemos *tempo*, ninguém é bobo. Podemos fazer reuniões até dizer chega, mas, no fim das contas, Dax quer produtos de verdade, coisas que as pessoas possam comprar. — Mina comeu mais um pedaço do bagel. — Tudo parece divertido — acrescentou ela — até alguém ser demitido.

A conversa inesperada com Mina deixou Sloane animada. Quando ela chegou à sala de Dax, Deidre disse que ele estava ao telefone, mas é claro que a receberia, seria um prazer.

Ela se sentou, confiante de que os mamutinhos tinham potencial — era óbvio que conseguiriam criar coisas fantásticas — e só precisavam sentir que tinham mais liberdade.

— Srta. Jacobsen? — chamou Deidre alguns minutos depois, apertando o casaco contra o pescoço. — O Sr. Stevens já está livre.

Enquanto seguia para a porta, Sloane pensou ter ouvido a secretária sussurrar: "Boa sorte."

Localizada no 32º andar do prédio, a sala de Daxter tinha vista ampla para o Union Square Park. Era a hora do almoço. Nova--iorquinos e turistas caminhavam pela paisagem invernal, buscando

comidas que davam mais energia. Saladas de funcho e laranja-
-vermelha, com sementes de abóbora para crocância.

— Então, como posso ajudar? — perguntou Dax, se levantando.
Sloane se forçou a olhá-lo nos olhos.

— Obrigada por me receber. Eu só tenho algumas... bem, frus-
trações, na verdade.

— Faz parte do trabalho! — Dax sorriu. — Por favor — gesticulou —, sente-se.

— Bem, para começar, acho que há algumas distrações desneces-
sárias — disse ela, soltando o ar que nem percebera estar prendendo.
— Por exemplo, queria muito melhorar a questão dos celulares.

— Dos celulares? — repetiu Dax, pegando metade de um
sanduíche de um prato sobre a mesa. — Você se importa que eu
coma? — perguntou ele com uma sobrancelha erguida. — Quer
um pedaço?

— Sim, pois é... — Ela fez um gesto para que ele continuasse
a mastigar. — As pessoas perdem o foco — continuou. — Não
preciso explicar que elas se distraem com os telefones.

— E eu não preciso explicar que os telefones são uma parte
importante do nosso trabalho.

— Sim — concordou Sloane. — Mas mesmo assim. Quero
confiscar os celulares. Colocá-los numa caixa antes das reuniões.
Do lado de fora da sala.

Dax parou no meio do caminho de outra mordida, esquecendo
a boca pequena aberta. Pela cara dele, parecia que Sloane tinha
sugerido que começasse a fabricar a própria manteiga.

— Você sabe muito bem por que isso seria problemático.

— Escute — continuou ela, se inclinando para a frente. — Vai
ser impossível alcançar os resultados que você quer se os funcionários continuarem distraídos. Eles não conseguem ouvir. Eles não
conseguem *escutar*. E tem mais um problema.

Dax soltou um assobio irônico.

— E não faz nem 24 horas desde que começamos — zombou.

— Pois é — disse Sloane, sem se render. — Mas é melhor resolver as coisas agora, logo no começo, não acha? A equipe é brilhante, os produtos são fantásticos. Mas esse projeto é enorme. Boa parte dos seus funcionários é jovem demais para saber se vai *querer* ter filhos, que dirá tê-los. Então estamos pedindo para imaginarem a vida íntima de pessoas muito diferentes deles. E para conseguirem fazer isso... — Ela deixou a frase em aberto.

Dax tirou um pedaço comprido de chucrute do sanduíche e o colocou no papel-manteiga, abaixo da outra metade.

— Eu sei. Você precisa de tempo. Coisa que vai ter. Seis meses.

— A questão não é o tempo — disse Sloane, se empertigando na cadeira. — É mais... bem, não tenho como saber se as coisas sempre funcionam assim, mas com você entrando e saindo o tempo todo das nossas reuniões... Quero dizer, eu entendo. A empresa é sua. E ela é ótima. Mas acho que as pessoas ficam inibidas. Elas não dizem as coisas que talvez você não queira ouvir.

— Sobre mim? — perguntou Dax, erguendo a sobrancelha novamente.

— Não, sobre os produtos. Acho que os funcionários não se sentem à vontade. E, apesar de eu ser muito grata pelo tempo e por todo o apoio que você está me dando, quero fazer meu trabalho. Preciso que eles sejam capazes de pensar em coisas absurdas. E seria bom se você pudesse... se pudesse nos dar mais privacidade. Acho que isso pode ajudar.

Daxter voltou a comer.

— Consigo entender essa parte — disse ele, mastigando. — Quero dizer, claro, eu intimido as pessoas. Também acho isso. Então... tudo bem, não vou ficar aparecendo o tempo todo nas reuniões. Mas os celulares? Esta empresa funciona 24 horas por dia. As pessoas precisam estar disponíveis.

— Você acha mesmo que ninguém pode passar meia hora longe do celular?

— Sim — respondeu ele —, acho. Quero dizer, é óbvio que não ficam grudadas no telefone o tempo todo. Mas as pessoas precisam liberar projetos. Precisam ler e-mails. Fala sério, Sloane. A gente *fabrica* celulares. Se você preferir que todo mundo use *smartwatches*, podemos fazer isso se for mais discreto, mas...

— Não — disse ela, inflexível. — Não. As pessoas precisam ser forçadas a prestar atenção.

— Mesmo que isso prejudique outros projetos? — Dax balançou a cabeça. — Não sei, Sloane, mas faça as coisas do seu jeito. Se você conseguir convencê-los, fique à vontade. Mas não vou te apoiar. Para mim, é melhor manter a empresa funcionando. O que significa conseguir entrar em contato com os meus funcionários.

— Tudo bem — disse ela, sentindo que ele desejava continuar o almoço sem a sua presença. — Mas também quero sua permissão para começar a usar caixas de sugestão — acrescentou, rápido. — Para que as pessoas tímidas ou com medo de levar broncas possam contribuir com ideias anônimas.

Daxter estreitou os olhos.

— Você também quer fazer dinâmicas de grupo? — perguntou ele, zombeteiro. Então, embrulhou o sanduíche, se inclinou para a frente e deu batidinhas na mão dela. — Dê asas à imaginação. Você pode fazer o que quiser para conseguir resultados.

Sloane olhou para a constelação de farelos que havia entre os dois. Ela não recebera um aval completo, mas algo dentro de si parecia ter acordado de um período de hibernação. Fazia semanas que ninguém tocava sua mão.

Perdida em pensamentos, Sloane desceu os dezessete andares até sua sala. Ela conseguira o que queria, mas estava com vergonha. Caixas de sugestão? Pelo amor de Deus, aquilo não era um restaurante. Ela devia ter refletido mais sobre uma solução para o problema, criado um blog no qual as pessoas poderiam postar suas ideias. Em vez disso, pedira permissão ao CEO de uma empresa de tecnologia para comprar uma caixa de papelão.

Mas ela queria focar no *interno*, não no externo. O mundo atual era projetado para distrair, tanto por imagens quanto por sons. Antes de a pessoa conseguir entender o que sentia, já havia algo lhe dizendo o que pensar e querer. Listas de coisas essenciais em revistas, cartazes de propaganda em ônibus, notificações em celulares, slogans em camisas. Quando é que o silêncio entraria na moda? Se as pessoas tivessem que abrir mão dos aparelhos eletrônicos, escrever com caneta e papel, refletir sobre o que *realmente* pensam em vez de repetir opiniões de colunas de jornal, talvez elas conseguissem voltar a usar o cérebro. E o coração.

Enquanto olhava pela janela e observava os arranha-céus vizinhos, Sloane desejou voltar flutuando para a noite anterior. A branquidão severa do seu apartamento em Paris era muito diferente da casa da mãe, lotada de móveis. Mas, apesar de a desarmonia do reino de Margaret (com estantes abarrotadas, armários de cozinha cheios de embalagens abertas de cuscuz) sempre deixá-la se sentindo sufocada, ontem à noite o lugar parecera um lar. Não porque ela já morara ali, mas porque a casa da mãe (e os móveis da mãe) exibiam marcas de uma vida vivida. O apartamento de Sloane, por outro lado, exibia a beleza de uma vida deixada em segundo plano.

Pensar na mãe fez com que ela pensasse ainda mais na mãe. Na terça, às dez da manhã, enquanto a neta mais velha estava na escola, e Everett e Leila, em casa — o que Margaret estaria fazendo? Cozinhando algo na panela de pressão, fazendo uma salmoura, tentando se ocupar. Ou talvez estivesse *com* Leila. Ou tomando café da manhã com uma amiga. Algum lado sombrio de Sloane queria que a mãe se sentisse solitária, mas era possível — até mesmo provável — que esse não fosse o caso. Ela tentou pensar em outra coisa. Aquele era o pior momento do ano para se sentir melancólica. O Dia de Ação de Graças, que era sempre um motivo para encontrar a família, vinha aí.

Sloane pegou o celular, cuja bateria estava nas últimas. *Obrigada pelo jantar, mãe*, começou a digitar, *foi ótimo. Estou animada para o Dia de Ação de Graças*. Ela releu a mensagem. Achando o texto sem graça, mas sem saber como melhorá-lo, apertou Enviar. Em seguida, mandou outra: *Depois me avise o que podemos levar.*

O acorde dó decrescente que anunciava a morte do telefone soava quando Sloane ouviu uma batida à porta e presumiu que Deidre estava pronta para escoltá-la até a reunião com o departamento de artes. Só que, quando ergueu o olhar, deu de cara com outra pessoa.

Na França, uma resposta automática surge sempre que você tenta sacar dinheiro em caixas eletrônicos. A tradução correta seria *Não mostre sua senha para ninguém*, mas a mensagem ao pé da letra é *Insira seu código secreto certificando-se de estar protegido de observações indiscretas*. Assim, sempre que Sloane sacava dinheiro em Paris, imaginava um homem charmoso fumando uma cigarrilha às suas costas, vestindo uma capa, alguém parecido com um Zorro sem máscara. Era o tipo de fantasia que envolvia palavras como "êxtase" e "pouca-vergonha". E que lhe veio à mente enquanto observava o homem parado à porta, sem máscara.

— Olá — disse ela, meio que se levantando.

Notando sua confusão, ele se apresentou:

— Sou Jin, o diretor de arte.

— Ah, Jin — disse Sloane, apertando a mão oferecida por ele. — Claro. É um prazer te conhecer. — Ela olhou ao redor. — Você queria conversar antes de descermos?

— Ah, não vamos descer hoje — respondeu ele, ajeitando seu casaco enorme antes de sentar. — A equipe está atolada de trabalho. Coisas da Black Friday. Desculpe, posso? — Ele gesticulou com a cabeça para a cadeira onde sentara.

Sloane fez que sim com as mãos.

— Então somos só... nós? — perguntou ela.

— Bem, Daxter queria que a gente conversasse sobre o projeto do tablet jovem, então... — Jin começou a tirar coisas de uma bolsa grande. — Acho melhor começarmos logo. Vou passar todas as informações para você.

Ele apoiou três tablets nas pernas, finos como cardápios de restaurante, em cores de jujubas.

A menção ao projeto dos tablets ajudou Sloane a se concentrar. Dax, é claro, tinha lhe explicado sobre aquilo — era uma das poucas iniciativas da Mamute das quais ela participaria e que não fazia parte da ReProdução. No outono, a empresa lançaria uma linha completa de tablets com teclados, acessórios e combinações de cores projetadas para atrair adolescentes. Os aparelhos tinham tela dupla, com um LCD externo que exibia o que o usuário via no display interno ou poderia ser configurado de forma personalizada: uma foto do usuário, uma montagem de imagens com amigos.

Caso estivessem à toa numa cafeteria, lendo no metrô ou assistindo a um filme em casa, todo mundo que passasse teria um vislumbre do mundo do dono daquele aparelho.

— Então — disse Jin, apoiando as mãos no topo dos aparelhos. — A gente devia se conhecer melhor primeiro, ou você prefere ir direto ao assunto?

Sloane riu, desconfortável. E se pegou encarando os dedos dele.

— Brincadeira — continuou Jin, dobrando uma perna sem derrubar os produtos apoiados na coxa. — Mas eu estava em Chicago no seu primeiro dia. Sou fã do seu trabalho, é claro. Você vai nos ajudar a animar um pouco as coisas.

Sloane sorriu, desejando merecer o elogio. Ela ainda não animara nada.

— Então — repetiu Jin com um sorriso subitamente travesso. — O que está achando por enquanto?

— Bem, todo mundo é muito simpático — disse ela, na defensiva até o último fio de cabelo.

— Hum — respondeu ele, voltando a cruzar as pernas. — Não ficou muito impressionada.

— Não, não, claro que fiquei — insistiu Sloane. — É que ainda estou... sondando o território.

— Temos uma cultura muito diferente — disse Jin, se afastando um pouco. — Mas todo mundo está adorando trabalhar com você.

— Obrigada — respondeu Sloane, comovida. — De verdade. Então, vai me mostrar o que tem aí?

— Talvez seja melhor começarmos com o esquema de cores?

Ele ergueu os três tablets. O primeiro era da cor da pétala de uma rosa; outro, verde-grama; e o último, de um tom laranja tão fluorescente que a fez apertar os olhos.

— Não sei se isto vai ser uma surpresa — disse ela —, mas gosto do cor-de-rosa. Os outros dois são tão berrantes que chegam a doer.

— Foi exatamente o que *eu* disse! — Jin riu. — As pesquisas de marketing falaram para nos inspirarmos em roupas de academia. Faixas de cabelo e tops devem ser parecidos com tablets.

— Sei que não vou dizer nada muito surpreendente — continuou Sloane —, mas eu estava imaginando uns tons pastel metálicos.

— Jura? — Ele abriu um sorriso radiante e pegou uma paleta de cores. — Algo vivo, com personalidade. E cheio de textura. Unissex.

Jin ergueu uma amostra do que parecia magma misturado com carvão e pedra de lua. O coração de Sloane deu um pulo com o choque.

— Adorei — disse ela com sinceridade. — Vulcânico.

— Esse é o nome que usamos, na verdade — disse Jin. — É ousado, apocalíptico. Sei que estamos falando de adolescentes, mas eles também têm problemas.

Ah, o solavanco de finalmente encontrar algo certo! O clarão que seguia as palavras, a ardência do coração acelerado. Imagens cheias de textura começaram a queimar dentro dela: metal enferrujado, cobre corroído. Mica. Musgo.

— Que tal... carne? — Sloane se ouviu sugerir. E corou no mesmo instante.

Jin observava a janela atrás dela, perdido nos próprios pensamentos.

— A língua — disse ele finalmente. — É estranho, não? Que ela sempre seja da mesma cor?

Mas Sloane fora tomada por uma memória insistente, que a inundava com as sensações táteis extraordinárias de seu primeiro beijo. Não o primeiro de *verdade* (que ocorrera na beira de uma cama numa "festa do beijo" da escola, com seus joelhos batendo nos de Adam Saybourne, que literalmente pulara em cima dela), mas o beijo em que já sabia o que estava fazendo, quando se sentira excitada (e não envergonhada) com o som da própria respiração pesada.

Ela passou a mão pelo cabelo, desfez o coque. Algo da cor de uma língua, com a textura de carne. Parecia certo, mas era estranho. Só que essa estranheza parecia essencial.

— Por mais que eu goste da ideia — disse Sloane, subitamente consciente do cabelo roçando nos ombros. — Talvez não seja uma proposta muito convencional.

— Então você pensa como Dax. — Jin franziu a testa. — Está atrás do que é fácil, do que já dá certo.

— Fácil? — repetiu Sloane, chocada. — Não é por isso que estou aqui. — O clima pareceu mudar entre os dois, ficando pesado. — Não vou inventar moda com os tablets jovens — continuou ela, na defensiva. — Eles vão vender mais se forem fabricados em tons pastel metálicos, tanto hoje como daqui a três anos. E isso também faz parte de prever tendências.

— Você acha isso mesmo? — perguntou ele.

— O que eu acho mesmo é que adolescentes deviam estar fora de casa, pegando sol e ar, e, tipo, tendo experiências sexuais desajeitadas, em vez de viverem com a cara enfiada em produtos eletrônicos. Mas como isso não vai acontecer, então, sim, tons pastel metálicos.

Jin tocou a pele sobre a gola da camisa. E deu a coçada mais longa e devagar do mundo.

— Posso fazer uma pergunta? — disse ele por fim, guardando os tablets na bolsa.

— É claro.

— Gosto de ser direto — explicou. — Só quero avisar.

— Eu aguento — zombou Sloane.

— Você está com medo de fazer seu trabalho?

Os olhos de Sloane se estreitaram; a garganta já seca pareceu fechar. Os ossos nas mãos davam a impressão de estar se dobrando para dentro.

— Não tenho medo de fazer meu *trabalho* — respondeu ela, ríspida.

— Você pode me contar o que acha de verdade — insistiu ele. — Sério.

— O que eu acho de verdade — rebateu Sloane — é que a linha jovem deve ser feita em tons pastel metálicos.

Jin esfregou dois dedos sobre os lábios, analisando-a.

— Não tenho abertura — disse ele, agora apontando os dois dedos para ela.

— Como é? — perguntou Sloane, irritada.

— Você não está se abrindo comigo. — Ele circulou os dedos no ar. — Eu entendo.

— Não tenho que me *abrir* — retrucou ela. — Só estou fazendo o meu trabalho.

Estava estampado na cara dele: *É mesmo?*

— Vou escolher não acreditar nisso — respondeu Jin. Ele devolveu a paleta de cores para a bolsa. — Ou não acreditar por enquanto.

Sloane abriu a boca para repreendê-lo, mas nada saiu. Todos os insultos em que conseguia pensar pareciam bobos e antiquados, e ela não era o tipo de pessoa que deixava as emoções à flor da pele em ambientes profissionais.

Quando Jin foi embora, porém, ela apoiou a cabeça na janela, com as formas cinzentas dos outros prédios se agigantando adiante, cheios de pessoas desconhecidas e atarefadas em seus andares altos. *Quem você pensa que é?*, devia ter perguntado a ele. *Quem você pensa que é?*, devia ter perguntado a si mesma.

No fim do dia, Sloane entrou em Anastasia, furiosa. Quem aquele fedelho metido pensava que *era*? A julgar por sua pele radiante e pela confiança insistente, era óbvio que ele era mais novo que ela. Talvez bem mais novo. Na época em que Sloane já orientava as maiores empresas do mundo sobre quais modelos usar em suas propagandas de moda, Jin devia estar entocado no dormitório da faculdade, dobrando as páginas desses mesmos anúncios. Ela era uma boa profissional, droga. Sabia o que estava fazendo na Mamute, e isso incluía não dizer a Dax que todos os seus aparelhos eletrônicos deviam ser produzidos da cor de órgãos humanos para que as pessoas se reaproximassem do seu eu interior.

Malditos diretores de arte, maldito Jin. Cheio de convicção só porque tinha um rostinho bonito: sua estrutura óssea parecia o mapa de uma constelação de estrelas, toda angulosa. Era idiota, idiota, idiota e ainda mais idiota ter deixado um desconhecido tirá-la do eixo. Sloane teve uma vontade súbita de ir para casa e dar um beijo de língua em Roman — era um ímpeto animalesco e raivoso de reforçar a própria confiança através da sexualidade, mas era assim que se sentia.

Quando Anastasia embicou nas ruas com nomes de letras de Alphabet City, os ouvidos de Sloane se aguçaram para uma frequência que só ela escutava. Roman estava por ali — não no apartamento, dava para sentir, mas muito, muito perto.

Ela saiu do carro e pisou na calçada com tranquilidade. Seu olhar foi na direção do parque comunitário que costumava abrigar um salgueiro majestoso, que fora levado embora pelo furacão Sandy. Mas o lugar estava vazio, com exceção de um homem agachado diante de uma horta: ele vestia calça de flanela e arrancava ervas daninhas. Sloane atravessou a rua e olhou para as janelas salientes da cafeteria da esquina, toda iluminada, e encontrou aquela criatura parecida com um homem que era Roman em seu macacão zentai.

Morta de cansaço, ela notou que o companheiro usava o modelito vermelho brilhante: devia ser uma tentativa de parecer alegre. De toda forma, ele conseguira atrair admiradores — havia três rapazes ao seu redor e uma montanha de copos de papelão sobre a mesa. Roman despertava uma curiosidade positiva na vizinhança de Paris onde os dois moravam, e parecia que a mesma coisa estava acontecendo ali. Ela passou pelo portão no qual vários yorkiepoos e puggles tinham sido amarrados e entrou no café.

Tirando vantagem da visão comprometida de Roman (ele não enxergava merda nenhuma naquela porcaria de macacão), Sloane parou perto da mesa de condimentos para ouvir o que ele dizia. No geral, o companheiro evitava conversar com estranhos sobre a vida íntima dos dois, mas sua ânsia por ficar famoso em Nova York a deixava preocupada. Ela não tinha certeza do que Roman ainda considerava "íntimo".

— ... é claro, existe o objetivo de vencer, mas o jogo dentro do jogo também tem uma última fase. — Sloane se inclinou na direção da mesa para ouvir o restante. — Os jogadores viajam de verdade para Chernobyl. Entram escondidos nas zonas contaminadas. Bebem água. Postam vídeos para os amigos de jogo. Vão até o topo dos prédios de Pripyat, a cidade-fantasma. É o suprassumo da mistura entre a realidade física e a virtual.

Roman estava obcecado com o jogo *S.T.A.L.K.E.R.: Shadow of Chernobyl*. Em Paris, ministrara palestras sobre a Zona de Alienação onde o anti-herói — um colecionador de artefatos com amnésia chamado Marked One — faz rondas por prédios radioativos e pela fauna mutante. Sozinho e com tendências suicidas, além de confinado em uma realidade alternativa que o faz se sentir tanto inspirado quanto preso, o personagem parecia ser o pior extremo do que acontecia com seres humanos em isolamento. O jogo era fascinante, e Sloane entendia a atração grotesca, mas o interesse de Roman a assustava. Marked One não precisava de ninguém além de si mesmo.

Sloane decidiu anunciar sua presença.

— Roman — disse ela, tocando o ombro dele. — Cheguei.

— Ah, Sloane! Que barato! — Com o seu sotaque, o que saiu foi *que barrato*. — Pessoal, essa é Sloane, minha Sloane! Estes são Juan, e Beau e Thorne, certo?

— Hawthorne — corrigiu um dos rapazes, que usava roupas caras esfarrapadas.

— Caramba — disse outro, passando uma das mãos pelo cabelo. — Vocês já *foram* lá?!

— Se dependesse de Roman — brincou Sloane, rápido —, a gente teria passado nossa lua de mel lá.

Os rapazes riram, apesar de ela não estar sendo sarcástica. No mundo virtual chamado Second Life, Roman tinha um chalé de veraneio numa área contaminada. E tinha acabado de comprar uma lareira eletrônica para o local usando a moeda Linden Dollar.

— Sloane... — Roman gesticulou com cuidado sobre a bagunça de copos ao redor, tentando não derrubar nada que estivesse fora de seu alcance de visão. — Quer beber alguma coisa?

Parte dela queria se juntar ao grupo, participar da discussão sobre os diferentes significados do jogo, como costumava fazer com o companheiro, mas, se ficasse, surgiriam perguntas curiosas que não queria responder. Ela também usava O Macacão? Roman podia rasgar seda sobre o relacionamento liberal dos dois, mas o limite de Sloane para ouvir bobagens já tinha estourado.

— Foi ótimo conhecer vocês, mas preciso resolver umas coisas.

Os rapazes inocentes assentiram com a cabeça sem emitir qualquer som. É claro, eles também tinham o que fazer. Todo mundo era muito ocupado. Veja como somos ocupados!

Mas não fizeram menção de ir embora.

— Então até mais tarde — disse ela para Roman.

Ele se mexeu no assento, encarando-a com o rosto sem olhos.

— Na verdade, vai ter um evento zentai que eu queria...

— É claro — respondeu ela, forçando um sorriso. — Divirta-se.

Sloane saiu do café imaginando os elogios que os três rapazes faziam sobre a esposa tranquila de Roman e a explicação do companheiro sobre a semântica limitante das palavras "marido" e "esposa".

"E é por isso que não vamos casar", ela praticamente o ouvia dizer. "Esses termos limitam as pessoas a uma união, e somos muito mais que isso."

Eu sou muito mais que isso, pensou Sloane de volta ao apartamento, encarando seu reflexo no espelho acima da pia. Ela removeu o colar do dia, com um pingente de coiote de plástico perseguindo uma lua de plástico, e o colocou no saco transparente em que guardava seus favoritos. *Sou muito mais do que a carapaça do meu esqueleto, que nunca mais será tocada.*

Talvez fosse por isso que as pessoas gostavam de sexo virtual, refletiu ela, entrando no quarto. A ausência da pele. Na internet, você podia ser muito mais do que o corpo a que fora designado. Seu alcance era ilimitado.

Sloane deitou na cama. A reunião com Jin a deixara inquieta. Não só porque ele a *questionara*, mas por ter despertado algo em seu interior. A conversa sobre como um tablet texturizado, da cor de carne, seria estranhamente perfeito fez sua mente pipocar. Ela pensou em outras formas de integrar as *touchscreens* ao toque. Dispositivos codificados na palma da mão; aparelhos embutidos sob a pele para realçar os sentidos erógenos; tecnologia remota para controlar a libido do parceiro a distância e com hora marcada, além de pensamentos mais rasos, mais estranhos: o simples toque da mão de outra pessoa.

Sloane tocou a cintura da legging. Ela podia satisfazer essa linha de raciocínio de um jeito mais produtivo. A válvula de escape estava bem ali: o fluxo eterno de pornografia. Ela deitou de barriga para baixo para ver as horas no relógio. Não ficara claro se Roman iria direto da cafeteria para o "evento" zentai — ele provavelmente passaria em casa para usar o banheiro, já que o processo de sair do macacão em sanitários públicos era longo e pouco higiênico. Ainda assim, ela se sentiria melhor se liberasse a tensão. Agora, Sloane era uma mulher trabalhadora nos Estados Unidos, vítima das diversas humilhações dos refeitórios corporativos. Na verdade, seria absurdo *não* se masturbar.

Naquela fase da sua vida, ela era tão incapaz de imaginar um amante que precisava se inspirar com pornografia. E, no geral, não gostava das ofertas. Os grandalhões apáticos que estrelavam filmes pornô pareciam seguir uma dieta de hormônios de gado. Os órgãos genitais depilados os faziam parecer bonecos Ken, e as bocas permanentemente abertas enquanto recebiam carícias lhes davam um ar idiota. Por isso, Sloane preferia assistir aos vídeos lésbicos. Pelo menos as mulheres exibiam expressões faciais variadas, riam, falavam, sorriam. Quando gozavam, não faziam cara de quem tinha acabado de descobrir que teria que pagar a mais por suas batatas fritas.

Como parecia muito íntimo digitar uma categoria específica na barra de pesquisa, ela se rendeu ao menu do dia no RedTube: maduras, lésbicas, MILF... escolheu um clipe da Produtora Slow Rebel, a única que colocava os atores em situações normais, como lendo ou jantando. Esse vídeo específico se chamava *A festa do pijama* e começava com duas amigas de cabelo comprido sentadas num sofá com pantufas de coelho e roupões felpudos.

Uma folheava uma revista de fofoca. A outra apertava dramaticamente os botões de um controle remoto.

— Aff! — reclamou ela, os lábios fazendo um muxoxo exagerado. — Não tem nada na televisão!

— Pois *é* — gemeu a outra. — Estou *morrendo* de tédio!

Do nada, um garoto bonito vestindo um blusão de moletom e cueca branca entrou na cozinha visível atrás do sofá.

As duas começaram a rir. A que lia a revista levou um dedo à boca e sensualmente virou a página com o dedo molhado. E sussurrou para a outra:

— Quando você acha que Tina vai voltar?

Ávida, a amiga mordeu o lábio.

— Não sei — respondeu ela. — Deve ser daqui a pouco.

As duas olharam para a cozinha, onde o garoto — com certeza o irmão mais novo de Tina — comia cereal de uma tigela. Ele parecia ter uma ereção matinal.

— Estou a fim de me divertir — disse a garota com a revista.

O coração de Sloane deu um pulo diante da simplicidade direta do que acontecia na tela. Ela também queria se divertir! Excitada, observou a amiga do controle remoto ir saracoteando até a cozinha. A câmera a seguiu, se aproximando quando ela abriu a geladeira, se inclinou para baixo, mais para baixo, e pegou uma garrafa de suco de laranja — sua calcinha fio-dental estava puxada para o lado, o suficiente para revelar uma curva dos lábios genitais.

O garoto continuava mastigando na cozinha — ele era tão inexpressivo quanto os outros homens em filmes pornôs, mas pelo menos era bonito. E se encaixava bem no papel de jovem musculoso que tinha acabado de acordar.

— Ah — disse a garota, inclinando a cabeça e fazendo biquinho. — Parece que o suco acabou. — E olhou na direção do copo do garoto sobre a bancada. — Posso pegar um pouco do seu?

Enquanto ela seguia na direção dele, seu roupão se abriu para revelar uma camisola de seda branca. Seus seios pareciam tão empolgados e impacientes. Sloane podia apostar que eles viviam muito ocupados.

Sem explicação, os lábios da garota encontraram os do rapaz. Pelo visto, ele tinha acabado de tomar um gole do suco; ela queria um gole. Os dois começaram a se beijar intensamente, e as mãos do garoto foram parar na bunda dela. Para mostrar isso, o roupão felpudo foi descartado. O traseiro da garota era tão generoso quanto os seios jubilosos — todo seu corpo parecia pulsar com o frescor da juventude. Ela era como o primeiro melão do verão, só que com peitos perfeitos. Enquanto pegava o vibrador, Sloane observou os dedos do garoto se espalmarem sob a camisola. A forma como ele massageava as bandas da bunda da garota a deixou doida. Havia uma memória fraca de como era ter a pele esticada dessa forma, e isso fez o vibrador zunir com insistência contra seu clitóris desperto.

O casal continuava se beijando, se beijando com avidez, os lábios do garoto no pescoço dela, deslizando uma alça acetinada para roçar os seios de forma provocante. A garota, confiante tanto em sua aparência quanto na exuberância do que estava prestes a acontecer, soltou uma risada de satisfação.

E então a outra moça — a da revista — entrou na cozinha, com a camisola abaixada para revelar um par de seios rijos, escuros e pequenos. Ela seguiu para o casal que se atracava, pressionou-se contra as costas da amiga, esticando os braços para acariciar os seios dela.

Sloane estava bem empolgada agora, a vibração do consolo levando-a para um plano superior de prazer. A ansiedade era demais. A primeira garota estava se esfregando contra o rapaz, afastando a parte de baixo da camisola para que ele pudesse encontrá-la. O garoto a ergueu e a colocou sentada na bancada, derrubando a caixa de cereal. Afastou a camisola ainda mais, enquanto a outra amiga colocava a mão com carinho — talvez até com reverência — no volume escondido pelo algodão da cueca, massageando. Enfiou então a mão por baixo do elástico da cintura para...

— Sloane? — chamou uma voz, a voz de Roman. Roman, em casa. Ela fechou o computador com raiva, jogou o vibrador embaixo da cama. — Só vim fazer xixi!

Com a calça de volta no lugar e seu cúmplice escondido, Sloane ficou deitada onde estava, furiosa, com a respiração pesada. Ouviu o homem com quem dividia a vida se atrapalhando para tirar o macacão no banheiro. Então olhou para o computador fechado e as conexões com a vida amorosa fingida de outras pessoas que ele abrigava.

— *Chérie!* — berrou Roman, derrubando algo durante sua tentativa de se libertar da roupa apertada. — Você sabe onde está o dourado? Acha que eu devia usar o dourado? Quero causar uma boa impressão no Clube da Lycra!

Estamos sozinhos juntos, pensou ela, e a frase foi tomando força dentro de si até dominá-la.

13

Quando Sloane acordou na manhã seguinte, Roman não estava na cama. Encontrou-o na cozinha, debruçado sobre o telefone. Descalça e envolta em um roupão de banho de algodão fino, ela se sentia tão invisível quanto se estivesse observando o parceiro através de uma janela espelhada.

— Oi — disse ela, apertando o roupão contra o corpo. — Dormiu bem?

— Hum — respondeu Roman, cutucando e batendo na tela, os ombros tensos.

Ela apoiou a cabeça no batente.

— O que está fazendo? — tentou outra vez.

— Quero encontrar um lugar para tomar café. — Um sorriso breve antes de os olhos baixarem novamente.

— Eu já morei aqui, sabe — disse ela, se aproximando da cafeteira. — Você pode me perguntar.

— Sim, é claro! Mas quero ver as avaliações.

Sloane escolheu uma cápsula "Blend da Casa" e a colocou no buraco de plástico.

— Você tem alguma reunião durante o café da manhã?

A pergunta fez com que ela percebesse o quão pouco sabia sobre as atividades do companheiro durante seu expediente na Mamute.

— Durante o café da manhã, não. Mas quero comer bem, e depois tenho uma reunião. A revista *New York* quer publicar uma tradução da matéria da *Nouvel Obs* sobre mim!

Sloane congelou. Sua caneca transbordou de café. A *New York* era a bíblia dos liberais sobre tudo que valia a pena saber sobre o mundo naquela semana. Como não previra que Roman seria um sucesso imediato nos Estados Unidos? Ela quisera ter fé na humanidade, torcendo para que, só daquela vez, para variar, as pessoas não engolissem a última moda. No caso: o zentai. No caso: ele.

Do outro lado da cozinha, encarando Roman em carne e osso, Sloane percebeu como era difícil julgar a produtividade moderna: uma pessoa podia passar o dia inteiro enfurnada em casa, de pijama, e ainda assim causar reboliço na internet. Fazia muito tempo que ela parara de verificar as redes sociais do companheiro, mas, quando ele se levantou para buscar mais suco, Sloane pegou o telefone da bancada da cozinha. Seu número de seguidores estratosférico a fez perder o fôlego.

— Jura? — disse ela, ainda descendo o feed dele. — A *New York*?

— É importante, né? — perguntou ele, esticando a mão para pegar o telefone de volta.

— Roman — chamou Sloane, tentando prender sua atenção. — Talvez a gente devesse sair para jantar. Falar sobre as novidades. Parece que... a gente não conversa mais.

— Ah — respondeu ele, voltando a se focar na tela. — As coisas não estão indo bem no trabalho?

Sloane não respondeu. Queria ver se seu silêncio o faria perguntar de novo. Queria ver se Roman fazia ideia do que estavam discutindo na verdade.

Mas o silêncio pareceu ser bem-recebido. Roman estava focado em sua pesquisa, lendo opiniões de desconhecidos sobre cafeterias em vez de perguntar a ela. Uma das coisas favoritas de Sloane na época da faculdade era ir com a irmã ao Café Mogador da esquina depois de uma noite de sábado agitada. O lugar tinha várias opções maravilhosas de ovos, se alguém quisesse saber sua opinião.

No caminho para o trabalho, Sloane pediu a Anastasia para fazer uma parada numa papelaria e comprou duas caixas de acrílico escuro para as pessoas colocarem sugestões, como Dax aprovara (com relutância), além de três recipientes enormes de plástico para confiscar os telefones, como ele não aprovara.

— Então, vamos precisar mandar um e-mail para a empresa toda — disse Sloane depois de ter posicionado as caixas em andares diferentes, com a ajuda de Deidre. — Não quero que as pessoas achem que elas são para lixo reciclável.

— Não, não — respondeu Deidre, pensativa. — Ainda mais se estiverem cheias de telefones. Vou escrever um rascunho e depois envio para você aprovar.

— Não seria melhor se eu mandasse o e-mail? — perguntou Sloane.

Deidre fez uma careta.

— Se eles começarem a reclamar.... — Ela titubeou. — Digamos que estou acostumada a enviar e-mails para os funcionários sobre questões comportamentais.

— Ah — disse Sloane, surpresa. — Tipo o quê?

— O Sr. Stevens gosta que todo mundo fale com entusiasmo. Na verdade, acho que ele usa o termo "tom de voz". E o almoço. Ele tem orientações bem específicas sobre isso.

Sloane fez uma careta.

— Você não precisa se preocupar — emendou Deidre, percebendo que ela estava incomodada. — Isso só vale para os funcionários com cargos baixos. Ele prefere que façam um lanche. Enfim. Antes que eu me esqueça... — A secretária tirou um maço de folhas da pasta de papel pardo que carregava. — Aqui está a programação do dia. — Deidre esperou em silêncio enquanto Sloane analisava as atividades. — Se quiser mudar alguma coisa, o espaçamento entre linhas, a fonte, é só me dizer.

Sloane ergueu o olhar e sorriu.

— Você já trabalhou com muitos diretores de arte, não é?

Deidre se permitiu uma risada rápida.

— Já. — Então, alisou a saia, voltando a ser profissional. — Se não precisa de mais nada, vou deixá-la à vontade — disse ela, assentindo com a cabeça. — Até a Casa das Ideias.

De acordo com a programação do dia, grande parte da manhã de Sloane seria ocupada pela famosa reunião matinal que ocorria às quartas-feiras — outro fator que a fizera aceitar o trabalho na Mamute. Originalmente idealizada como um espaço em que todo mundo tinha oportunidade de compartilhar suas inspirações, a Casa das Ideias (como Dax a chamava) era parecida com o processo de *brainstorming* que ela preferia usar: aberto, sem estrutura predefinida, livre de estilos. Mas, agora que vira como os funcionários se intimidavam sempre que o chefe estava por perto, suas expectativas para a ocasião tinham diminuído bastante. Ela torceu para se surpreender.

De todo modo, Sloane ficou feliz ao ver como seu dia seria atarefado. Isso significava que não teria tempo para pensar em Roman, em como ele se tornara distante, em como vivia tão ausente. Trechos da matéria da *Nouvel Obs* que antes a deixaram orgulhosa, agora soavam como um mau presságio: "Roman Bellard: interações virtuais são a forma mais verdadeira de contato humano." "A realidade aumentada é a terra das oportunidades moderna: diversão melhor, educação melhor, sexo muito melhor."

No início, ele só queria chamar atenção. Quando começara a usar o macacão zentai, suas teorias sobre a superioridade do contato virtual pareciam uma extensão de seus amados jogos de videogame.

Mas algo estava mudando, transformando o fascínio que ela sentia pelos interesses variados do companheiro em um mal-estar impossível de ser ignorado.

Um som de alerta no computador indicou a chegada de um e-mail. Deidre já escrevera o rascunho sobre o novo protocolo de reuniões:

Prezados funcionários da Mamute,

De forma a permitir que Sloane Jacobsen obtenha os melhores resultados das equipes com as quais está trabalhando, instalamos caixas para o armazenamento de celulares do lado de fora das salas de reunião do quarto e quinto andares. A entrega dos celulares é opcional durante reuniões de rotina, mas obrigatória em qualquer encontro das forças-tarefas para a ReProdução com a Srta. Jacobsen. Se alguém achar que deve ser uma exceção a essa regra, favor entrar em contato comigo pessoalmente ou por escrito antes do horário de sua reunião.

Ademais, como parte de seus esforços contínuos para criar uma atmosfera repleta de criatividade e apoio intelectual, a Srta. Jacobsen posicionou duas caixas de sugestão do lado de fora da minha sala e da dela, respectivamente. Sloane deixou claro que os recados podem ser anônimos, sem nenhuma restrição de assunto — vocês podem falar sobre qualquer coisa.

Por favor, não usem as caixas de sugestão para reclamar sobre o protocolo dos celulares. Como mencionado anteriormente, tais comentários e pedidos devem ser direcionados a mim.

Desde já agradeço sua compreensão.

Atenciosamente,

Deidre Thompson
Secretária-executiva do CEO

Enquanto ela escrevia um e-mail aprovando o texto, Deidre ligou.

— Ah, oi — disse Sloane. — Eu estava te respondendo agora. Ficou ótimo!

— Que bom. Então vou enviar para todo mundo. Mas liguei porque você tem uma chamada em espera na linha um. É a sua mãe.

Uma emergência. Só podia ser. As duas tinham acabado de se ver.

Enquanto esperava a ligação ser transferida, Sloane tentou pensar em bobagens. Será que esquecera alguma coisa em Stamford? Ela sempre deixava o carregador do computador ou do telefone para trás. Será que ofendera alguém sem perceber? E então pensamentos mais sombrios. Leila. Um sinal de trânsito avançado. As crianças.

— Mãe! — disse ela quando a ligação foi conectada. — Está tudo bem?

— Ah, oi, querida. Oi. Como vão as coisas com você?

Sloane cruzou as pernas, se lembrou de respirar. Ela reconhecia o tom de voz de Margaret. Aquela não era uma ligação para baterem papo; era uma conversa séria.

— O que houve, mãe? — perguntou Sloane, nervosa.

— Ah, nada de mais. Aquela noite foi bem legal, não foi? Obrigada pela mensagem! E as crianças estão *enormes, não estão*? Quero dizer, é óbvio que puxaram a altura de Harvey. Quando se trata dos meus genes... bem, talvez a terceira herde alguma coisa de mim. Talvez ela puxe meu cabelo *maravilhoso*.

— *Ela?* — guinchou Sloane enquanto a mãe ria da própria piada. — Achei que Leila não quisesse descobrir o sexo antes.

— É, não, claro que não — apressou-se em dizer a mãe. — É só jeito de falar.

Sloane ergueu as sobrancelhas para o fone. Margaret parecia mais nervosa que o normal.

— Então, o que houve?

— Pois é! Sei que você está ocupada. Bem, eu só queria falar do... do outro dia, na verdade, só que mais sobre a sua mensagem? Sabe... — Ela tossiu. — Sobre o Dia de Ação de Graças?

— Sim — respondeu Sloane, com cuidado. — Acho que eu só queria saber... sobre a logística da situação. Tipo, o que podemos levar.

— Bem, esse é o problema, na verdade — explicou a mãe. — Não vai ter ninguém aqui. Nós, hum, nós vamos para a Disney. Tenho quase certeza de que mencionei isso, não?

— O quê, na Flórida? — Sloane estava chocada. — Quando?!

— Pouco antes do feriado. Por uma semana. Eu não te contei mesmo, querida?

Pasma, Sloane se afundou na cadeira. Era possível que Margaret tivesse mencionado, mas não, ela catalogava metodicamente todas as esnobadas da família. Teria se lembrado da Flórida no Dia de Ação de Graças.

— É algo que fazemos há uns dois anos — explicou Margaret com a voz tímida. — Meio que virou uma tradição. Agora.

— É? — perguntou Sloane, enfiando uma unha na quina da escrivaninha. — É, não é? — repetiu ela, quase tão baixo quanto a mãe.

De repente, recordou-se do ano anterior: o cartão-postal estranhamente sinistro do Epcot Center que chegara ao apartamento de Paris dois meses depois de a família ter voltado da viagem. Ela se lembrava de ter ficado triste por não terem escolhido algo mais alegre — uma foto das crianças com a Minnie ou um daqueles arcos de orelha com seu nome bordado. A mãe devia ter escolhido a foto do Epcot por ter sido a coisa menos infantil que encontrara.

— Você pode vir com a gente — sugeriu Margaret, soando hesitante. — Sei que não gosta desse tipo de coisa, mas não quero que ache... que não foi convidada.

— Mas não fui, na verdade — respondeu Sloane, tentando manter a voz estável. Seus colegas de trabalho não precisavam ouvi-la fazendo drama com a mãe.

— Bem, é claro que foi. É só que... você não estava aqui antes.

— Bem, é claro que não estava — rebateu ela, com raiva por estar com raiva. — Eu morava na *França*.

— Sim, pois é. — Margaret soava desanimada. — Acho que não nos acostumamos em ter você por perto. Ainda.

— Entendi — disse Sloane, compreendendo o que a mãe queria dizer. — Vocês esqueceram que eu estaria aqui.

— Bem, querida, você nunca gostou muito do Dia de Ação de Graças.

A mãe estava sendo sutil. Certa vez, Sloane se referira ao feriado como "uma das ficções de maior sucesso de todos os tempos". Só que agora tinha amadurecido. Aquela seria a primeira vez em mais de cinco anos que estaria nos Estados Unidos em novembro, e ela cometera o erro de achar que isso faria diferença. Não fazia.

Sloane seguiu para a janela. Olhou para cima, bem alto, para além das caixas-d'água. O céu estava vazio. Alertas de emergência na cidade inteira. Outro dia com o espaço aéreo fechado.

— Se você quiser vir — disse a mãe, desconfortável com o silêncio —, tem lugar. De verdade.

— Não, está tudo bem — respondeu ela, resignada. — Eu devia ter lembrado a vocês que estaria aqui.

— Ah, querida, isso não mudaria muito nossos planos. As crianças adoram ir para lá.

Sloane passou um dedo pela janela, delineando o contorno de uma pessoa na rua.

— Não esquente a cabeça com isso, mãe — comentou ela depois de um tempo. — A culpa é minha. Eu não pensei. Vocês vão se divertir.

— Querida, tem lugar para você.

— Não, está tudo bem, de verdade. É bem provável que eu tenha que trabalhar.

— Bem, que pena, querida. Apesar de que, como você está na cidade, deve haver um monte de restaurantes bons para jantar.

Sim, pensou Sloane, ainda olhando pela janela. Ela poderia ir a algum restaurante francês chique e ficar olhando Roman mexer no telefone.

A raiva por ser desprezada começava a passar, e no seu lugar surgia um desespero avassalador e infantil. Sloane não *queria* passar o Dia de Ação de Graças completamente sozinha em Nova York. Não *queria* ir comer a versão três estrelas de um prato caseiro em um restaurante chique. Queria ver Leila e Margaret brigando por causa do peru — será que ele estava cozido, será que estava cozido demais, alguém já tinha descoberto como mexer no forno do apartamento? Parecia absurdamente importante passar o Dia de Ação de Graças com a família.

— Você pode me trazer uma daquelas orelhas da Minnie? — pediu ela. — Eu tenho uma reunião agora, mãe. Preciso mesmo desligar.

— Querida, você ficou chateada.

— Não fiquei chateada — mentiu Sloane. — Só fiquei confusa, mas não tem problema. Só estou atrasada.

— Certo, tudo bem, vamos nos encontrar bastante depois que voltarmos.

— Claro — disse Sloane, sentindo um embrulho no estômago. — Vamos, sim.

Em Paris, Sloane gostava de andar de metrô quando estava triste. A experiência de compartilhar sua solidão sempre a alegrava: bastava observar as expressões no rosto das pessoas sentadas sozinhas em público para que ela se enchesse de compaixão. Alguém com um crachá esquecido ainda preso na blusa; um garoto magricela que tinha acabado de levar um pé na bunda; um grupo de turistas alegres a caminho do Louvre, se perguntando se dariam a sorte de encontrar uma fila pequena. Todas as esperanças e as decepções compartilhadas em um trajeto rápido.

Assim, Sloane seguiu para a Union Square depois da conversa com a mãe. Ela não tinha um destino em mente, só a necessidade de se misturar à multidão de corpos desconhecidos e sentir calor humano. Quando se sentia mal com a vida que criara para si mesma, ela tendia a ser benevolente — tirava forças de pessoas estranhas. Seus corpos, aqueles breves momentos de liberdade. A força de tantas vidas.

O metrô estava lotado naquela hora aleatória do dia. Porém, em um mundo de freelancers, eternos estudantes e desempregados crônicos, não havia mais um horário tradicional para começar a trabalhar. Galochas e leggings, bolsas de couro, cachecóis de lã e pedaços vívidos de plástico, o tubo abafado de metal era tão cheio de *coisas*. Sloane imaginou como seria um metrô vazio, mas cheio de pertences deixados para trás. Pétalas de tecidos, sacolas sem dono.

Alguns anos antes, um artista até então desconhecido — um britânico morador de Nova York chamado Craig Ward —, inspirado na fotografia que uma amiga tirara das bactérias na mão do filho, tentara coletar as bactérias do metrô da cidade por conta própria. Ele armazenara as amostras dos microrganismos em placas de Petri cheias de uma substância gelatinosa que continuaria a alimentar as bactérias, e deixara as histórias humanas amadurecerem no calor do verão. As fotografias resultantes eram universos brilhantes: pequenos planetas de *E. coli*, cometas brilhantes de salmonela, orbitados por *Staphylococcus aureus* e mofo. As imagens impressas causaram um pânico urbano imediato, mas Sloane as achara maravilhosas: uma cartografia de natureza-morta de lugar e tempo específicos. As mãos que tinham carregado e distribuído aquelas bactérias continuavam vivas, assim como as culturas. Uma das imagens capturadas no ônibus da Times Square quase a fizera se debulhar em lágrimas. Tantas pessoas, tantas oportunidades de compartilhar algo importante, e, ainda assim, desinfetantes de mão eram mais populares do que nunca.

Ela passara tempo suficiente na indústria de beleza para saber que, quando se tratava dos produtos modernos de higiene pessoal, o objetivo não era celebrar a humanidade das pessoas, mas eliminá-la. Pastilhas para acabar com o mau hálito, desodorantes, desinfetantes em gel. É claro, Sloane não era avessa à higiene — tomava banho e passava perfume com a mesma frequência que todo mundo —, mas, mesmo assim, enquanto o metrô da linha L partia, a mera lembrança daquelas fotos a fez querer estabelecer contato visual com alguém, se encostar num ombro, perguntar: *Não é maravilhoso? Como somos fascinantes?*

Mas a convivência cara a cara não estava na moda. Era o oposto, na verdade. Como parte do que ela certa vez denominara como a cultura do "Paga Mais", as pessoas estavam bastante dispostas a pagar uma taxa adicional para ficarem — e permanecerem — sozinhas. Fazia décadas que o mercado imobiliário notara isso, mas o fenômeno estava começando a afetar o turismo também: upgrades de passagens aéreas que permitiam mais espaço entre cadeiras por um valor mais caro; equipamentos de ginástica que podiam ser reservados por determinado tempo, como se fossem mesas de restaurante. Até mesmo o crescimento de empresas de compartilhamento de caronas, como a Vroomy, refletia a moda do egocentrismo. Por mais amigável e acessível que a companhia parecesse, boa parte do sucesso da Vroomy se devia ao fato de ela permitir que os usuários evitassem a vergonha e a inconveniência de colocarem dinheiro na mão de um desconhecido em troca de um serviço útil. Os motoristas de carro passavam a ser apenas notificações no telefone, robôs práticos: algo para classificar com cinco ou três estrelas, dependendo da rapidez com que levassem você ao destino final. A própria Sloane era fiel aos táxis. Ela gostava da incerteza de saber se encontraria um quando precisava — ah, mas como ficava alegre quando o encontrava! Era maravilhosa a sensação de ver os letreiros brilhantes se aproximando na chuva.

Na 6th Avenue, o metrô encheu com a pressão de mais corpos, o cheiro azedo de moedas velhas misturado ao aroma de xampu de melão. Ela se abriu às intrusões profundas: um cotovelo contra seu bíceps, uma mochila cutucando o lado direito do quadril, um dedo do pé pisoteado por acidente enquanto o vagão sacudia.

Privacidade. Falta de privacidade. Proximidade. Quando Sloane era pequena, dividia o quarto com Leila — fizeram isso até ela completar 12 anos e ganhar o próprio quarto. O espaço era considerado um privilégio, é claro — ser capaz de criar e sonhar e viver num cômodo só seu —, mas também fez com que se distanciasse da irmã mais nova. Talvez aquele fosse o segredo da felicidade, uma moda que ela poderia sugerir para o periclitante departamento de móveis: espaços compartilhados, quartos menores. Beliches para adultos. Quem sabe — talvez, se vivessem apertados numa casa menor, a família jamais teria *deixado* que Sloane fosse para a França. Talvez ela teria se acostumado tanto com a proximidade que estaria presente na noite do acidente do pai, faria visitas mais frequentes na época da faculdade. Ela estaria lá e teria *intuído* alguma coisa, tido os pressentimentos que a assombravam antes. Sloane acreditava que o pai não teria morrido se ela estivesse em casa naquela noite de inverno, se o tivesse convencido a não sair para comprar o ingrediente extremamente supérfluo que a mãe queria para cozinhar *um jantar de família perfeito*. Essa crença era algo que devia ter guardado para si. Mas não o fizera. Não era de se espantar que a família não quisesse sua presença no Dia de Ação de Graças.

Ela teve um vislumbre do relógio no pulso que compartilhava a barra de apoio ao seu lado. Vinte para as dez — precisava voltar. Estava ansiosa para a Casa das Ideias, poderia falar o que quisesse lá — não teria que adaptar seus pensamentos para que se encaixassem nos parâmetros da ReProdução. Poderia conversar sobre pessoas que tinham filhos, e, se podia falar sobre crianças, podia falar sobre bagunça, imundice, sujeira, germes, dedos. Mãos aprendendo a interagir com outros seres, vozes agudas brigando, pessoinhas aprendendo a usar o próprio corpo. A saudade avassaladora que fazia as crianças ansiarem tanto por determinada pessoa que chegavam a chorar.

Ela sentira isso pelo pai e sentira isso pela mãe quando era bem mais nova, e ali, parada no metrô, concluiu que seria um ser humano mais completo se conseguisse recuperar essa sensação. E isso a fez pensar, do nada, que talvez não fosse a única pessoa que ia ao metrô em busca de contato humano. Talvez, sem saber, ela fizesse parte de um novo clube esquisito. Era uma ideia interessante, não era? A velha emoção começou a crescer dentro de Sloane. Pessoas buscando proximidade para compensar alguma carência, não para conquistar toques roubados ou por causa de perversões; apenas um companheirismo temporário. Ombros tocando ombros em um metrô cheio de gente. Ir ao cinema para estar na companhia de outras pessoas, em vez de ficar em casa encarando um laptop no sofá.

Foi então que Sloane percebeu — os móveis não ficariam maiores, mas *menores*. O retorno de namoradeiras criadas não pelo motivo original (acomodar os vestidos gigantescos que as socialites usavam antigamente), mas para facilitar galanteios. Namoradeiras de três lugares, namoradeiras de quatro lugares, o design voltando ao passado para refletir a estética italiana dos anos 1970, quando a espontaneidade e a diversão e a sociabilidade eram os valores mais importantes. De repente, ela pensou em uma série de bancos externos que vira no Iucatã, que se curvavam feito ferraduras, de forma que os visitantes ficassem cara a cara. Esses bancos eram tão úteis para puxar conversa que um grupo de pessoas começara a organizar uma troca de idiomas no parque local; nas noites de terça, desconhecidos se reuniam para bater papo em línguas que ainda não dominavam.

A cabeça de Sloane se encheu de imagens e cores. Dentro dela, algo congelado pareceu derreter. As pessoas iam *pagar* para se aproximarem umas das outras. Ela conseguia visualizar o surgimento do oposto da moda do "Paga Mais": um movimento de gente que pagaria taxas para ter *mais* contato, não menos.

No caminho de volta ao escritório, essas imagens e epifanias continuaram invadindo sua mente; seu corpo estava aquecido pela chama do retorno de seus instintos.

A Casa das Ideias já tinha começado quando Sloane chegou. A sala de apresentações estava tão lotada que ela teve que abrir caminho até a parede dos fundos, parando ao lado de Mina.

— Oi — sussurrou a garota com os olhos brilhantes. — Adorei a mensagem sobre os telefones!

— E agora? — berrava um sujeito com uma pena de verdade presa ao chapéu, que parecia já estar falando há um tempo. — O kombucha anda, tipo, muito, *muito* insosso. Estou preocupado com a qualidade do scoby que vocês estão usando.

— Alguém quer falar alguma coisa que não seja uma reclamação rabugenta? — interrompeu Dax, parado ao lado de um quadro branco, bebendo de uma caneca térmica estampada com a frase: "TÁ DOIDÃO, CARA?"

A mulher chamada Greta, que Sloane reconheceu do seu primeiro dia, falou logo depois. Ela trabalhava no departamento de identidade verbal — Sloane se lembrava disso porque tinha dito que gostava do nome de Greta, e a mulher agradecera, dizendo que era isso que faziam no departamento de identidade verbal. Bolavam nomes.

— Alguns de nós estávamos pensando que podíamos rebatizar a Black Friday — disse Greta. — É só que o mundo anda tão problemático, e, tipo, como "black" significa "preto", ficamos nos perguntando se as coisas já não estão pretas *demais*.

— Certo — disse Dax, assentindo com a cabeça, empolgado. — Quais são as sugestões? Podem falar.

— Sexta da Junção — começou Greta —, porque é logo depois do Dia de Ação de Graças, e você vai ter que juntar presentes...

— Parece religioso — disse Dax. — O que mais?

— Sexta Multicolorida? Sexta Cheia? Graciosidade? — sugeriu Greta, parecendo hesitante. — Dia da Gratidão? A gente acabou de começar a pensar nisso.

Dax não parecia impressionado.

— Nossas propagandas para a Black Friday vão entrar em produção, tipo, ontem. Mas quero isso para o ano que vem. Preciso de duzentas sugestões até o fim do dia, valeu?

Sloane baixou um pouco a cabeça. A sala estava fria — por que escritórios eram sempre tão gelados? Ela estava tão próxima das pessoas ali dentro quanto estivera no metrô, mas não tinha a mesma sensação de intimidade. Começou a olhar ao redor em busca de Jin e corou quando o encontrou.

A conversa passou para outros feriados que podiam ser rebatizados. Dia das Mães. (E se você não tivesse mãe?) Aniversário. (E se o seu ano tivesse sido traumático?) As ideias e a linguagem corporativa usadas na discussão ("Vamos deixar isso de lado por enquanto", "Já voltamos a esse assunto") a deixaram deprimida, e Sloane deixou de prestar atenção nas vozes, preferindo pensar no vagão de metrô onde estivera mais cedo, nas imagens fluorescentes de germes flutuantes, dedos encontrando dedos que tinham encontrado tantas mãos antes.

— Sloane? — chamou Dax, aparentemente do nada.

Ela arfou, certa de que perdera alguma pergunta.

— Oi? — disse ela, sacudindo a cabeça para retomar a atenção. — Sim?

Dax piscou em expectativa.

— Quer compartilhar alguma coisa?

Sloane engoliu em seco, pensou nas visões coloridas que tivera de móveis menores. E de móveis *mais altos* também, salas de estar montadas como casas de brinquedo, em vez das mesmas combinações de sofás virados para o mesmo lugar.

Mas ela não queria divulgar suas premonições sobre mobília agora. Queria falar sobre proximidade, sobre a proximidade que acabara de sentir. A aproximação dos corpos. O mercado aberto do contato humano.

Ah, que se foda, pensou ela. Já tinha pedido para proibirem celulares na empresa inteira. Por que parar por aí?

— Na verdade, comecei a pensar, *acabei* de começar a pensar... Bem, acho que posso usar o termo "terceirização do afeto". — Sloane se empertigou para reforçar uma confiança que não sentia. — Eu estava no metrô mais cedo e fiquei pensando num monte de coisas. E admito que essas ideias ainda não estão... cimentadas, mas enquanto eu observava aquela gente toda, pessoas falando ao telefone, lendo ou fazendo qualquer outra coisa, pensei em como todos nós estamos mais conectados de certa forma.

Ela coçou o pescoço, ciente de que boa parte da plateia emudecera. Do outro lado da sala, sentiu a expectativa no olhar de Jin, e isso quase a fez perder o fio da meada.

— O metrô estava lotado. Era impossível não encostar nos outros. — Ao seu lado, Mina se retesou. — E comecei a pensar que, daqui a pouco, as pessoas farão esse tipo de programa de propósito, como uma espécie de terapia. Se é que já não fazem agora. Tipo as casas de banho? Sabem, como as pessoas costumavam se reunir nesses lugares, a velha tradição dos spas? — Alguns funcionários assentiram com a cabeça. Ela tentou não prestar atenção nos que permaneceram imóveis. — Acho que as pessoas vão retomar hábitos parecidos para ter contato físico. Usar as multidões em prol da própria saúde.

Sloane tocou as têmporas. Estava com dor de cabeça. Não conseguia se expressar bem. As reflexões que pareciam tão sensatas meia hora atrás estavam se esvaindo de sua mente.

Ela não podia se confundir assim. Não agora. Tinha a impressão de que aquelas informações eram muito importantes, mas não conseguia formular suas ideias. Impulsionada pelo calor vindo de Mina, que sugeria que a moça prestava atenção em cada palavra sua, Sloane decidiu continuar, se concentrando no ponto de origem de sua epifania, sua base.

— Um dos problemas mais preocupantes da falta de relacionamentos em carne e osso na era digital — continuou ela com a voz mais firme — é que as pessoas não sabem mais como interagir umas com as outras. Por exemplo... — Ela se empertigou ainda mais, projetou a voz para a plateia. — Vejamos o caso da geração mais jovem, que é exposta a monitores, telas que se arrastam e mouses que rolam para cima e para baixo antes de conhecer gravetos, lama e terra. Muitos desses bebês, dessa demografia específica, são matriculados em tantas atividades e são tão vigiados que não participam de brincadeiras espontâneas. Eles *brincam*, é óbvio, aprendem, mas nem sempre se relacionam fisicamente com o mundo; não ralam os joelhos. E o que acontece com uma criança que é supervisionada em excesso? — Sua cabeça latejava. No córtex frontal, uma luz branca pulsava. — Seus instintos atrofiam. A perda dos instintos leva a uma falta de confiança. E aí, quando essas crianças viram adolescentes, têm medo de esportes que exigem espontaneidade, intuição, *contato*. Os jovens vivem em realidades bidimensionais — continuou Sloane, apesar da dor em sua cabeça. — Se passam vergonha no mundo real, passam vergonha na internet. Adolescentes tímidos se tornam adultos tímidos, que continuam com medo de errar diante dos colegas. Com o tempo, essas pessoas carentes de intimidade vão ter que buscar especialistas para suprir essa necessidade. Isso significa — disse ela, tomando fôlego — que haverá uma geração inteira de seres humanos com deficiência tátil.

A sala estava tão silenciosa que seria possível ouvir um alfinete cair no chão se o piso não fosse acarpetado e as pessoas carregassem alfinetes no bolso. A energia do grupo tinha se transformado, passando de indivíduos inquietos e preocupados com problemas invisíveis para uma união pulsante que fazia Sloane sentir como se estivesse vibrando por dentro.

— Então isso quer dizer — perguntou Dax, interrompendo o silêncio resplandecente da sala — que a prostituição vai bombar?

Sloane piscou. Ela não esperava que ele fosse ser tão literal. Não na frente dos funcionários. Não em um momento designado para o compartilhamento de ideias.

— Sim e não — respondeu ela, séria. — A prostituição vai ficar em alta, ser legalizada. Mas estou falando de algo que vai além disso. E será muito mais sutil. — Sloane sentiu o olhar de Jin, o peso de sua atenção. — Na verdade, o que eu quero dizer — ela fez outra pausa e engoliu em seco — é que as pessoas vão começar a pagar por... abraços.

— Abraços — repetiu Dax, apoiando a mão na mesa como que para manter o equilíbrio.

— Abraços, sim, abraços. Haverá salões de abraços. Festas de abraços. As pessoas alugarão amigos com quem poderão passar o dia. Não prostitutas, só amigos. Alguém legal, que seja um bom ouvinte. A nova moda será um companheirismo simples, físico. Quando as pessoas quiserem um abraço, vão poder contratar alguém para fazer esse serviço, do mesmo jeito que hoje em dia pagamos por massagens de dez minutos ou meia hora. — Sua cabeça tinha melhorado um pouco. Mas seu estômago parecia mareado, balançando para a frente e para trás. — Se continuarmos perdendo nossa capacidade de sentir ternura e de criar conexões interpessoais — prosseguiu ela, se esforçando para continuar falando em meio à tontura enjoativa —, teremos que procurar afeto fora dos nossos relacionamentos. A intimidade será terceirizada. Pronto. Foi nisso que pensei. Quando estava no metrô. Desculpem, eu... — Ela ergueu a mão, tocou a testa. — Esta sala não está me fazendo bem.

Pedindo licença suavemente e olhando para baixo para não pisar no pé dos outros, Sloane abriu caminho por corpos com energias amigáveis, auras azuis e verdes — mas que eram intercalados com pontos de vermelho cáustico, o campo energético daqueles que achavam que a analista tinha enlouquecido.

Normalmente, ela se orgulhava das suas premonições. Quando sabia que havia inspirado alguém, sentia-se imponente, poderosa. Mas, enquanto corria pelo corredor de volta para sua sala, sentiu-se pequena e vulnerável. E bastante envergonhada.

Fazia tanto tempo desde a última vez que fora tomada por um sentimento tão forte que, agora, nem cogitava a possibilidade de estar errada. Tirando o fato de que lera os dados, de que Dax lera os dados, de que a Mamute fora *fundada* com base nos dados que mostravam que a conexão humana não era uma tendência. Distanciamento, entretenimento digital, equipamentos portáteis e sistemas de segurança residencial inteligentes, isso tudo fazia parte do futuro; mas *abraços*? Havia algo afetando seu raciocínio, talvez a proximidade com a família. Ou por não ter sido convidada para a viagem idiota à Disney — algo com que normalmente não se importaria. Ou por estar morando com um zumbi coberto de Lycra. Todas as alternativas anteriores.

Mas mesmo assim, mesmo assim, mesmo assim. Ela não tinha se enganado; a dor de cabeça e o frio na barriga lhe diziam que descobrira algo que os outros ainda mal captavam.

Talvez, pela primeira vez, seria melhor deixar o coração falar no lugar do cérebro. Talvez não só ela estivesse certa sobre a volta da intimidade, como também conseguiria fazê-la entrar na moda.

16

Na sua sala, Sloane tomava coragem para encarar as outras reuniões do dia quando o telefone tocou. Seu coração parou por um instante: com certeza seria um sermão de Dax.

Mas, quando olhou para a tela na base do aparelho, viu que a ligação era de um tal de JACKSON. Confusa, atendeu:

— Sloane Jacobsen.

— Sloane. — Uma voz masculina. — Sou eu, Jin.

— Jin? — repetiu ela, o coração acelerando. — Mas a bina dizia "Jackson".

— Pois é — disse ele —, é um erro do sistema. Todas as ligações que fazemos parecem sair do telefone de Jackson Robert.

— Uma empresa de aparelhos eletrônicos não consegue consertar isso?

— Pois é. — Jin riu, depois fez uma pausa. — Então, queria saber se você quer dar uma volta rapidinho.

— Você também saiu mais cedo da Casa das Ideias?

Jin concordou com um barulho.

— Vão ser só quinze minutos. Vinte. Quero te mostrar uma coisa. É importante, juro.

— Não sei.

Ela foi.

Parada diante do café que Jin escolhera, Sloane precisou verificar o endereço no toldo desbotado da delicatéssen para se certificar de que estava no lugar certo. Estava impressionada — o lugar era livre de frescuras. Era apenas uma delicatéssen com um bufê self--service de comidas quentes e frias, assim como um balcão para pedir sanduíches e geladeiras cheias de bebidas. O espaço era completamente neutro, coisa que ela adorou. Teria se sentido ainda mais vulnerável se Jin a convidasse para um lugar que vendesse drinques artesanais e oferecesse degustações de queijo.

Ela ainda observava a gritante ausência de pretensão da cafeteria quando Jin surgiu ao seu lado, enroscado no mesmo casaco gigante que usara na véspera. Ele tinha aquele dom de combinar peças chiques com outras mais despojadas, algo que ela sempre achara atraente: tênis brancos, calça cinza. Um relógio retangular da década de 1960 preso ao pulso. Meias azul-marinho perfeitas.

— Oi — cumprimentou Sloane, tentando soar profissional. Na verdade, um pouco fria.

— Olá — respondeu ele com um pequeno sorriso. Os dois poderiam ter seguido os cumprimentos com um aperto de mãos ou um abraço desconfortável, mas não o fizeram. Em vez disso, Jin abriu a porta para ela. — Sei que não é a cafeteria mais bonita do mundo — disse ele, tocando levemente as suas costas. — Mas a comida é gostosa.

— Não, eu achei perfeito — admitiu ela, sentindo como se suas costas inteiras tivessem entrado em contato com um meteoro. — Sonho com lugares que não servem taças de açaí e essas comidas da moda.

— Quer dar uma olhada no bufê? — perguntou Jin assim que entraram, gesticulando para a estrutura de metal abrigada entre duas paredes cheias de sacos de chips de legumes.

Seu pescoço era tão bonito. Um músculo, tão vivo. O que ela estava fazendo ali? Será que aquilo era uma tentativa de Jin de fazer amizade? Parecia impossível.

— Você já comeu? — perguntou ele quando não obteve uma resposta.

— Ah, na verdade, não.

— Ótimo. — Ele seguiu para o bufê. — Os ovos têm queijo. São bem gostosos. E aqui tem vários pratos coreanos, as panquecas são boas.

Panquecas salgadas e gordurosas — Sloane estava com fome de novo. Ela tomara café da manhã? Não, só bebera café. Certo, então *aquele* era o motivo por trás de seu nervosismo. Na verdade, ela estava muito feliz na Mamute — seu único problema era sua glicemia. Ela organizaria a melhor convenção de tendências do mundo. Só precisava ingerir proteínas e ficar longe do metrô.

Depois que os dois sentaram (Sloane notara que ele a esperara sentar primeiro), Jin pegou o garfo e soltou-o de novo. Remexeu o copo de suco, mas não bebeu.

— Tudo bem — disse Sloane. — Eu sei.

Jin começou a rir.

— O quê?

— Acho que não fui tão eloquente quanto eu queria.

— Talvez tenha sido — disse ele.

— O que aconteceu depois? — perguntou ela, partindo um pedaço de panqueca com os dedos. Então, ergueu a mão. — Não, não me conte. Não quero saber.

— Bem, você meio que roubou o show, na verdade. O cara do kombucha reclamou que um dos aparelhos de ginástica está com a tela quebrada, e foi mais ou menos só isso. Todo mundo sabia que não ia acontecer mais nada de importante. Seria impossível te superar.

Sloane se sentiu lisonjeada. E nervosa. A terceirização do afeto — por que tinha dito uma coisa dessas? Normalmente, para falar esse tipo de coisa, ela organizava palestras, preparava apresentações de Power Point, anunciava suas premonições em um microfone enquanto os expectadores comiam *saltimboccas*, acomodados em mesas cujos assentos custavam 1.500 dólares. Sloane não era o tipo de pessoa que improvisava — mas agora já era.

— Aquilo foi um erro — disse ela, cutucando a panqueca, sem conseguir sentir o gosto da comida. — Vou levar uma bronca. Não sou de falar por impulso.

— Não é. — Aquilo não parecia uma pergunta.

— Bem, não — disse ela, levando a panqueca à boca.

Os dois comeram em silêncio por um tempo. Sloane tentou não se focar na elegância dos dedos dele, que já havia notado antes.

— Sabe de uma coisa? Acho que você tem razão — disse Jin, soltando o garfo. — Sobre o contato físico voltar à moda.

— Ah, bem, não sei se eu chegaria a chamar isso de *moda*.

— Mas chamou.

— A *busca* por contato humano é uma possibilidade — corrigiu ela. — A propagação dessa ideia. Mas a terceirização profissional do afeto seria uma moda.

— Tudo bem — concedeu Jin, voltando a abrir seu sorrisinho. — Mas isso seria uma consequência de os seres humanos desejarem mais interações físicas.

— Claro.

— Então o desejo por contato humano seria uma moda.

— Escute — começou Sloane, nervosa. — Nós trabalhamos para uma empresa de tecnologia. Como eu disse, não foi sensato falar aquilo tudo.

Jin assentiu com a cabeça, concordando com algo que ela provavelmente não dissera. E então afastou o prato, que ainda estava cheio.

— Quero te mostrar uma coisa. Foi por isso que liguei — disse ele, se inclinando para o chão.

Sloane sentiu seus batimentos cardíacos acelerarem enquanto Jin vasculhava a bolsa. O que ele tiraria de lá, um coração humano? Ela se esforçou para comer mais um pedaço de panqueca, mas a comida parecia seca em sua boca.

— Aqui está — disse ele, empurrando uma pasta para a frente.

— É uma das minhas propostas para a campanha de marketing do outono. Para os telefones novos.

Ela tocou a pasta e o encarou.

— Pode abrir.

Sloane abriu a pasta e encontrou uma única imagem. Verdes vívidos, laranja fluorescente. A foto fora tirada dentro do metrô de Nova York. A linha passava pela superfície, e a vista das janelas exibia prédios residenciais com paredes de vidro e caixas-d'água. Jovens esbeltos olhavam para seus celulares, segurando nos apoios do vagão, mas a câmera focava numa idosa negra sentada num canto, os joelhos apertados, as mãos unidas sobre o colo. Ela estava vestida com primor, mas isso não mudava o fato de que parecia tensa, apavorada com a multidão distraída. Roupas bonitas não tinham o poder de melhorar sua vida como uma mulher negra. Não tinham o poder de reverter a velhice.

Sloane pressionou a língua contra o céu da boca, mas não conseguiu encontrar palavras. Sua garganta parecia apertada e seca.

— É uma imagem... — começou ela. — Muito... forte. Você mostrou isto para Dax?

Jin se recostou na cadeira.

— Sloane.

— O quê? — Ela fungou, incomodada. Estava irritada com ele, mas não entendia o motivo. — É uma propaganda inteligente — continuou. — Corajosa. Política.

— Dax não gostou — disse Jin, unindo as mãos.

— Isso não me surpreende. Ela não passa uma imagem muito... positiva dos celulares.

Jin se inclinou para o lado, coçou a cabeça. Então mudou de posição e a encarou.

— O que está acontecendo? — perguntou ele. — Você muda de opinião o tempo todo.

— Como assim? — rebateu Sloane, se fingindo de boba.

— Você não confia em si mesma? Ou é algum outro problema?

Sloane baixou o garfo de plástico, que não fez o estardalhaço desejado.

— Escute, Jin — disse ela, empurrando o prato. — Não sei o que você quer de mim. Parece que está me provocando. Não sei por quê... Bem, se o seu plano for criar alguma conspiração ou... sei lá. E também, olhe, você está com ketchup. No cotovelo.

Ele fez uma careta para a mancha na sua manga.

— Merda — resmungou, limpando a sujeira com um dos guardanapos finos que tinham recebido.

Enquanto isso, Sloane se sentia tensa, como se algo estranho tivesse acontecido entre os dois. Ela não sabia ao certo se o ofendera, ou se ele a ofendera, mas sabia que o clima da conversa tinha mudado.

Jin olhou para a geladeira aberta, cheia de sucos coloridos.

— Acho que vou ter que ser direto de novo.

Ela sentiu um frio na barriga.

— Ótimo.

— Você parece hesitante. Acho que devia... ser sincera.

— Ser *sincera*? — repetiu Sloane, ríspida, seu nervosismo se transformando em raiva. — O que você acha que acabei de fazer?

Não estou aqui de *brincadeira*, sabe? Dax tem um objetivo. E eu *sou* sincera. *Sempre* faço meu trabalho. Francamente, acho que você ainda não entendeu minha função.

Ela pressionou os lábios. Seu peito ardia, suas mãos quase tremiam. Tudo que acabara de dizer era hipócrita, nojento e intragável como um dia poluído. Claro, ela era ética, mas nunca dizia apenas o que os outros queriam ouvir. Pior ainda, a postura de Jin deixava bem claro que ele também estava decepcionado.

— Eu *quero* algo de você — disse Jin, apertando as mãos. — Isso é verdade. — Ele voltou a olhar para a geladeira cheia de sucos. — Meu Deus! — exclamou com a respiração pesada, voltando a fitá-la. — Tudo bem, lá vai. — Ele se inclinou para a frente. — Quero defender suas ideias e suas previsões. E acho que você devia admiti-las. Mas também sinto uma... Quero dizer, desde a primeira vez que te vi. Foi instantâneo. E continuo me sentindo assim, agora. Acho que vale a pena tocar no assunto. — Jin ergueu uma das mãos e gesticulou no espaço entre os dois. — Estou atraído por você. É isso.

Ele se recostou na cadeira de novo, deixando Sloane contemplando tudo que havia no espaço entre os dois. As migalhas na mesa e o ketchup que fora deixado lá por outro cliente.

— Escute — continuou Jin, corado. — Eu só precisava desabafar. Você não precisa fazer nada. Nem precisa responder. — Ele pegou o garfo de plástico e o enfiou numa batata frita gelada. — Só achei que... bem. Agora você sabe.

Sloane olhou para o rosto de Jin, tão saudável e tão bonito. Seu nariz enrijeceu com a descrença e o começo de um resfriado. Ela se sentia tão distante da Sloane Jacobsen de outrora que não conseguia nem se imaginar como a pessoa por quem ele afirmava estar atraído.

Que idiota! Numa delicatéssen suja! Ainda por cima, ela estava prestes a chorar! Sloane apertou o guardanapo na mão e olhou para as pessoas que esperavam na fila do caixa. O homem mais perto dela segurava uma lata gigante de Red Bull e um pirulito de uva.

— Era melhor eu ter ficado quieto? — perguntou Jin.

— Mas não tem nada aqui! — exclamou ela, mais alto do que pretendia, acenando com a mão diante do peito. Queria acrescentar: *Meu parceiro não encosta em mim! Minha família não me conhece.*
— Nem sou uma boa pessoa!

Sloane furou um pedaço de pimentão verde gorduroso com o garfo. Não sentia vontade nenhuma de comer. Ela era um ser humano aceitável. Mas não era completa.

Jin ficou calado enquanto ela tentava se acalmar. Depois de alguns segundos em silêncio, ele perguntou se podia tirar os pratos da mesa. Sua expressão era indecifrável. Sloane estava tão preocupada em detectar pena naquele rosto que foi exatamente isso que encontrou.

Jin levantou e jogou fora a comida dos dois. Ele era esbelto e alto, não fazia sentido que se sentisse atraído por ela. Aquilo parecia impossível hoje em dia. Sloane acreditava em bombardeios, falências, na elevação do nível dos oceanos. Mas o fato de Jin ser capaz de sentir carinho por uma pessoa destruída era completamente absurdo.

— Como eu disse, podemos fingir que nada aconteceu — continuou ele quando sentou de novo. — Sei que somos colegas de trabalho. Sei que acabamos de nos conhecer. Nem perguntei se você é casada. Ou solteira. Só quis deixar claro como me sinto. Isso foi egoísta da minha parte. Mas paciência.

— Eu moro com uma pessoa — disse Sloane, amassando o guardanapo extra que ele não pegara.

— Bem, que pena.

— Ele prefere andar por aí num macacão justo e sem abertura para os olhos em vez de fazer sexo de verdade.

Jin a encarou sem piscar. Então começou a rir.

— Faz anos que é assim — continuou ela. — Pois é.

Num gesto louvável, Jin não riu outra vez. No silêncio súbito, Sloane foi forçada a refletir sobre como sua confissão parecia triste; como parecia patética, sem graça. Ela fitou a mesa suja de coalhada amarela, que parecia abandonada por seus amigos ovos.

Enquanto sua cabeça girava, Sloane ergueu o olhar para as covinhas acima dos lábios de Jin.

— Eu não queria perguntar isto. Não queria mesmo — disse ela, respirando fundo. — Quantos anos você tem?

— Fiz 28 na semana passada — respondeu Jin, inabalável.

— Certo. — Sloane esticou a mão para trás a fim de tirar o casaco da cadeira. — Acho que devíamos seguir sua sugestão e fingir que esta conversa não aconteceu. Você é talentoso. Eu sou talentosa. Trabalhamos num lugar cheio de gente talentosa. Que maravilha. — Ela se levantou para enfiar um braço na manga. — Vamos nos focar no trabalho e tentar não forçar a barra. Sabe, buscar novos caminhos, artisticamente falando, sem complicar as coisas — Sloane balançou a mão entre os dois — aqui.

— Tudo bem — respondeu Jin, parecendo um tanto envergonhado. — Combinado.

Ela fez que sim com a cabeça. Ele fez que sim com a cabeça. Então, se inclinou e pegou a carteira.

— Não — disse Sloane. — Por favor.

— Não é dinheiro — respondeu Jin, lhe entregando um cartão. — Isto é outra coisa que você pode ignorar. — Ele também levantou da mesa. — Mas ela é muito boa, de verdade.

Sloane encarou o cartão. Tudo que dizia era "Jodi Brunell, terapeuta energética", com um endereço e um número de telefone. Ela olhou de volta para Jin, se sentindo ainda mais surpresa.

— Eu faço uns bicos como terapeuta energético às vezes. Já fiz mais, sei lá. — Ele deu de ombros. — Só acho que... seu dom é tão grande, tão importante, mas está... confuso. Desculpe — emendou ele, os olhos sombrios. — Sei que tem gente que não gosta de ouvir essas coisas. Não gostam de serem chamados à atenção. Mas ela pode te ajudar. Ah, e só para ser completamente sincero e ainda mais inadequado, Jodi também é minha mãe.

Sloane apertou o cartão com tanta força que quase se cortou com o papel.

— Você é maluco?

— Um pouco — respondeu Jin —, sim.

— Puxa! — ela praticamente gritou. — Esta conversa foi muito, muito, muito constrangedora.

Ela esticou a mão para um aperto, por não conseguir pensar em outra forma de encerrar a tensão entre os dois.

Sem se permitir associar qualquer significado ao calor que a tomou quando a palma de Jin encontrou a sua, Sloane saiu às pressas da cafeteria, preferindo se concentrar em sair de perto da fonte daquela sensação. Quando virou a esquina da 6th Avenue com a 19th Street, ligou para Deidre: ela pediu mil perdões, mas tinha acontecido de repente. Estava doente e tiraria o resto do dia de folga.

17

Deidre encontrou Sloane na esquina, encolhida dentro de Anastasia, sem saber se ria ou se chorava. Era comum, não era, ter dias que não saíam como o esperado? Uma nova briga com a mãe, uma crise histérica no trabalho e, agora, descobrir que um homem dez anos mais novo se sentia atraído por ela? Não, *onze* anos mais novo. Sloane sempre fora péssima em matemática.

Deidre se aproximou do carro, e Sloane abriu a janela, notando que ela carregava uma sacola de papel. Por um instante, achou que a secretária-executiva de Dax lhe trazia uma sopa.

— Minha dignidade está aqui dentro? — brincou Sloane, pegando o saco.

— O quê? Não! É claro que não! — exclamou Deidre, chocada. — Você falou coisas tão interessantes! O seu telefone ficou carregando na sala, seu cachecol também estava lá, e havia algumas sugestões na sua caixa. Coloquei tudo aí dentro.

— Uau — disse Sloane, alegre, dando uma olhada no saco. — As pessoas já escreveram ideias?

Deidre também exibia uma expressão animada. Nenhuma das duas era boba: a secretária sabia que a analista estava mentindo sobre sua doença repentina. E que Sloane sabia que ela sabia.

Um acordo silencioso foi selado enquanto as duas reconheciam a situação.

Depois que Deidre foi embora, o carro falou:

— Sloane? Acabei de receber um alerta de que você vai passar o resto do dia de folga por motivo de doença. Só para tranquilizá-la, os sensores de lobo temporal nos assentos registraram uma temperatura normal de 36 graus.

Ela não conseguia enganar nem o carro.

— Sua doença não é muito preocupante, claro — continuou Anastasia —, mas posso oferecer ou ajudar com alguma coisa?

De repente, Sloane sentiu o gosto do chá de camomila e limão que a mãe costumava fazer quando ela ficava doente; adoçado com mel, cheio das sementes de limão que Margaret esquecia de tirar. Nem o pai conseguia fazer um chá igual.

— Não, está tudo bem, obrigada. Acho melhor irmos para casa.

— Muito bem — respondeu o carro. — Nenhuma parada no caminho? Se você está doente, talvez devêssemos...

Anastasia imediatamente embicou na rua, atraindo a fúria barulhenta de várias buzinas. Havia um quê de idoso sem-noção no seu estilo de dirigir.

— Então, se me permite perguntar, você está gostando do trabalho? — quis saber ela.

— Nossa! — exclamou Sloane, atordoada com tantos pensamentos. — As coisas andam bem agitadas no escritório. — Ela enfiou a cabeça dentro do saco de papel. Não havia *muitos* bilhetes, talvez cinco. — Desculpe, A. Preciso ler isto aqui para o trabalho.

Ela se sentiu culpada por dispensar Anastasia, mas estava empolgada, e seria impossível ler e falar ao mesmo tempo. Sua primeira escolha foi um bilhete amarelo formado por dois Post-its grudados e dobrados juntos.

Durmo com uma garrafa de água quente todas as noites. Para fingir que tem alguém ao meu lado.

Sloane engoliu em seco; o bilhete parecia um inseto machucado em suas mãos. Seus pensamentos voltaram para a terceirização do afeto: massagistas profissionais, instrutores de voz. Por que não garrafas de água quente?

Ela tirou outro bilhete do saco. Este era maior, com a tinta manchada.

Ano passado, furtaram minha bolsa na academia. No início, fiquei tão irritada sobre todas as merdas que teria que resolver, mas o dia seguinte ao furto foi um dos melhores da minha vida. Fiquei sem celular. Voltei a estar presente nos lugares. Não precisei verificar mensagens o tempo todo. Não senti tanta pressa. Na segunda-feira depois daquele fim de semana, recebi um telefone novo de trabalho.

— Anastasia? — chamou Sloane.

— Sim? — respondeu ela. — Meus rastreadores de detecção ocular indicam que você ainda está lendo.

— Estou — disse Sloane. E ficou quieta. Só queria se certificar de que ainda havia alguém ali.

Ela pegou outro bilhete, e os garranchos contorcidos naquele parecia um monte de minhocas:

Estou seriamente preocupado com meu cérebro. Não consigo mais escrever as coisas direito. Esqueço tudo. Não paro de olhar para o celular.

Sloane também já se sentira assim, é claro. A certeza quase instintiva de que quanto mais você olhasse para o telefone, mais provável seria encontrar aquela mensagem ou notificação que mudaria sua vida.

Ah, mas isso nunca acontecia. Assim como aqueles homens de camisas esfarrapadas que procuravam itens valiosos sob as areias cinzentas das praias com detectores de metal nunca encontravam nada valioso. Que assustador. O mundo estava abarrotado de esperanças modestas.

Mais duas mensagens:

Eu me inscrevi numa aula de hip hop, mas tenho medo de ir.

Jogo Words with Friends *no computador, mas, quando era mais novo, jogava hóquei. Não gosto de* Words with Friends. *Odeio meu computador. Eu daria tudo para fazer parte de um time de verdade de novo.*

Sloane pensou em como os atletas se encostavam o tempo todo, em como precisavam estar sempre cientes dos próprios corpos, dos corpos dos outros. Em Paris, muitos anos antes, ela vira uma campanha de bem-estar que agora lhe parecia um presságio estranho: *Mexa-se. Saia de casa.*

Sloane apoiou a cabeça no assento, radiante. Ela finalmente tinha se deparado com uma tendência interessante. Talvez não tivesse feito seu anúncio da maneira correta, mas falara com sinceridade, e agora sentia um alívio imenso. Ela pensou no que Jin dissera antes de se declarar.

Acho que você tem razão sobre o contato físico voltar à moda.

— Sloane? — chamou Anastasia. — Sinto-me na obrigação de avisar que sua pressão sanguínea aumentou numa taxa que não condiz com o ritmo de seus batimentos cardíacos em repouso. Quer que eu ative a massagem do assento? Ou faça um chá?

Era verdade, seu coração tinha disparado no interior dos ossos rígidos. Era isto que ela queria dizer? Que a tecnologia seria menos importante que o contato humano? Que as pessoas estavam prontas para se liberar das amarras dos aparelhos inteligentes e voltarem para a vida real?

— Sloane?

Mesmo com o coração acelerado, Sloane sentiu o rosto empalidecer. Não, ela não podia ter previsto uma coisa dessas. Era impossível dizer algo assim para uma empresa que fabricava tecnologia, num mundo obcecado por praticidade, focado em notificações. Ela só podia ter se enganado. Suas emoções andavam à flor da pele. Talvez estivesse *mesmo* ficando doente.

— Não — respondeu ela para Anastasia, devolvendo os bilhetes ao saco de papel. — Só quero ir para casa.

Como Sloane queria ficar sozinha, tinha certeza de que Roman estaria no apartamento. Uma música tocava baixinho, a luz acesa era visível por baixo da porta. Com a chave na fechadura, seu coração se apertou diante da presença constante do companheiro. Roman era como uma mosca que não parava de zumbir.

Ela ficou parada na entrada até que ele a chamasse.

— Sloane? É você? — Depois de algum tempo, sem ouvir qualquer resposta, Roman veio ver quem entrara no apartamento. — Ah, oi! — disse ele com o macacão zentai enrolado até a cintura, usando uma camisa por baixo. As mangas do macacão estavam penduradas ao lado do quadril, como pétalas mortas de uma tulipa. — Alguém precisa resolver esse problema dos olhos. É impossível trabalhar sem enxergar nada. Enfim! Você chegou cedo, não?

— Estou doente — respondeu Sloane. — Pelo visto.

— Doente? — Ele a estudou. — O que você tem?

— Meu diretor de arte me acha bonita — disse ela, largando a bolsa.

Roman assentiu com a cabeça, nem um pouco incomodado.

— Bem, é sempre legal receber um elogio. Diretores de arte têm bom gosto. Você quer um chá, querida? Estou escrevendo minha coluna! — Ele bateu palmas. — Uma matéria, depois o livro, as coisas são rápidas aqui nos Estados Unidos, não?

— Meu diretor de arte me acha bonita — repetiu ela.

— Mas minha querida! — Roman deu uma batidinha animada no braço dela. — É claro que ele acha isso! E você não parece doente! — acrescentou com uma piscadela. Então seguiu para a impressora no quarto, passando por Sloane. — Quero muito saber sua opinião sobre a coluna — gritou ele lá de dentro. — Acho que está ficando boa. Mas você vai me dizer se tenho razão. Você vai me dizer! — Pouco depois, Roman voltava com várias páginas impressas. — Certo, admito que estou nervoso — disse, assentindo com a cabeça.

Ele tinha vestido um suéter, então parou diante dela com o agasalho másculo de gola alta e bufante e as pernas na calça justa de Lycra.

— Roman, não estou me sentindo bem mesmo. Acho que é melhor deixar para outra hora.

— Outra hora? — repetiu ele, ficando emburrado como uma criança contrariada. E cutucou os papéis com o dedão. — Eu queria muito saber sua opinião antes de... Quer que eu compre uma sopa? Acabei descobrindo um lugar bem legal hoje cedo. O Café Mogador. Talvez lá tenha sopa.

Frustrada, Sloane esticou a mão na direção dos papéis.

— Certo, tudo bem, vou ler — disse ela. — E quero um chá.

— Chá! É claro! Mas acho que estamos sem.

— Então vodca. Com limão. Vai fazer bem para minha garganta.

— E para a minha também! — Ele seguiu correndo para a cozinha, animado. — Podemos brindar!

Sloane desabou sobre o sofá com o maço de páginas. Ela estava cansada demais para brigar. Fazia tanto tempo que tentava convencê-lo a falar do livro, e agora finalmente tinha uma oportunidade. Ela chutou os sapatos para longe, viu o título da coluna e resolveu que seria melhor esperar pela bebida.

— Posso ficar aqui enquanto você lê? — perguntou Roman, voltando com dois copos. — A sua reação pode me ajudar a identificar os trechos que preciso mudar, sim?

— Tanto faz — respondeu Sloane. O papel parecia brilhar sob as letras pretas.

— Tudo bem — disse ele, erguendo o copo num brinde. — Valendo!

Ela começou a ler:

(Para... o *The New York Times*? Na sessão de colunas? De saúde?)
"Primeiro foi Deus, agora é a vez do sexo"
Por Roman Bellard

Em *A gaia ciência*, Nietzsche faz seu famoso anúncio de que não apenas Deus tinha morrido, mas como também fomos nós — nós! — que o matamos. E também foi assim que matamos o sexo.

É compreensível que tenha sido necessário muito mais tempo para eliminar Deus do que a fornicação. Ambos estão presentes na origem da criação. Ambos foram erradicados — ("assassinados!", como alega Nietzsche) por nossas mãos humanas. Mas apenas um desses extermínios pode ser rastreado.

"Monsieur Bellard!", dirá você, depois de encontrar meu nome nos créditos. "Não entendi... Eu ainda faço muito sexo!"

Nós tentamos tapar o sol com a peneira, mas, na Europa, faz décadas que as taxas de natalidade sofrem quedas vertiginosas. Em algumas cidades do Velho Continente, o declínio da população é tão grande que os esgotos não têm volume suficiente para funcionarem direito. Vamos refletir sobre isso.

Demógrafos sociais e economistas alegam que a culpa é da economia: o aumento de taxas de desemprego faz com que as pessoas evitem ter filhos. As mudanças climáticas colocaram a superpopulação mundial em debate, uma epidemia que seria remediada por uma pausa na reprodução. Os especialistas que analisaram os períodos mais férteis da humanidade colocam a culpa na Geração Eu. Os jovens de hoje não querem o fardo de produzir dependentes. Eles desejam fama, desejam liberdade, desejam fortunas e mobilidade. Desejam seguir as modas do momento.

Por mais informativos que sejam, esses estudos e artigos não falam abertamente sobre o que não está acontecendo entre quatro paredes. Hoje em dia, as pessoas não apenas fazem menos sexo com fins de reprodução; elas fazem menos sexo e ponto-final. Por quê? Bem... A gente simplesmente não precisa mais de sexo.

Com o tsunami inicial da internet e a segunda onda das redes sociais, somos recompensados por compartilhar nossas vidas, o que nos condicionou a privilegiar a autossatisfação em detrimento do sexo a dois. A masturbação, tanto mental quanto física, é o prazer preferido dos maníacos por realidade virtual. (Não é de surpreender que "selfie" tenha sido escolhida como a palavra do ano em 2013.) Com aplicativos de relacionamentos virtuais e redes de contato mapeados por GPS, é mais fácil do que nunca encontrar sexo casual. Porém, as leis de oferta e procura estão começando a mostrar suas garras: como temos sexo sempre disponível, passamos a não o desejar mais.

E parece que nem sabemos fazer sexo direito. Os déficits de atenção causados pela internet chegaram à cama. As pessoas querem realizar suas fantasias, e querem fazer isso imediatamente. E o que é mais imediato que a masturbação? Quem sabe mais sobre nossos gostos e nossas taras do que nós mesmos? A menos que estejamos copulando por motivos de procriação, há inúmeras formas de sentir prazer com outras atividades além de sexo. Transar não faz mais sentido. Não há mais novidade nenhuma no ato.

A preferência pela sexualidade virtual está chegando até os meios necessariamente físicos, como o sadomasoquismo e a pornografia. Para esta matéria, entrevistei a Senhora Imperia, uma famosa dominatrix do mundo virtual Second Life. Antes de se tornar uma celebridade da comunidade BDSM no site, a Senhora Imperia já era dominatrix na vida real. "Eu atendia principalmente clientes ricos, CEOs, pessoas com cargos poderosos", explica ela. "Mas, na vida real, o relacionamento entre dominador e submisso tem limitações. Podem existir barreiras físicas, às vezes financeiras, até de tempo. Essas pessoas tinham famílias, segredos. Quando paramos para pensar, no fim das contas, suas vidas reais eram mentira. Acho que os tabus físicos que inflijo aos outros são revolucionários. Posso dizer com sinceridade que nunca fiz um sexo tão interessante, excitante ou gratificante quanto o que faço na internet."

Em uma polêmica matéria para a revista *New York* intitulada "Ele simplesmente não está a fim de ninguém", o escritor americano Davy Rothbart disse que a dependência em pornografia está levando as pessoas a se afastarem dos parceiros de carne e osso. E não se trata apenas de um distanciamento emocional, mas químico também. Devido à mistura de dopamina e oxitocina liberada durante o orgasmo, as pessoas que assistem à pornografia são capazes de criar ligações emocionais verdadeiras com seus computadores. "Elas podem, em essência", escreve Rothbart, "namorar com um filme pornô".

E como resolvemos essa falta de vontade de fazer sexo? "Deixa isso pra lá!", diz seu correspondente. Assim como a Senhora Imperia, acredito que existe um admirável mundo novo a ser explorado no que diz respeito ao tato. Enquanto os seres humanos continuarem com os órgãos genitais intactos, o sexo continuará disponível e existindo, mas eu prefiro dar um tempo no sexo com penetração.

Tenho um relacionamento sério. Sou feliz. Sou monógamo. Mas nenhuma dessas condições significa que perdi o desejo de ter aventuras sexuais. Recentemente, me envolvi com uma comunidade fetichista de pessoas que usam macacões zentai em Paris, onde nasci. Uma abreviação de *zenshin taitsu* ("macacão de corpo inteiro", em japonês), o zentai é uma peça única, tipo segunda pele, feita de Lycra, que cobre o usuário da cabeça aos pés, protegendo até mesmo os olhos e a boca. Muitos de seus defensores, que se reúnem em comunidades on-line e em encontros semanais em bares, acreditam que os macacões são libertadores porque ocultam o corpo físico. Pessoalmente, fico à vontade nos meus macacões porque, ao usá-los, me vejo livre das noções tradicionais sobre o toque. Há tempos que eu acredito que o toque se trata de contato entre peles. Olhos que se encontram, e, se as coisas esquentarem, lábios que se beijam. Dentro de um macacão zentai, é impossível ter essa conexão física. A única coisa visível é o contorno do corpo, um simulacro, um resquício. Precisamos aprender a tocar de forma diferente. Precisamos remover os tabus de atos como "acariciar" e "esfregar".

Estamos na segunda metade da segunda década do 21º milênio, e chegou a hora de testemunharmos a morte do contato sexual. Passamos tempo demais juntos na cama, e o cigarro proverbial há muito se apagou. Não sabemos mais como gozar.

Agora, é claro, muitos leitores deste artigo sairão correndo para encontrar seus parceiros e provar que suas vidas sexuais continuam maravilhosas. Esse não é o tipo de gente que vai abrir mão do sexo tradicional. As pessoas que quero incentivar, as pessoas que espero que se juntem a mim nesta jornada em busca por uma nova sexualidade, são aquelas cujos parceiros sexuais em potencial só existem no mundo virtual. Aquelas que acham a possibilidade do contato humano mais excitante do que o contato em si.

O artigo continuava, mas Sloane já lera o suficiente.

— Roman — disse ela, a voz extremamente tensa —, você anunciou o fim do sexo com penetração?

— Sim! — respondeu ele, eufórico. — Sim, é isso mesmo. O mundo está pronto para explorar novos paradigmas de sensualidade. A sexualidade *virtual* é a nova internet. As pesquisas concordam comigo. Mas e você, o que acha?

Sloane o encarou, incrédula. Os papéis em sua mão pareciam pegar fogo. Ela não tinha forças nem para alcançar sua bebida.

— Como assim, isso vale para *todo mundo*? Para *nós*?

— Para os ricos de conexão, como você sempre chama — disse ele, erguendo o copo. — E para nós também, sim, é claro. Mas acho que será libertador! As coisas se tornaram muito rígidas, não acha? Você coloca x dentro de y; isso, naquilo.

Horrorizada, Sloane observou o companheiro gesticular as tecnicalidades do ato sexual.

— Roman, isso é um problema *sério* — disse ela, deixando as folhas de lado. — Para mim. Para nós.

— Rá, rá! Um pouco de competição! — exclamou ele. — Mas não se preocupe. Acho que seria bom você escrever a introdução do livro. Quando pensar em como isso pode ser aplicado... Por exemplo, em sites de namoro. Se acrescentarmos penetração virtual, dá para imaginar?!

Sloane não ouvia nada que saía da boca do companheiro. Na sua mente, viu o pai afastando uma mecha de cabelo da testa da mãe depois que ela voltava do jardim, o rosto sujo de terra escura e de suor no calor do fim do verão. O relacionamento dos dois não fora perfeito, mas era carinhoso e bom. Além disso, Sloane e a irmã eram prova de que o casal fazia sexo. Leila estava prestes a ter o terceiro filho. Harvey era um ótimo exemplo de parceiro comprometido. Sexo era algo que conectava as pessoas, sexo era biológico, e Roman não queria fazê-lo. Não com ela. Não com outra pessoa. Apenas consigo mesmo.

— Roman — disse Sloane, a voz falhando. Ela pensava no seu papel na conferência ReProdução, com todos aqueles jovens solteiros e férteis que abandonariam ainda mais as interações sociais quando começassem a usar os produtos contra procriação que a Mamute jogasse para cima deles. — Acho que a gente não se ama mais.

— A gente não se ama? — perguntou ele, pegando os papéis.

— Estou falando de realização pessoal. De realizar seus sonhos.

Ela olhou para o companheiro. Olhou de verdade. E se sentiu totalmente sozinha. Completos desconhecidos no metrô lhe passavam mais segurança do que aquela criatura insensível formada apenas por sinapses e células. Em questão de segundos, Sloane entendeu que passara a última década usando Roman como um amortecedor emocional. E percebeu que estava cansada de viver anestesiada.

— Roman — repetiu ela, a voz baixa e decidida. — Quero que você vá embora daqui.

— O quê? — perguntou ele, a empolgação desaparecendo.

— Não quero mais morar com você. Não quero estar perto de você. Não gosto mais de você.

— Mas, Sloane — disse Roman, indignado. — Isso não tem nada a ver com você! — Ele sacudiu as folhas na direção dela. — É para o meu *livro*!

— Não tem nada a ver comigo? Não tem nada *a ver* comigo? Em que realidade alternativa você está vivendo agora? A gente não transa há quase dois anos, mas isso não tem nada a ver *comigo*?! Qual é o seu *problema*? Sério! Sério! Vire de costas. Deve ter alguma coisa aí que posso reativar, tipo um microchip...

Roman se afastou das mãos que vinham em sua direção. Deu um pulo.

— Isso tudo saiu das *suas* ideias — gritou ele. — *Suas*. A possibilidade de fazer sexo é melhor do que fazer sexo de verdade. Foi *você* que veio com essa teoria. Você me apresentou todas as estatísticas. Taxas de reprodução ínfimas, um interesse exorbitante em pornografia...

— Eu estava falando de *estatísticas*, Roman. Você não lê esse tipo de coisa e decide que não quer mais saber de sexo! Gente normal não age desse jeito. Gente normal *quer* dividir a vida com outras pessoas!

— E desde quando nós somos assim?

A resposta de Sloane engasgou na garganta. Sim, desde quando ela era normal? Desde quando queria ter alguém que a elogiasse pela manhã? Desde quando queria ser consolada e dormir de conchinha? Desde quando precisava, com todas as forças do seu ser, se sentir amada?

— Roman, estou triste por você — disse ela. — Estou completamente enojada. Não quero isso. Não quero mais.

— Mas, Sloane! — arfou ele. — Você sabe que estou certo!

Sloane respirou fundo. Estava fazendo um esforço absurdo (absurdo) para não chorar.

— Essa merda já está acontecendo! — gritou ela, torcendo para a voz não falhar de novo. — Onanismo? Dissociação sexual? Você não descobriu nenhuma novidade. Publique essa porcaria — disse ela, apontando para a matéria. — Publique! Sabe o que vai acontecer? Você vai ficar famoso, e as pessoas vão se jogar na sua cama. E aí como vai ser?

— Bem, isso é uma questão de semântica...

— Vá embora, Roman. Não me importa para onde você vai. Arrume algum hotelzinho zentai nojento, estou pouco me fodendo. Quer saber de uma coisa? Eu vou. — Sloane agarrou a bolsa, começou a enchê-la com lenços de papel da caixa na mesa de centro. — Você tem duas horas para resolver para onde vai e pegar suas porcarias. Mas, juro por Deus, se eu não encontrar a casa vazia quando voltar, eu te *mato*.

— Você só precisa de um tempo para pensar — disse Roman, abrindo as mãos. — Não achei que você ficaria... As coisas estavam claras entre nós, não estavam? Já faz tanto tempo que pensei...

— Sabe o que dizemos aqui nos Estados Unidos sobre pessoas que presumem as coisas? — perguntou Sloane.

Roman abriu a boca.

— Que elas têm duas horas para sair da porra do meu apartamento.

18

Querida Leila,

*Não acredito que você vai ser mãe. Bem, é óbvio que acredito...
Quando penso em tudo que passamos ao longo dos anos, sei por que
você vai ser mãe e sei por que será ótima nisso...*

De tanto ler e reler, Sloane praticamente já tinha decorado o cartão com a foto do pão. Quanto mais demorava para enviá-lo, mais impossível se tornava fazer isso. Agora, já fazia quase dez anos desde que o escrevera; ele estava escondido em sua mesa, e a única pessoa que o leria seria sua própria autora. Egoísta e teimosa, ela não era muito melhor do que o homem que acabara de expulsar de casa.

Sloane olhou pela janela, para o tortuoso rio East passando por seu Carro-M, sua correnteza gélida e rápida. Depois da briga com Roman, ela dissera para Anastasia seguir a esmo, para qualquer lugar, para onde não houvesse sinais de trânsito e perguntas, para onde ela não tivesse que ver pedestres atravessando a rua com sacolas de compras, tagarelando ao telefone, fazendo planos para a noite.

— Anastasia? — chamou ela no ar limpo do carro. A vodca que virara antes de sair do apartamento começava a fazer efeito, e os acontecimentos do dia se acumulavam, criando uma sensação de cansaço e desprendimento, um desejo de conversar para não ter que pensar. — Acho que você chegou a mencionar antes, ou talvez eu tenha entendido errado. Você tem mesmo pais?

— Tenho criadores, sim — respondeu o carro. — Antecessores, uma placa-mãe. Padrões patenteados que estão na minha família de softwares.

— E irmãos?

— Tenho arquitetura aberta para novas versões, sim.

Sloane conseguiu abrir um sorriso. Ela se sentia tão reconfortada quando o carro satisfazia suas expectativas humanas. A avó russa imaginária que enchia a geladeira de Anastasia com potes de estrogonofe congelado, a mãe assistente jurídica, o pai engenheiro. Ela era a mais velha de... seis irmãos, talvez. A mais generosa e esperta, que havia demorado para se formar porque precisava cuidar da família. E também gostava de ajudar os outros.

— Não falo muito com a minha — desabafou Sloane. — Com a minha família. Bem, até falo, mas não é... não é como antes. — Ela passou a mão pela janela. — Meu pai morreu quando eu estava na faculdade.

— Sinto muito — disse Anastasia. — A ausência paterna tem um forte impacto nos jovens.

— E ele era ótimo — continuou Sloane, encarando os joelhos. — Tive um pai maravilhoso.

Aquele parecia um espaço seguro para conversar sobre o pai, porque era uma ilusão. A terapia tinha sido muito desconfortável. E era fácil demais mentir. No teste do transtorno de ansiedade que seu terapeuta, Stuart, lhe passara na primeira consulta, ela fora classificada como "na média". Mas não tinha sido totalmente sincera em suas respostas. Sloane se lembrava de uma questão específica: *Sou tão feliz quanto as pessoas ao meu redor.* E marcara: *O tempo todo.*

— Ele faleceu de câncer, Sloane? — perguntou Anastasia. — Fui informada que um em cada sete homens norte-americanos será diagnosticado com câncer.

Sloane ficou mais chocada com essa estatística do que com a pergunta direta.

— Não — respondeu ela. — Nada de câncer. Foi um acidente de carro.

— Sinto muito — lamentou Anastasia, diminuindo a velocidade (demais) para desviar de um buraco. — Não sei ao certo qual é o protocolo para uma conversa assim. Fui atualizada com várias estatísticas sobre morte.

— Não, está tudo bem. Foi uma dessas rasteiras da vida.

Sloane se lembrou da ligação que recebera no quarto do dormitório da faculdade, de ficar completamente paralisada com aquela sensação de que o céu estava caindo, tão fácil de recordar. Será que pegava o carro, será que se vestia, será que se jogava no chão, será que gritava, será que fingia que não ouvira o que Harvey tinha acabado de dizer ao telefone — Harvey, que à época era apenas o namorado da irmã, tinha sido o homem forte, o único capaz de falar. Será que devia pedir carona a alguém? Será que algum dia conseguiria dirigir em uma estrada de novo? Será que devia ir para o banheiro comunitário, ligar um dos chuveiros, descer deslizando pelos azulejos rebocados e começar a chorar loucamente? Harvey ligara de novo para avisar que chamara um táxi para ela. Sloane se lembrava do motorista. O homem a confundira com uma aluna normal que estava indo passar as festas de final de ano em casa, tentara puxar assunto o caminho todo.

— Ele tinha saído para comprar... macarrão — explicou ela. — Sabe, aquele com massa de ovos? Que você come com carne? Eu não estava lá. Mamãe tinha feito ensopado... — Margaret, que se lembrava da data de aniversário dos vizinhos, mas que era incapaz de levar uma lista de compras quando ia ao supermercado.

— Ela fez... Acho que devia estar preparando o jantar e viu que tinha esquecido o macarrão. — O fato de Anastasia não retrucar fazia com que fosse mais fácil falar. — E minha mãe... ela é detalhista. Gosta de fazer refeições completas, sabe: carne, legumes, carboidrato. Não sei por que não podiam simplesmente comer macarrão normal. Quero dizer, eu sei por que, minha mãe teria ficado emburrada.

Sloane ficou em silêncio. Uma lembrança de si mesma berrando na cozinha, torturando a irmã até Leila chorar. *Por que não comeram macarrão normal? Por que não comeram arroz?*

Um caminhão que transportava uma peça para o teleférico do resort de esqui local do qual o pai sempre zombava, chamando-o de "a montanha". No meio da Long Ridge Road, uma longa camada de gelo negro. Sloane não precisava estar lá para visualizar a cena que precedera o momento: Peter, sabendo que a ausência do carboidrato perfeito estragaria a refeição, colocara seu casaco de inverno, pegara só a carteira e dissera "volto já".

De verdade, não existe nada tão ruim quanto um pai que nunca volta já. Pelo menos com uma doença fatal — com câncer —, as pessoas conseguem se preparar um pouco. Acidentes de carro são tão idiotas, tão banais. Quando Sloane parara de tremer dentro do táxi que seguia pela Merrit Parkway, a mente escolhera sua forma de negação: acidentes de carro são tão aleatórios e arbitrários e tão extremamente imutáveis — não dava para ser verdade. Eles poderiam voltar no tempo e consertar aquilo, reencenar o momento. Ela estaria em casa, teria enfrentado a mãe. *Vamos fazer arroz, mamãe. Meu Deus.* Com o apoio da filha favorita, Peter teria cedido. *É verdade, está um frio de lascar lá fora. Ainda temos um pouco daquele pão gostoso. Podemos comê-lo com o molho...*

Então este era seu grande segredo: ela culpava a mãe pela morte do pai. Margaret não tinha a percepção avassaladora da filha, não pressentia que as coisas dariam errado. Além disso, Sloane nunca se perdoaria por não ter sentido nada naquela noite, pelas limitações de sua intuição maravilhosa, que parecia funcionar apenas para bobagens.

O que ela estava fazendo na noite em que o pai morrera? Nas semanas que passara analisando a cena que não havia testemunhado, ela inventara uma premonição que, na verdade, nunca tinha acontecido. Lembrou-se de si mesma dando as costas para uma conversa, erguendo os olhos para o céu, sentindo uma estranheza no ar, enquanto os amigos lhe perguntavam se tinham dito algo errado.

Mas não. Ela estava tomando *frozen yogurt*. Uma merda de *frozen yogurt* dentro de um pote gigante de papelão. Estava feliz. Não havia pressentido nada.

Sloane sempre achara que tinha um dom especial, mas, no momento que realmente importava, ela fora tão comum quanto qualquer outra pessoa. Estava tão vulnerável a paixões avassaladoras e pais mortos e o peso dos arrependimentos da vida quanto todo mundo. Provavelmente fora por isso que se jogara de cabeça naquele primeiro emprego em Paris: estava determinada a provar que o pai estivera certo antes de morrer — ela era *mesmo* especial. Certo? Sua carreira decolara com aquele trabalho, Sloane era sempre tão *certeira* em suas previsões de cores. No início, parecia uma brincadeira, adivinhar tendências da moda. Até que um dia aquilo se tornara uma obsessão, e a obsessão se tornara sua vida.

— Enfim, meu pai foi comprar macarrão e nunca mais voltou. Gelo negro — adicionou ela, tentando soar tranquila. — E depois fui morar em Paris. Fim da história.

Era conveniente, de certa forma, estar sempre com raiva. Viver dentro daquela redoma apertada que não deixava o amor entrar. E também era conveniente não ter deixado seu relacionamento com Roman se intensificar. Ele queria sua luz: magnético por conta própria, queria a Sloane que brilhava. E de muitas formas — de *todas* as formas, precisava encarar a verdade agora —, ela só queria as partes boas e brilhantes do companheiro.

Mas e agora? *E agora?*, pensou Sloane conforme os prédios se tornavam mais altos e mais sombrios ao se aproximarem da 90th Street. Se Roman não estivesse na sua vida, para que serviria sua redoma? Quem daria apoio a alguém tão confuso quanto ela? Sloane finalmente morava no mesmo continente que a mãe e a irmã. Naquele instante, um pedido de desculpas estava a apenas setenta quilômetros de distância, mas, ainda assim, ela sentia falta do vasto e escuro Atlântico que passara tanto tempo separando as três. Para a Europa, seriam necessários passaportes e malas despachadas e passagens de avião e planejamento. Para ir de Manhattan a Connecticut, bastava atravessar a ponte Triborough.

— Podemos voltar para o centro? — perguntou Sloane, subitamente nervosa sob a luz que se esvaía.

— É claro — respondeu Anastasia, a voz um pouco mais aguda, de volta ao modo profissional. — Algum lugar específico?

Sloane sentiu fome, talvez sede: não tinha certeza de qual dos dois. Na sua trajetória rumo ao norte, perdera a noção do tempo.

— Desça pela FDR — orientou ela, espiando o painel para ver as horas.

Se Roman tivesse respeitado sua vontade, já devia ter ido embora. Mas ela ainda não estava pronta para voltar para casa — seria necessário bem mais que um armário vazio para que o apartamento lhe parecesse seguro.

Enquanto Anastasia navegava pelos vários viadutos e curvas necessários para chegar à FDR South, Sloane observou duas pessoas enroscadas em pisca-piscas, correndo ao longo do rio East. Uma mulher alta passeava com seis buldogues. Um homem sentado em uma cadeira de praia puxava a linha de pesca.

Menos sexo com penetração significava menos bebês. Menos fraternização. Menos contato direto com a pele: em resumo, a

ReProdução. Sloane devia ter ficado *empolgadíssima* com a ideia do artigo de Roman. Aquela seria a plataforma perfeita para seu trabalho atual.

— Anastasia — disse ela. — Você tem alguma bebida alcoólica? Pode imprimir um spritz de vinho em 3D ou algo assim?

— Sinto muito, mas não tenho essa capacidade no momento. Porém, meu localizador de estabelecimentos comerciais informa que há uma delicatéssen a um quarteirão de distância.

Depois de um engradado com três garrafas de Seagram's Escapes, Sloane seguia rumo ao fundo do poço adocicado cheio de malte e aromatizantes de bebida. Ela refletia sobre por que um "toque de laranja" daria a "ousadia" anunciada no rótulo de uma das garrafas quando os cabos e as torres de calcário da Brooklyn Bridge se agigantaram. De repente, sentiu-se patética: era uma passageira sem destino, uma celebridade sem amigos. Era vergonhoso não poder orientar Anastasia na direção de um bistrô tranquilo onde encontraria um velho amigo para jantar; ou de um bar barulhento onde se reuniria com os colegas de trabalho cansados para tomar uma cerveja. Um dos problemas de ser uma analista de tendências é que você costuma ver o futuro — e seguir na direção dele — sozinha.

Sloane colocou a mão no bolso do casaco para pegar um lenço, e encontrou um cartão. Ela sabia o que era, é claro: o endereço da mãe de Jin. Jin, o terapeuta ocasional, com a mãe que era terapeuta em período integral. Bem, Sloane não pretendia aparecer de surpresa para uma consulta com a mãe de seu diretor de arte na noite em que terminara seu não casamento. Mas elas já *estavam* seguindo na direção da Brooklyn Bridge.

— Anastasia? Podemos ir para North Williamsburg? O endereço é North 10th Street, 196.

— Podemos ir aonde você quiser.

Sloane se acomodou novamente no assento, satisfeita. Agora, pelo menos tinham um destino. Mesmo que não pretendesse sair do carro.

Quando chegaram à esquina da 10th Street com a Driggs, ela reconheceu a região.

Costumava existir um boticário/salão de beleza ali, agora fechado, que vendia perfumes e marcas de cosméticos difíceis de encontrar de um lado, e cortes de cabelo caros do outro. Na época em que morava em Nova York, Sloane conhecia a dona, e, em troca de um corte grátis, contara a ela que os consumidores do futuro iriam querer comprar produtos de beleza como se fossem granola — a granel. As pessoas iam preferir produzir tudo por conta própria, fosse maquiagem ou hidratações capilares caseiras. A dona — que tinha um nome extremamente normal, Karen — lhe dissera que ninguém ia cair nessa "baboseira riponga" e que a gorjeta não estava inclusa no seu acordo de trocar um corte por uma previsão. Muitos anos depois, várias pessoas vendiam esfoliantes de aveia e sabonetes de leite materno no Etsy, e a loja havia fechado.

Sloane ficou sentada no carro estacionado, perguntando a si mesma que lanchonete de sucos ou esmalteria surgiria ali. Perguntando a si mesma onde ficaria o consultório da mãe de Jin. Perguntando a si mesma se a mulher usava túnicas esotéricas, se tinha um filtro de sonhos sobre a cama. Perguntando a si mesma quantos sonhos um filtro daqueles conseguiria absorver.

De repente, alguém bateu à janela. Como o vidro era escuro, a única coisa que Sloane reconheceu foi o peito de um homem. Só viu que era o peito de Jin depois que Anastasia abriu a janela.

— Jin! — exclamou ela, sua alegria extremamente óbvia graças à bebida. — O que você está fazendo aqui?

— Aqui? — perguntou ele. — Eu?

O diretor de arte se empertigou e a analisou. Era sempre constrangedor quando alguém percebia que você estava bêbada.

— Você sabe que o carro tem o logotipo da Mamute, não sabe?

Ela colocou a cabeça para fora da janela. *Merda.*

Jin apontou para o andar de cima da loja vazia.

— Eu te vi no carro.

Sloane acenou o cartão como se aquilo explicasse sua tarefa.

— Ah, bem, eu estava por perto e encontrei isto na minha carteira. Então! Só vim dar uma voltinha. E você?

— Eu moro aqui — respondeu ele.

— Você mora com a sua *mãe*?

— Ela quase nunca está em casa — respondeu ele sem um pingo de vergonha. — Passa a maior parte do tempo nos Berkshires. Então você veio para... — Ele teve a bondade de não terminar a pergunta. — Bem — continuou, cruzando os braços. — Quer subir? — Ele deu de ombros. — Posso te dar alguma coisa para... alguma coisa diferente *disso*. — E gesticulou com a cabeça para o engradado com três garrafas vazias no chão acarpetado do carro.

— Um chá de ervas seria o ideal — anunciou Anastasia. — Já anoiteceu, e Sloane é muito sensível a cafeína.

Sloane revirou os olhos para o espaço onde o rosto de Anastasia estaria se a motorista existisse.

— Tudo bem — disse ela, soltando o cinto de segurança. — Se os dois insistem.

A mãe de Jin *estava* em casa, fato sobre o qual ele não mentira, mas também não a alertara. Por mais constrangedor que fosse ser flagrada bêbada de álcool barato, numa missão de reconhecimento de terreno, por um cara que tinha acabado de se declarar para você, era pior ainda ser apresentada à mãe dele.

Jodi Brunell tinha cabelo castanho-escuro meio desfiado, na altura dos ombros cobertos por uma camisa de flanela. Ela vestia uma jardineira jeans que passava a impressão de que acabara de terminar de cuidar das plantas que, pelo visto, não tinha.

Sloane esperou Jin comentar que tinha resgatado sua nova colega de trabalho da rua ou coisa assim, mas ele não fez qualquer comentário maldoso. Apenas a apresentou como sua amiga, Sloane Jacobsen, uma analista de tendências de Paris, que viera para Nova York para trabalhar na Mamute por seis meses.

— Paris — disse Jodi depois de balançar a cabeça. — Complicado.

— Bem, era assustador estar lá e foi assustador partir — respondeu Sloane, centrada pela sinceridade de Jodi.

A maioria das pessoas gostava de fingir que os ataques terroristas recentes na França nunca tinham acontecido. Os turistas — sobretudo os americanos — precisavam que Paris fosse bela e segura.

— Pelo menos os franceses demonstram seus sentimentos — disse Jodi. — Melhor do que essa palhaçada de ficar empurrando a poeira para baixo do tapete que acontece aqui. Camomila? — indagou ela, seguindo para a cozinha.

— Claro — respondeu Sloane, abalada pela referência sobre o tapete.

— Com ou sem tintura? — gritou Jodi de volta.

— Tintura? — perguntou Sloane, estreitando os olhos para Jin.

— Um concentrado líquido de *cannabis*. — Ele deu de ombros. — É tranquilo com chá.

— Meu Deus, não — gaguejou ela. Drogas não lhe faziam bem. — Só chá, obrigada.

Enquanto Jodi continuava com suas atividades parcialmente legais na cozinha, Sloane tentou ignorar o calor do corpo de Jin ao seu lado. Ele tinha ombros tão convidativos. Fortes. Largos. Ela não era uma pessoa pequena. Isto é, não era baixa. Porém Jin era mais alto, a ponto do queixo de Sloane bater em seu ombro; a cabeça dela, em seu pescoço; seu peito era da altura exata para envolvê-la e aconchegá-la. Ela tocou a mesa ao lado deles.

— Que mesa bonita — disse ela, resolvendo que devia agir normalmente.

Jin riu do elogio vazio.

— Mel? — gritou Jodi.

Sloane levou um tempo para perceber que a mulher estava falando do chá.

— Tem maconha nele? — perguntou ela, sussurrando.

— Não — sussurrou Jin de volta.

— Claro! — gritou Sloane. E então, mais baixo: — Não acredito que você mora aqui com a sua mãe.

— Eu gosto da minha mãe — disse Jin, dando de ombros de um jeito charmoso. — Ela é ótima.

— Está *mesmo* na moda voltar ao ninho — começou Sloane.

Jin assentiu com a cabeça, balançando em um ritmo que só ele ouvia. Após essa não resposta, ela refletiu sobre seu hábito de ser sarcástica. Era incômodo quando as pessoas não rebatiam com outra gracinha. Você começava a ter que pensar de verdade naquilo que falava.

Jin deu de ombros.

— A gente trabalha junto às vezes — disse ele, se inclinando para esfregar a parte de trás da panturrilha esquerda.

Seu corpo tinha um aspecto carnal que ela não reconhecia mais nos outros. Sob a calça de moletom, Jin tinha pernas, por exemplo. Pernas. De repente, isso parecia incrível. Que dádiva era a pele humana.

— Como eu disse, fazemos terapia energética — continuou ele. — Eu a ajudo quando ela não está nos Berkshires. Massagens. Nada de mais.

Ora, tudo bem, Sloane só tinha que fingir que não ouvira a palavra "massagens". Fingiria que Jin dissera que ajudava a mãe com contabilidade em vez de encher as mãos de óleo e esfregá-las nos ombros e nas costas de outra pessoa. Óleo, era isso, finalmente! Ela estava tentando identificar o cheiro dele, e a resposta surgiu em seus devaneios. Jin cheirava a amêndoas. Tipo um *frangipane* quente. Amendoado, gostoso, doce.

— Aqui está — anunciou Jodi, depositando uma bandeja sobre a mesa e fazendo Sloane parar de viajar.

Ela analisou o açucareiro, o pote de mel e as três xícaras que a anfitriã servira. A decisão de considerar que sua visita não era nada de mais se despedaçou diante de alguns fatos inegáveis: ela não tinha sido convidada, era colega de trabalho de Jin e estava levemente bêbada.

— Não quero incomodar vocês — constatou Sloane, tocando o zíper do casaco. — É melhor eu ir embora.

— Incomodar por quê? — perguntou Jodi, puxando uma cadeira. — Eu ia começar a assistir *Million Dollar Listing* agora. É um programa bom pra caralho.

— É mesmo — concordou Sloane, sentindo-se encorajada pelo tom desbocado da anfitriã e sentando também.

— *Maknae*, esqueci as colheres — disse Jodi. — Pode pegar?

Jin foi para a cozinha, levando consigo o significado de *maknae*.

— Hum. — Jodi inspirou o vapor da xícara de chá, analisando-a do outro lado da mesa. Depois de um tempo, disse: — Entendi.

Sloane corou. Não era preciso perguntar o que a outra mulher entendia. Francamente, ela era uma analista de tendências, aquela não era sua primeira vez diante de alguém que dominava as artes de cura. Sloane conhecia pessoas que se comunicavam com animais ou que eram clarividentes intestinais, já fora apresentada a um psicofarmacologista que só realizava consultas pela internet. Ela era *versada* em empregos alternativos. Ainda não sabia ao certo se Jodi tinha algum talento legítimo, mas a mulher era sensível o suficiente para saber que ela estava um caco.

Jin voltou e colocou uma colher do lado da xícara de cada uma. E então pegou o próprio chá.

— Vou deixar vocês à vontade — disse ele sem olhar para Sloane.

— Vai? — perguntou ela se virando, ficando desesperada.

Enquanto Sloane observava Jin se afastar, Jodi misturou mel ao chá de camomila, tranquila. Uma porta se fechou, e não havia escolha além de voltar a encarar a mulher.

Jodi sorriu. Tanto ela quanto o filho adoravam ficar em silêncio. Então Sloane emudeceu também.

— Desculpe — disse ela. — Eu meio que... apareci sem avisar.

— É mesmo? — perguntou Jodi, sorrindo. — Mas, agora, você está aqui. — Ela deu de ombros. — Não é?

— Sim, mas eu só... — Sloane segurou a xícara com as duas mãos e se obrigou a parar de inventar desculpas. Não tinha talento para esse tipo de coisa. — Eu só queria dar uma volta de carro.

Jodi se levantou e seguiu para a janela. Por causa da luz de um poste, seu cabelo ganhou uma sombra alaranjada.

— Às vezes acho mais fácil quando as pessoas me fazem uma pergunta.

O estômago de Sloane se embrulhou: da mesma forma que o filho, aquela mulher não facilitaria sua vida.

— E por "pessoas" — continuou ela —, quero dizer você. Por que não me pergunta algo?

Sloane mordeu o lábio.

— Qualquer coisa.

— Tudo bem — começou ela, revirando sua mente em busca de algo inocente para perguntar. — O que significa *maknae*?

Jodi sorriu e assentiu levemente com a cabeça. Sloane sentiu uma energia passar entre as duas. Tinha tocado em um ponto fraco.

— *Maknae* significa "o mais jovem" em coreano. Coreano. — Ela indicou com a cabeça o quarto em que Jin entrara. — O pai de Jin. — E acenou com uma das mãos, como que para englobar o espaço do apartamento. — Perdi um filho quando era mais nova. Na gravidez. Aos 7 meses, então dá para imaginar como foi. Se você for capaz imaginar. — Ela voltou sua atenção para o poste de luz novamente, melancólica.

Sloane não era capaz de imaginar. Talvez por detectar isso, Jodi voltou para sua cadeira. E tocou a mão dela só por um segundo — um segundo, dois. Sloane só percebeu como a pele da outra mulher estava quente depois que ela se afastou.

— Sinto muito — disse Sloane com sinceridade, e só. Quando o pai morrera, tinha aprendido que preferia condolências curtas e sinceras em vez de interrogatórios bobos sobre seu sofrimento.

— Sua dúvida é fruto daquilo que causa sua dor — explicou Jodi, tocando a lateral do bule para testar a temperatura. — Perguntas aleatórias nunca são aleatórias. — Com um sorriso triste, ela serviu mais chá para as duas. — Você não veio aqui com hora marcada — continuou —, mas veio mesmo assim. Então podemos conversar sobre os motivos que a trouxeram até mim, ou podemos ficar quietas.

— Ou você pode assistir a *Million Dollar Listing*. — Sloane soltou uma risada.

Jodi continuou exibindo um sorriso, mas não riu.

— Você gosta de mudar de assunto. Meu filho é um pouco assim. Acho que o problema é Nova York. Isso acaba virando um hábito aqui. — Ela soprou o chá. — Você já se consultou com uma terapeuta energética antes?

— Já fiz Reiki — admitiu Sloane, modesta. Ela analisou o rosto de Jodi em busca de sinais de que isso poderia ser comparado à terapia energética, mas não encontrou nada. — Então... não?

— Bem... — Jodi juntou as mãos do outro lado da mesa. — Nós usamos conversas e toques para descobrir os pontos em que sua energia está bloqueada. Então começamos a resolver suas pendências para limparmos esses caminhos. — Ela respirou fundo. — A ideia é bem simples. Mas a prática é difícil.

— Então você não trabalha tanto em Nova York? Jin tinha dito que passa mais tempo nos Berkshires.

— Você está mudando de assunto de novo — constatou Jodi. — É claro, pode falar do que quiser. Isto não é uma consulta oficial. Podemos sentar no sofá, assistir à televisão e bater papo. Só quero te explicar como as coisas funcionam.

Sloane engoliu em seco com dificuldade. Será que tinha mesmo ido até lá de propósito? Que absurdo!

— Bem... como é que funciona? — perguntou ela.

Jodi se recostou na cadeira.

— Esta é só uma leitura inicial. Quero dizer, é você sentada aqui, sem ter marcado uma consulta, na minha cozinha. Mas sinto uma dor profunda e antiga. Como se fosse uma ferida cauterizada, na verdade. De toda forma — ela acenou com a mão no ar —, estou vendo uma cerimônia de corte do cordão umbilical. Como se você tivesse perdido alguém.

— Ah, mas eu não... Não perdi um filho — respondeu Sloane, automaticamente tocando a barriga.

— Querida, não é esse tipo de cordão umbilical. — Devagar, quase com preguiça, Jodi misturou mais mel ao chá. — Quando começamos um relacionamento, seja ele profissional, romântico ou de qualquer outro tipo, mesmo quando nascemos, estabelecemos essas correntes de energia que nos conectam a outra pessoa. Você tem uma conexão energética com as pessoas na sua família, com seus colegas de trabalho... — Jodi parou para analisar o rubor de Sloane. — Só por estar aqui, você criou uma comigo. Muitas vezes, conforme as pessoas crescem ou mudam, ou nos magoam, a energia que fluía se torna confusa e presa. Especialmente no caso de uma perda, quando a energia fica sem ter um lugar tangível para onde ir. Cortar o cordão umbilical nem sempre se trata de se separar completamente de alguém, mas de nos separarmos da repetição de um relacionamento que não enriquece mais nossa vida. É uma cerimônia, na verdade. E é bem difícil. Mas muito importante.

As palavras foram absorvidas aos poucos. Elas faziam sentido. Tanto sentido que a fizeram ignorar a bebedeira sentimental e as barreiras piadistas que Sloane erguia.

— Demora muito?

Jodi sorriu.

— Às vezes só uma sessão, se a pessoa for forte o suficiente. — Ela deu de ombros. — Às vezes é preciso de algumas consultas antes de o paciente estar pronto. Tem gente que nunca fica. Tem gente que realmente precisa trabalhar com chefes horríveis ou ter namorados viciados em drogas. Tem gente que *precisa* do trauma para viver. Outras pessoas querem se libertar. Então a escolha é sua, na verdade. Tudo que posso dizer é que, depois que o cordão é cortado, não há como voltar atrás. Não comigo, de qualquer modo. Não faço consultas depois do corte para discutir os relacionamentos que a trouxeram até mim, pelo menos não os relacionamentos em sua forma antiga. Quando você se livra do cordão umbilical, precisa seguir em frente. Novos começos. Costumo ser chata com isso.

Sloane soltou uma risada nervosa enquanto encarava o chá, deixando transbordar um pouco do líquido.

— Acabei de expulsar de casa a pessoa com quem eu morava — disse ela, esperando ouvir uma pergunta.

Jodi assentiu com a cabeça, mas Sloane percebeu que sua confissão não causara a impressão desejada.

— Isso não significa que o relacionamento acabou — observou Jodi com outro sorriso vagaroso. Ela dobrou os braços e começou a esfregar os antebraços. — Pense no assunto — disse ela. — Estou por perto. Mesmo quando não estiver, estou. — Ela deu de ombros. — Foi um prazer conhecê-la, não importa o que a trouxe aqui.

— Um carro sem motorista, na verdade.

Jodi assentiu com a cabeça.

— Desculpe — gaguejou Sloane. — Estou mudando de assunto de novo.

— Não, não — respondeu a mulher, se levantando. — Quero dizer, aquele carro é *mesmo* fenomenal. Eu o vi na rua. Acho estranho. Eu pediria por um motorista de cera, no mínimo. É esquisito ver alguém sentado no banco de trás de um carro sem motorista. Enfim. Você tem meus contatos. — Seus olhos brilharam. — Sabe onde moro. Mas, agora, vou assistir a *Million Dollar Listing* até cair no sono. Venha aqui — disse ela. — Quero um abraço!

Jodi convidou Sloane para se aproximar, balançando as mãos, e a puxou para seu peito acolhedor. Algumas pessoas têm seios. As solitárias têm torsos. Jodi tinha um *porto seguro*. Seu abraço era familiar e transformador. Ela cheirava como um sofá de brechó repleto de lavanda, e o efeito era curiosamente calmante, como quando Sloane se escondia atrás de araras de roupa na infância, ao acompanhar a mãe nas compras, e ficava observando os pés de estranhos que passeavam pela loja.

No entanto, depois do abraço, Jodi fez exatamente o que dissera que faria e seguiu para seu quarto. Sloane ficou parada ao lado da mesa que elogiara, se perguntando o que fazer. Não havia motivo para se despedir de Jin, já que ele não a convidara para uma visita. Que situação esquisita. Ela acabara de conhecer a mãe dele. Mesmo sem ser convidada, era falta de educação ir embora sem avisar.

Sloane estava encarando a porta da frente, ainda se perguntando o que fazer, quando Jin saiu. Ele tinha tirado as meias, e olhar para seus pés desnudos parecia um ato muito íntimo. Seus dedos, seu formato — lisos e retos. Havia uma parte dela, apesar do absurdo de estar naquela casa, que se sentia muito plena e calma. Mas a outra parte estava completamente em pânico. A conexão energética entre os dois era palpável. Ela pulsava. Era laranja. Quente e próxima.

— Então... você conheceu minha mãe — disse Jin, coçando a cabeça.

— Sim, pois é! Nosso relacionamento está indo bem rápido!

Ela estava ficando um pouco nervosa com a presença dele. Ou talvez tivesse tomado o chá errado. Parecia... parecia que a estavam puxando montanha acima, e Jin a esperava no topo com um hidratante labial sabor hortelã e uma caneca de cerveja gelada. Ele era alguém com quem Sloane queria se aconchegar na cama e provocar, queria se enfiar embaixo dele e cheirar sua axila. Queria sentir o cheiro do seu hálito. Fazia tanto tempo que ela não ficava a fim de alguém que tinha esquecido como aquela sensação se parecia com ficar completamente doida.

— Expulsei meu companheiro de casa — disse ela. E então, no automático, começou a bater o pé. — Ele está fazendo as malas. — Batendo o pé, batendo o pé. — Por isso vim dar uma volta.

O calor entre os dois parecia cheio de estática. As batidas continuaram. O silêncio de Jin só deixou mais gritante o quanto era absurdo ela ter aparecido na casa de um colega de trabalho sem avisar.

— Bem, vou embora — disse Sloane, baixando o olhar para os pés desnudos dele. Enquanto falava, ela gesticulou para a porta.

Jin levou as juntas dos dedos até os lábios. Nenhum dos dois se moveu.

Ela devia mesmo ter tomado o chá errado. Estava se sentindo tranquila demais.

— Não acredito que você mora com a sua mãe — murmurou Sloane.

Isso bastou para Jin puxá-la com força para o corredor do prédio, que levava aos outros apartamentos. Então fechou a porta e a jogou contra ela; se aproximou e a beijou com uma doçura brusca, mantendo as mãos nas costas de Sloane. Aquelas mãos, aquelas mãos quentes. Ela correspondeu, inclinando a cabeça sem acreditar no que estava acontecendo. Jin começou a lhe beijar atrás da orelha, fazendo-a derreter.

— Meu Deus — sussurrou Sloane, abrindo a boca.

Jin ergueu a mão e puxou o cabelo dela para expor ainda mais seus lábios. Sloane estava incrédula, queria tudo, queria ele por completo. Fazia *décadas* que desejava que alguém puxasse seu cabelo.

— Merda — disse ela, agora com a coxa dele entre suas pernas, a pressão alimentando aquela ânsia que crescia cada vez mais.

Até o momento, Sloane não tomara a iniciativa, mas então tocou as costas dele, espalhando os dedos para abranger o traseiro — bem ali para ela aproveitar! —, sob a calça de moletom cara.

Jin sussurrou algo incompreensível, enfiou a mão dentro da calcinha de Sloane, seus dedos imitando os dela, quentes e ansiosos, apertando e tornando realidade aquele desejo desesperado de ter a pele sobre a bunda levemente esticada.

Sloane reagiu erguendo as mãos sem destino, parando no pescoço masculino e empolgado que não era de Roman, sentindo o coração daquele novo corpo cuja ereção maravilhosa, eficiente e humana estava quente contra a sua pele vestida.

— Não posso, não podemos fazer isso no corredor — disse Sloane, quase surtando ao perceber que "isso" era uma possibilidade.

— Não, eu sei — respondeu Jin com os lábios de volta ao seu pescoço. — Seu carro.

— Ah, meu Deus, isso seria pior ainda — disse ela, se remexendo para sentir a rigidez dele. Parecia mesmo que ela estava se afastando do próprio corpo, caindo, derretendo em uma ânsia ardente. E, se não realizasse aquela ânsia, nunca mais conseguiria voltar ao normal. — Quero dizer, estamos... — Sloane começou a se pressionar contra o volume do desejo de Jin. A calça de moletom fina fazia parecer que não havia roupa entre os dois. — Sua mãe...

— Os quartos são no andar de cima — disse Jin, puxando seu cabelo com mais força.

— Não sei — arfou ela —, temos que conversar antes.

Jin tocou o rosto de Sloane com a mão direita e arremeteu contra ela, quente. A delícia pura do desejo dele contra seu corpo fez com que ela o apertasse de novo. Jin a puxou contra si com uma voracidade tão intensa que os dois faziam amor por cima das roupas.

Antes de se dar conta do que estava fazendo — não, ela se deu conta do que estava fazendo, mas fazia muito desde a última vez que o fizera —, Sloane passou a mão pela barriga dele e continuou descendo até segurá-lo, respirando fundo quando os dedos encontraram sua circunferência. Jin se afastou o suficiente para que ela conseguisse baixar a própria legging. A respiração dele estava pesada, e Sloane sentia como se tivesse passado a vida inteira ouvindo aquele som.

E então os dedos de Jin, aqueles dedos longos e elegantes que ela admirara de uma distância segura, afastaram sua calcinha para conseguir alcançar seu ponto mais profundo. Outra estocada, e ele a segurou com o braço livre. Mas foi Sloane quem se aproximou e o guiou para dentro, completamente ciente do que fazia.

Na posição de uma mulher que passara bastante tempo sem ser penetrada e que finalmente conseguiu o que queria, ela começou a se perguntar por que é que todos os habitantes do mundo não vivem copulando o dia inteiro. Por que não sacam dinheiro do caixa automático com um pênis dentro de si, fazendo suas tarefas do dia aos trancos e barrancos, pagando sua refeição para o caixa na janela do *drive thru* em meio a uma trepada maravilhosa.

A sensação de ser deleitada por aquele homem, que era praticamente um desconhecido, deixou Sloane em êxtase, plena. Determinada, ela o agarrou, empurrando-o mais fundo. Jin já a tirara do chão, jogando-a contra a parede oposta para que sua empolgação não chacoalhasse a porta da frente.

Aquilo era errado, por uma dúzia de motivos. Os dois não tinham conversado sobre métodos contraceptivos, não haviam debatido sobre quem pagaria a conta do jantar, nem sequer tinham trocado mensagens. Sloane não sabia nada sobre Jin além da sensação do corpo dele dentro do seu, sobre o seu. E o cheiro dele. Também conhecera sua mãe, que estava no apartamento ali atrás. Aquele era um ato depravado e inconsequente, mas, mesmo antes de alcançarem o ápice juntos, com a testa suada de Jin se apoiando na parede e a dela no peito dele, Sloane sabia que estava pouco se fodendo para todas as etapas que pularam. Ela sabia que precisava daquilo. Da entrega ao momento presente.

Trabalho no dia seguinte! Que palavrinha imbecil — "emprego" —, quando Sloane tinha diante de si todo um futuro em que pensar!

A intimidade simples e prolongada havia reabastecido seus instintos. Agora, ela estava cheia de sensações e visões nítidas que anunciavam a compreensão de uma tendência importante. Tinha voltado à ativa. Era verdade que muitas de suas premonições iam contra os objetivos da Mamute, mas ela encontraria uma forma de adaptá-las de acordo com suas necessidades. O importante é que estava tendo *ideias* de novo.

No caminho para o trabalho, a mente de Sloane organizava um fluxograma de como as pessoas poderiam voltar a ter contato físico. Jardinagem, bilhetes escritos à mão, lutas de braço, tango. Dançar break, tocar harpa, fazer massa de pão. Segunda pele. Pele tocando pele. Enxertos de pele voluntários.

Socializações de verdade, ao vivo. Aulas de idioma presenciais. Barrigas de aluguel. Adoção. Programas de tutoria de jovens. Pegar avós emprestados. Esta última ideia veio à mente de Sloane quando Anastasia parou em um sinal de trânsito na frente da Clínica de Olhos e Ouvidos na 14th Street, onde auxiliares de enfermagem ajudavam seus pacientes corcundas ou em cadeiras de rodas a entrarem no hospital, com as mãos curvadas sobre suas costas.

As pessoas estavam perdendo a conexão com os idosos: não apenas porque não se esforçavam para manter contato com os parentes, mas também por não terem contato físico com eles — por não *interagirem* com os mais velhos, por não tocarem suas peles finas. Sloane tinha certeza de que logo começaria a ver membros da terceira idade em propagandas. Era só observar o sucesso da campanha da Céline que usava a octogenária Joan Didion como modelo, ou Jin captando a mesma tendência em seu anúncio de telefone rejeitado. A pele, até certo ponto, era o maior símbolo do tato: sua aparência e qualidade mudam a cada dia. Depois de décadas vendo pessoas com caras cheias de Botox e photoshopadas em filmes e revistas, Sloane previa a valorização da pele envelhecida. As rugas, as marcas de expressão, as cicatrizes, as esculturas que o tempo molda em nossos corpos para marcar uma vida vivida.

Agora, as pessoas pagavam para usar carros de gente desconhecida para irem ao trabalho, alugavam quartos na casa dos outros. Por enquanto, a moda do compartilhamento se tratava principalmente de *coisas*, mas, se Sloane começasse a pensar de verdade nas possibilidades, conseguia visualizar o compartilhamento de *pessoas*. Mais serviços que ofereciam contato físico (e não, como Dax simplificara, apenas mais prostituição). Massagens craniossacrais, Reiki, terapia do riso, até mesmo pedicures — essas formas profissionalizadas de carinho já eram comuns. Mas a terceirização se tornaria mais extrema, mais existencial. Sloane pensou na sugestão que soltara na Casa das Ideias: um mundo em que as pessoas *alugavam* amigos e parentes. Se não tivessem irmãos, podiam escolher um a partir de uma lista de voluntários. Sem filhos? Podiam ser pais adotivos em meio período, haveria um aumento na recepção de alunos em programas de intercâmbio, um programa nacional para cuidar de bebês como forma de terapia: tudo isso poderia entrar na moda.

Vários anos antes, uma analista de tendências rival, holandesa, tinha proposto que o altruísmo era um movimento em voga, mas Sloane jamais concordara. O altruísmo era a prática da abnegação para o benefício de outras pessoas. Agora, ela acreditava que testemunhariam o nascimento do intrainterpersonalismo — a interação com outros humanos para beneficiar a própria alma e mente. Depois de tantos anos torcendo para equipamentos eletrônicos resolverem seus problemas, as pessoas começariam a usar outras *pessoas* para se sentirem melhor. Contanto que o relacionamento fosse benéfico para ambas as partes, Sloane achava que essa versão do altruísmo egoísta tinha um potencial poderoso.

Atravessando a cidade até a Union Square, o motor de Anastasia ronronava de forma tranquila. Sloane se sentia cheia de possibilidades, tão viva. Massinha, barro quente, cerâmica, fornos ligados. Arborismo, aulas de canto, o contato da ponta dos dedos com porcelana... Sua mente fervilhava com ideias para as pessoas retomarem o traquejo social.

Do outro lado da rua, ela viu um ônibus baixar para recepcionar os passageiros com seu sistema hidráulico. "INDETECTÁVEL", dizia o pôster de uma série de televisão grudado em sua lateral, exibindo o perfil de um homem com um mapa de DNA brilhante pulsando em seu crânio raspado. Apesar de Sloane não conhecer o seriado, imaginava que era uma daquelas histórias distópicas que estavam na moda, em que jovens com genomas mapeados tentavam se libertar dos microchips que relatavam todos os seus movimentos para um comitê que só vestia branco, falava em tons monótonos e simbolizava alguma versão do Grande Líder.

Mas a maioria das distopias era apenas uma versão do presente em que os maiores medos da população foram realizados. Também entraria na moda ser desprendido, não registrar cada segundo da sua vida, sumir do mapa. Depois de décadas em que "fofocas sobre os famosos" significava saber até o que acontecia no banheiro das celebridades, o mistério e a indiferença voltariam a ser valorizados. Isso já acontecia, é claro: em Lima, em São Paulo, em partes do meio-oeste, o pessoal moderninho se recusava a usar smartphones — se tivessem celular, era um daqueles antigos, de flip. Seria o auge da breguice estar disponível o tempo todo, ser fácil de achar. A nova geração seria impossível de encontrar na internet e difícil de encontrar na vida real, porque não estaria mais postando tudo que fazia. Sloane imaginou um sorriso raro no rosto dos funcionários dos Correios americanos quando ela anunciasse que a comunicação por cartas voltaria a ser legal.

Ela estava tão concentrada na maré de premonições que ainda não se permitira pensar sobre o fato de ter dado um pé na bunda de seu companheiro de anos e ter transado com seu diretor de arte na mesma noite. A concomitância desses eventos fazia tudo parecer um sonho, mas aquilo tudo fora real, e haveria consequências. Perdida no estágio da felicidade inabalável do dia seguinte, Sloane só sentiu a ficha cair quando se aproximou da Union Square.

Seria essencial manter segredo sobre o que tinha acontecido — sobre o que estava acontecendo? — com Jin. Já era problemático o suficiente ela pressentir um aumento de interesse na sensualidade quando fora contratada para apresentar uma linha de produtos completamente tecnológicos. Mas ela sempre conseguia adaptar previsões paradoxais. Havia meios-termos, atenuações, palavras mais sutis. O importante seria compreender as insinuações atuais e prever como poderiam ser aplicadas, e só *então* — quando entendesse as consequências da tendência pelo desejo de contato físico — decidiria como adaptar suas premonições à ReProdução. E de toda forma, para o restante do mundo, ela continuava em um relacionamento estável com Roman Bellard.

Quanto a Roman, por mais intratável que fosse, talvez ela tivesse superestimado a vontade do ex-companheiro de seguir seu próprio caminho. Naquela manhã, o telefone de Sloane estava sendo bombardeado com inúmeras mensagens, e havia vários recados na caixa postal, o equivalente a uma carta de amor do seu ex, adorador de SMS:

> Desculpe, não achei mesmo que você ficaria surpresa com minha opinião.

E outra, ainda mais sem-noção:

> Nunca foi minha intenção te envergonhar com a minha matéria, quero elogiar nossa vida! Todas as coisas que previmos juntos, todas as vitórias! Eu tinha certeza de que você aprenderia comigo, me observando. Imagine só, te pegar de surpresa!

Um breve momento de remorso se seguiu:

> Eu vou me "abster de sexo" para sempre? Minha querida, não posso responder a essa pergunta. Talvez sim, talvez não. Mas você também não quer viver num mundo onde a penetração volte a ser novidade?

A última foi preocupada, egoísta:

> Você não gostou dos meus argumentos? É esse o problema, meu amor? Acha que minhas ideias contra a penetração estão erradas? Não concordo, querida. As estatísticas não mentem. Mas você sabe que valorizo muito sua opinião. Que sempre a valorizei.

Sloane revirou os olhos. Sim, ela achava que a convicção de Roman — de que os "ricos de conexão" abandonariam o sexo com penetração — estava errada em longo prazo. Claro, a ideia entraria na moda — uma chatice que duraria semanas, durante as quais as pessoas fingiriam animação com aquela rebeldia. Mas então isso passaria, assim como todas as novidades passam. Afinal de contas, a compulsão sexual era biológica, inerente ao ser humano. Era mais fácil largar o glúten do que o sexo.

Mas ainda assim. Era impossível negar certas vantagens do sexo virtual. Não havia dúvida de que a realidade virtual aumentada mudaria a vida de casais em relacionamentos à distância, deficientes físicos, pessoas excessivamente caseiras. Só que generosidade, empatia, força de caráter, coragem não eram características que costumavam ser encontradas em pessoas que gostavam de enfiar os órgãos genitais em tubos para se relacionar com um avatar.

— Sloane? — interrompeu Anastasia. — O Monsieur Bellard está tentando entrar em contato novamente.

— Pode bloquear o número dele — respondeu ela, pegando um cacho de uvas no frigobar do carro.

Quem o reabastecia? Sua amiga, Anastasia. Sloane estava no clima de ignorar tudo que fosse desagradável, e não queria cogitar a ideia de alguém além de sua motorista russa abastecer o carro com comida.

— Pois bem — disse Anastasia. — Também recebi uma mensagem de texto de um Sr. Kwang Lee...

— Calma aí — interrompeu Sloane, se empertigando na mesma hora. — Vamos bolar um apelido para essa pessoa. Pode ser... Cinto de Segurança.

— Você quer que eu me refira ao senhor que está tentando enviar a mensagem como... "Cinto de Segurança"? — perguntou Anastasia.

— Por enquanto, sim, por favor — respondeu Sloane, também decepcionada com sua falta de imaginação. — Pode me mandar.

Enquanto ela esperava o celular apitar, seu coração batia tão rápido que parecia prestes a explodir.

Sloane, dizia a tela. *Esta é uma mensagem.*

Ela sorriu. As palavras eram breves, radiantes. Achou perfeito. A frase reconhecia a etiqueta do dia seguinte, mas não se estendia além disso, deixando as coisas no ar. Sloane levou os dedos ao teclado: *Isto é uma resposta.*

Talvez fosse apenas seu bom humor, é claro, mas Sloane achava que o clima nos espaços abertos de trabalho da Mamute tinha mudado. O ambiente parecia mais calmo, sem aquele ar pesado e nervoso. Algumas mesas estavam libertas dos tentáculos brancos dos carregadores enroscados nos teclados. Ela jurava que via menos abas abertas nos navegadores. Notou contato visual, pessoas conversando sem os tiques nervosos que antes marcavam as confraternizações.

Antes de ir para a própria sala, ela parou na mesa de Deidre para lhe mostrar uma matéria do jornal da manhã sobre como a procura por brinquedos de encaixe para adultos estava sobrecarregando as fábricas.

A secretária abriu um sorriso tímido quando viu a manchete.

— Bem, nossa aula de LEGO de ontem estava mesmo mais cheia que o normal.

— Acho que devíamos torná-la obrigatória. — Sloane sorriu.

— Se tijolos de plástico que se encaixam não estiverem em falta no mercado.

— *Touché* — respondeu Sloane.

A própria Sloane devia estar exalando simpatia, porque passou a manhã inteira sendo abordada por pessoas que queriam conversar.

Na cafeteria, Mina Tomar a chamou para discutir batons que se adaptavam ao humor do usuário, talvez até rímeis — o mercado da cosmética ainda não começara a investir na mudança da cor dos cílios.

E, enquanto passava por um espaço de trabalho aberto no caminho para sua sala, Andrew Willett, do departamento de móveis, levantou e a acompanhou até a porta.

— Então, não tenho muita... certeza disto — disse ele devagar, sem querer ser escutado pelos outros. — Mas, ontem à noite, eu estava pensando sobre o papel do... Hum, do calor corporal na vida das pessoas.

Até os músculos de Sloane pareciam sorrir.

— Quer entrar? — ofereceu ela, gesticulando para a sala.

— Ah, não, tenho uma reunião agora, só queria perguntar sua opinião. Para saber se isso é interessante, sabe? — Ele olhou para o chão, nervoso. — Não seria um *móvel* em si, mas talvez a gente possa atualizar nossas roupas de cama com eletroímãs que detectem o lado desocupado e o aqueçam? Sabe, para as pessoas que não têm um parceiro ou são viúvas...

A voz de Andrew sumiu. Ele deve ter notado o vislumbre de compreensão no rosto de Sloane. *Durmo com uma garrafa de água quente todas as noites. Para fingir que tem alguém ao meu lado.*

— Achei brilhante — disse ela, respondendo o mais rápido possível para amenizar a vergonha dele. — Na mosca. Imagine só como isso poderia ajudar pessoas de luto? Esticar o braço e não sentir o outro lado frio na cama? Ou travesseiros compridos e aquecidos, que possam ser abraçados? Esse é *exatamente* o tipo de ideia que quero encontrar — completou.

Sloane não acrescentou que sua parte favorita da proposta era o fato de Andrew focar no *toque*. Algo simples e bondoso. A ideia de imitar calor humano fazia tanto sentido para ela que era como se tivesse encontrado a resposta para outra questão. A visão tinha voltado, bela e breve: uma renascença do contato físico.

Depois da conversa com Andrew, coisas boas continuaram acontecendo: Sloane encontrou a caixa de sugestão quase lotada. Ela nem tirou o casaco, apenas sentou e virou a caixa, deixando os bilhetes caírem como folhas de árvore sobre o carpete da sala. E pegou o papel mais chamativo.

Penso muito em hipnose. Acho que todos nós estamos hipnotizados. Ando fazendo experiências com música pop, e todas as canções são iguais. A clave na qual as músicas são escritas muda, mas as progressões dos acordes, não. Os ganchos permanecem os mesmos, o tempo que leva para chegar ao refrão, tudo é igual. Acho que a indústria musical norte-americana nos hipnotizou para aceitarmos a mediocridade completa que é lançar a mesma música o tempo todo.

Sloane dobrou o bilhete, concordando. Sentia as palmas das mãos quentes. Gostar de um tipo de música era uma coisa, *fazer* só um tipo de música era outra. Desde que o Shazam, o aplicativo de identificação de canções, se associara à Warner Bros para criar uma gravadora por colaboração coletiva, os ouvintes só consumiam músicas parecidas com as que já tinham escutado e gostado.

A mesma coisa acontecia com relacionamentos virtuais. As pessoas só escolhiam pretendentes cujos gostos e aparências se alinhavam com os próprios. O século XXI não queria mais se arriscar.

Ela pegou outro bilhete.

Um amigo meu criou um produto e ficou podre de rico. É um drone que sobrevoa festas e balança ramos de visco em cima das pessoas. Na maioria dos dias, tenho vontade de desistir de tudo.

Eu também, Sloane queria dizer ao autor. *Quase sempre.* Hoje em dia, as empresas empurravam seus produtos goela abaixo dos consumidores, e eles aceitavam isso em vez de pedirem pelas coisas que realmente queriam. Como o "iogurte grego" sem gordura que tinha gosto de papelão. Já que os compradores continuavam consumindo versões fabricadas dos seus desejos, não era de se estranhar que um idiota entrasse no mercado em novembro com um drone que imitava tradições natalinas.

Sloane voltou para a caixa.

pra q tanta baboseira vc qr q a gnt perca o emprego?

— Sloane? — chamou Deidre, enfiando a cabeça pela fresta da porta, tímida. — Está na hora da reunião das dez com a equipe de eletrônica.

Sloane adorava o ar maternal da secretária de Dax, que era quase sua. Ela gostava de ser conduzida aos lugares como se fosse uma criancinha. Gostava do tempo que levavam para atravessar os andares acarpetados até a sala de reunião da vez, onde ela seria analisada por todo mundo. Naquela manhã, o espaço era uma réplica da sala do quinto andar, só que no terceiro.

Sloane conseguiu não divulgar a "baboseira" das suas premonições na reunião com o departamento de eletrônica. Todos concordaram que a premiada cozinha inteligente Morador era o conjunto de produtos ideal para ser lançado na ReProdução. Os recursos dos eletrodomésticos sincronizados seriam anunciados como *um chef virtual na sua cozinha, uma secretária pessoal no telefone,* ilustrando como as pessoas que usavam geladeiras e fogões "de menos" poderiam usá-los para economizar seu tempo.

O grupo passou a primeira parte da reunião debatendo se pessoas sem e com filhos usavam geladeiras de formas diferentes. A única mãe presente, uma mulher chamada Allison, disse que, apesar de a falta de sono tornar os pais de primeira viagem meio lesados, a maioria deles sabia exatamente o que tinha na geladeira, porque era importante ter um estoque dos produtos. Se o leite, a fórmula, a papinha de maçã ou qualquer outra coisa acabasse, você sabia. Você *precisava* saber.

— Portanto — disse Sloane depois da colaboração de Allison —, o "medidor de frescor" seria algo muito útil para quem não tiver crianças em casa. Vamos partir do pressuposto de que moradores de cidades grandes sem filhos passam menos tempo em casa, cozinham com menor frequência e trabalham mais. Acho que isso vai nos ajudar, considerando a demografia do público-alvo da conferência. Então, essas pessoas literalmente abrem a geladeira *menos* que aquelas que têm filhos. Seria muito útil ter um aplicativo que avisa que sua rúcula está murcha e é necessário comprar mais se você ainda quiser fazer aquele pesto que tinha planejado. Com certeza devemos destacar essa função.

Depois de falarem sobre as funções sincronizadas e sua apresentação, chegou a hora de pensar em produtos inéditos para a Mamute.

Um homem chamado Jarod, do departamento de desenvolvimento de negócios, explicou que Dax pedira ao grupo para criar em um aplicativo.

— Algo para o pessoal contrário à maternidade — disse ele.

— Ah, eu tenho um aplicativo para isso — disse um cara com jeito de espertinho cujo nome Sloane não sabia. — Filtros "antifilhos" — explicou ele, orgulhoso. — Permite que você bloqueie pessoas que querem filhos nos sites de encontro.

— Por que raios vocês detestam surpresas? — quis saber Allison.

— Não quero parecer uma velha coroca, mas por que tudo tem que ser tão óbvio? Não é divertido... descobrir as coisas?

— Descobertas — concordou Sloane. — Acho que essa é uma boa ideia. Por exemplo, quando você chega em uma cidade nova e quer jantar. Se estiver hospedado em um hotel, pede uma indicação de restaurante ao recepcionista, talvez a um desconhecido simpático. E não sei como é a experiência de vocês — ela riu só de pensar —, mas tem vezes que essas recomendações são *horrorosas*.

Os outros riram também.

— O Tofu Terrace — comentou Allison. — Em Seattle. Eu me lembro bem desse.

— Pois é — disse Sloane. — Para mim, foi um bufê vegetariano ao ar livre. Mas, mesmo assim, é divertido se decepcionar, porque aquilo que Allison falou é verdade: as decepções são surpresas. Agora, sabemos tudo sobre um lugar antes de pisarmos nele. Será que a gente não pode inventar um aplicativo que traga de volta o fator surpresa para nossas descobertas de novos locais?

— Podemos chamá-lo de "Momento de Merda" — disse o engraçadinho.

— Na verdade, gostei desse nome — rebateu Sloane com um sorriso.

— Que tal "Lagoa Azul"? — sugeriu Allison.

— "Lagoa Azul" parece *mesmo* nome de aplicativo — disse Jarod, batendo a caneta contra seu tablet.

— Mas e se tentarmos nos aprofundar nisso? — perguntou Sloane, agora animada de verdade. — E se não fosse um aplicativo? O que mais poderia ser?

Ela viu os onze rostos murcharem. As pessoas olhavam umas para as outras, desconfortáveis, desejando que alguém fizesse uma sugestão.

Depois de um silêncio desanimador, Jarod falou de novo:

— Bem — disse ele, dando de ombros. — Seria só a nossa vida. — Todo mundo continuou quieto, então o rapaz deu de ombros de novo. — E ninguém compraria algo assim.

Mesmo com o final decepcionante, Sloane ainda achava que a reunião com o departamento de eletrônica tinha sido ótima. Apesar de estar demorando um pouco para acontecer, é claro, em público, e em segredo, através dos bilhetes que recebia, as pessoas estavam tentando sair de sua zona de conforto intelectual. Elas pensavam menos em como a Mamute poderia evoluir para uma versão 2.0 melhor, mais rápida e mais inteligente do que a 1.0, e refletiam mais sobre aquilo de que os seres humanos *precisariam* quando já tivessem tudo que queriam. Em resumo, estavam aprendendo a analisar tendências. Estavam aprendendo a se importar. E não fora para isso que Dax a contratara?

Sloane estava tão concentrada em pensar num produto que correspondesse à sementinha que Allison plantara na reunião — certa vez, ela fora apresentada a um homem que escrevia guias de viagem que só listavam lugares, nomes e números no mundo todo sem qualquer ordem: *Copenhagen, ligar para Sophie para falar de cerâmica; Londres, Brian corta cabelo muito bem; Nova Deli, Dimple, se você gosta de ensopado mulligatawny.* Como o velho Jim Haynes tornaria um aplicativo de recomendações de restaurantes mais aleatório, mais amigável, mais verossímil? — que só percebeu que tinha ido para a sala da copiadora em vez do almoxarifado quando chegou lá. E ficou ainda mais surpresa quando viu que o homem parado pacientemente atrás de um sujeito frenético e tenso era Jin. Com um baque, Sloane voltou para o momento presente.

— Ah! — exclamou ela, corando na mesma hora. — Ah! — repetiu, piorando sua reação inicial.

O sujeito fazendo cópias ergueu o olhar, obviamente assustado com a cor do rosto dela.

— Oi! — disse Sloane para o copiador, sendo mais simpática do que o necessário para compensar sua vergonha.

— Oi? — respondeu o sujeito, confuso, enquanto a máquina passava o scanner verde sobre seu papel, cuspindo cópias, folha por folha.

— Quer passar na minha frente? — perguntou Jin, indicando o espaço diante dele com um aceno despreocupado, acompanhado (seria a imaginação dela?) de um sorriso malicioso.

Sloane tentou falar, responder com palavras gramaticalmente corretas. Tentou não reconhecer o calor que se espalhava por seu corpo, porque, sério. Como assim? Talvez os dois devessem ter combinado algum tipo de protocolo, uma forma de agir perto do outro. Mas, para isso, seria necessário reconhecer o que tinham feito.

— Não estou com pressa — respondeu Sloane, e isso acabou soando como uma proposta.

Jin riu. O rapaz misterioso na copiadora pareceu confuso: aquilo tinha sido uma piada? Tornando-se repentinamente eficiente, ele juntou suas coisas e foi embora. Na cabeça de Sloane, Jin se apoiou na bancada e a segurou com os braços esticados — contemplando à distância o corpo com quem se divertira na noite anterior.

Na realidade, ele abriu a máquina de Xerox gigante e colocou sua folha de papel A6 no vidro.

— Nossas propostas de cores — disse ele com olhos bem-humorados. — Para o tablet jovem.

— Ah — respondeu ela. — Que bom.

— Não é? — brincou Jin. Apoiado na máquina, parecia orgulhoso do fato de Sloane estar mais nervosa que ele. — Recebi sua mensagem — continuou, verificando a primeira cópia em busca de borrões antes de olhá-la nos olhos.

— E eu recebi a sua — rebateu ela, rindo, porque seu sistema nervoso não sabia mais o que fazer com aquela pressão em seu coração.

Jin apertou o botão para iniciar mais uma rodada de cópias; então relaxou contra a máquina e a analisou, do jeito como ela esperara que fizesse, mas com os braços cruzados. A impossibilidade do que acontecera entre os dois só algumas horas antes parecia delicioso e absurdo ao mesmo tempo. O zunido dos cartuchos e o cheiro forte de tinta atravessavam sua consciência. Não seria ridículo, seria? Dar um abraço bem rápido nele?

— Ah! Sloane — chamou uma voz familiar atrás dela. Deidre estava na porta, apertando a prancheta contra o peito. Educada, a secretária olhou de Sloane para Jin, depois de volta para Sloane, e tentou conter um sorriso que desabrochava. — O Sr. Stevens quer falar com você — avisou ela, voltando a ficar séria. — Se você não estiver ocupada.

A compostura de Jin não se abalou. Talvez ele fosse jovem demais para reconhecer o som de uma sentença de morte.

21

— Sloane — cumprimentou Dax, efusivo, os braços abertos na cadeira. Estavam em seu escritório de novo, o próprio mamute. — Que bom que você está se sentindo melhor — disse ele, sem qualquer ironia aparente. — É esta época do ano, não acha? Está começando a esfriar... Sabia que tem gente que evita comer frutas tropicais no inverno porque o organismo do norte-americano não está acostumado a digerir elementos expostos a tanto sol natural?

— Na verdade, sabia — respondeu ela, tocando o encosto da cadeira diante de si, sem saber se deveria se sentar.

— Então, vamos direto ao assunto. Pode fechar a porta?

Enquanto obedecia, Sloane respirou fundo. Apesar de uma parte infantil sua considerar a possibilidade de ele ter descoberto o que acontecera entre ela e Jin, isso era impossível. No fundo, sentia que o chefe estava preocupado.

— Sente, sente, sente. — Dax abanou as mãos para Sloane assim que ela voltou a encará-lo. — Então, essa história de afeto profissional. Fiquei interessado. Aonde isso vai parar?

Sloane se sentou, se movendo devagar, tentando transmitir a prudência e a paciência que inexistiam na voz de Dax.

— Bem, ainda estou pensando no assunto — começou ela.
— Mas as aplicações óbvias seriam buscadores de amigos e redes sociais na vida real.

— Certo, mas preciso de *coisas* — disse Dax, tamborilando os dedos em um ritmo rápido. — Coisas que eu possa embalar, encaixotar e postar.

Sloane fechou os olhos por um instante. Era difícil analisar tendências quando não se sentia sozinha. Era possível se sentir sozinha em público — ela se *sentira* isolada e protegida ontem, no vagão do metrô —, mas com Dax ali, a encarando com petulância como um cliente de restaurante faminto, era difícil acessar os recessos mais obscuros e estranhos de sua mente interior.

Ela tentou se esforçar. Sempre conseguia encontrar vislumbres e pequenos pontos vermelhos de calor, conexões neurológicas que podia usar.

— Bem, há robôs empáticos, por exemplo.

Dax apoiou o queixo em um dos punhos, prestando atenção.

— Continue.

— Já existem versões disso, é claro — acrescentou ela, nervosa. Nervosa! A ideia tinha acabado de surgir. — Sobretudo no Japão. Eles apresentaram bons resultados em asilos, em especial. São criaturas robóticas que parecem leões-marinhos com olhos imensos, que fazem sons calmantes e balançam as orelhas para ouvir. Bem, na verdade, não ouvem nada, mas a ideia é que os idosos possam conversar com alguém que não os julgue. Alguém que não diga que estão falando bobagem ou que só estão sendo paranoicos. Não sei se ajudam muito a aumentar a expectativa de vida, mas quando se trata da qualidade...

— Então isso é parecido com sua ideia de alugar amigos? — perguntou ele.

— Sim — respondeu Sloane, sem hesitar. — Mas acredito de verdade que os consumidores logo vão querer alugar amigos humanos, de carne e osso. Pessoas com quem possam ser vistos. Com quem possam conversar. Robôs empáticos, se pararmos para pensar nos usos... bem, como estamos falando da ReProdução, *bebês* empáticos seriam uma ótima solução para pessoas que querem... filhos por meio período...

— Puta merda — disse ele, o corpo vibrando. — Filhos que você possa ligar e desligar.

O que ela estava fazendo? Não *sentia* aquilo de verdade. Não era algo que vinha por instinto, uma ideia que parecia estável e importante. Esses robôs seriam um sucesso absurdo e dariam ainda mais aval para as pessoas serem imediatistas e egoístas.

— Porra, *adorei.* — Dax balançou os dedos, maníaco. — Você me deixou bem preocupado quando começou a confiscar telefones, mas essa ideia é genial pra cacete. Vai ser um sucesso! Como aqueles jogos de computador, sabe? Em que as pessoas costumavam carregar um peixinho dourado por aí para aprenderem a ter responsabilidade? Meu filho tinha um. O bicho morreu depois de dois dias, ele se esqueceu de dar comida. Mas a diferença nesse caso é que você pode ligá-lo e desligá-lo. Só ser pai quando quiser.

— Haveria uma série de usos — disse Sloane devagar, com cuidado. — E, claro, ser pai como um hobby pode ser um deles, mas, na verdade, eu aconselharia você a... — Ela tentou encontrar a forma certa de se explicar. — Meu instinto ainda diz que as pessoas vão querer voltar a interagir com outras *pessoas.*

— Claro, mas não posso vender isso. E não concordo. Busco meus filhos na escola, eles passam o dia inteiro sem falar com ninguém lá, e aí ficam a noite toda trocando mensagens. Então acho que os robôs empáticos vão dar certo, sim.

— Claro, mas eu estava pensando na próxima geração que...

— É, não — respondeu Dax, rápido —, não tenho tempo para isso. Quero colocar os produtos da ReProdução em pré-venda. Você tem mais alguma ideia para os robôs? Quero apresentar o projeto para o departamento de eletrônica.

— Tive uma reunião com eles hoje.

— Ótimo, então fica para a próxima. Vamos deixar isso para depois do Dia de Ação de Graças. Sloane, é perfeito. É bom pra cacete. Meu Deus, estou tão empolgado, e não era nem sobre isso que queria conversar com você!

O olhar dela não estava mais focado nele, só em parte. O restante do foco estava na janela, refletindo sobre sua primeira década no mercado de análise de tendências, quando os clientes para os quais trabalhava pediam previsões para os próximos dez, vinte anos. Hoje, as empresas queriam saber o que aconteceria dali a três semanas, para o estagiário que cuidava das redes sociais conseguir criar a hashtag certa a tempo. Ninguém sabia se a raça humana continuaria no planeta dali a duas décadas. Aquilo era deprimente demais; vago demais! Era bem mais divertido discutir o tempo de prateleira de chinelos-plataforma.

— Sloane? — chamou Dax de novo. Ele esticava o celular na sua direção, mostrando a tela. — Isto?

Ela azedou diante da imagem; o sangue lhe correu para a cabeça. O aparelho exibia uma foto de Roman em seu macacão zentai verde, esperando na fila do hortifrúti. A imagem fora curtida setecentas mil vezes no perfil de Instagram do ex-companheiro.

— Esse é o seu *marido*? — perguntou ele, guardando o telefone. — Roman Bellard?

— Nós não somos casados, na verdade — respondeu Sloane, ainda tentando soar calma.

— E esse negócio? — Dax mostrou outra foto, Roman no macacão dourado em uma feira de Paris, posando com um robalo que acabara de comprar do peixeiro. — Por que é que você nunca mencionou isso antes...

— É — disse Sloane. — Zentai. Ele é bem famoso na internet.

— Um neossensualista? Um *neo*ssensualista? Onde você estava escondendo esse cara?!

— Na França — respondeu ela, com um sorriso débil.

Dax acenou uma mão, dispensando o comentário.

— Quero muito conhecê-lo. *Preciso* conhecê-lo. Que tal um jantar? Sei que já é, tipo, praticamente o Dia de Ação de Graças, mas esses eventos de família duram o quê, três horas? Vocês vão ficar por aqui?

A boca de Sloane se abriu, mas as palavras não saíram. Aquela situação era impossível. Se contasse a Dax que tinha terminado com Roman porque ele estava prestes a publicar um decreto contra o sexo com penetração, o chefe ficaria ainda mais desesperado para conhecê-lo. E ela não gostava do que poderia acontecer se os dois se encontrassem sem a sua presença.

— Hum, talvez a gente vá para a Flórida — respondeu ela.

— Ah, é? — disse Dax, erguendo os olhos. — Quando? — Ele cutucava o telefone. — Que tal hoje à noite? — continuou perguntando, sem esperar por uma resposta. — Vocês podem hoje à noite?

— Acho melhor não, Dax — respondeu Sloane. — Roman e eu... as coisas andam meio complicadas, não sei se por causa da mudança para cá ou algo assim... — Seu suspiro foi tão exagerado que ela esperava que ele desistisse da ideia.

— É só um jantar — Dax deu de ombros —, não uma consulta com um terapeuta de casais. Coisa que... — Ele ergueu a mão que não estava brincando com o telefone. — Meu Deus, já passei por isso! Só estou curioso. Quero dizer... — Ele apertou, apertou e apertou mais teclas. — É impossível não ficar.

Então enfiou o telefone na cara dela de novo. Outra foto, desta vez deles dois, de uma noite em que ela estava feliz: Sloane usando vestido de crepe bordado num tapete vermelho em Paris, Roman em seu macacão zentai dourado, seus pés de Lycra acomodados em mocassins. Era o lançamento da reedição de um livro de fotos de Helmut Newton que estrelava uma Charlotte Rampling nua. Dois anos depois, Rampling faria um comentário no Oscar que a deixaria ainda mais exposta.

— Que tal o Oak & Fell? Às oito?

Quando ela telefonou naquela tarde, Roman nem ouviu que o convite para jantar era uma exceção, um acordo, um favor que ela estava fazendo para si mesma. Que aquilo não significava que não tinham se separado, que ele não tinha sido expulso de casa. Tudo que escutou foi que havia chamado atenção de um CEO importante.

— Vou com meu macacão? — perguntou Roman ao telefone. — É isso que ele está esperando?

— Não, não vá com a merda do *macacão*, Roman. A gente vai jantar em um restaurante, você precisa comer.

Para desespero de Sloane, Dax escolhera um desses lugares exagerados, com nome duplo e garçons subservientes que se ajoelhavam para sussurrar os pratos superespeciais do dia. Todas as entradas custavam 36 dólares, e todos os legumes precisavam ser pedidos a parte por mais nove. Sloane estava tão cansada de restaurantes com clima de fazenda. Teria preferido comer a própria fazenda.

Roman apareceu enquanto ela analisava o cardápio preso na porta. Ele fizera um esforço com o cabelo. Depois de passar um dia inteiro sem vê-lo, Sloane percebia — de novo — o quanto era bonito. Roman era lindo, clássico. Tinha a graciosidade de um político no qual você queria acreditar, que lhe fazia desejar se banhar com suas palavras bonitas.

— Você está irritada — disse ele com olhos temporariamente bondosos. E então os lábios se curvaram em um sorriso. — Mas está aqui. — E começou a soltar o cachecol.

— Este é um jantar de trabalho, Roman. Não tem nada a ver com a gente. Nem invente moda. Preciso que você seja educado.

Ele ergueu as mãos.

— Eu sou a educação em pessoa.

Sloane quase soltou uma gargalhada; de repente, pareceu que seria fácil deixar os problemas entre os dois para trás. E daí que Roman não gostava de sexo com penetração? Ela fora penetrada por outra pessoa recentemente.

Quando os dois entraram, Dax e a esposa majestosa já estavam sentados à mesa, bebendo água em potes de vidro com cerca de dezenove fatias de pepino cada. Ela notou, pelo súbito afrouxamento de sua mandíbula, que o ex-companheiro estava apaixonado pelo clima nova-iorquino de jantar chique: as mulheres bem-arrumadas, os sapatos gastos dos homens, a trilha sonora de cantores populares de músicas zen fazendo covers do Nirvana.

— Roman! — exclamou Dax, se levantando. — Estávamos doidos para conhecer *você*! Mas cadê o macacão, meu camarada?

Roman prendeu o ar, sua postura acusatória. Estava prestes a virar para Sloane com um *Não falei?* quando Dax continuou:

— Sloane, Roman — apresentou ele, ainda de pé. — Esta é Raphael, minha esposa.

Em uma harmonia ensaiada, os dois cumprimentaram a bela napolitana ao lado do CEO, uma mulher que de alguma forma conseguia parecer voluptuosa e indiferente ao mesmo tempo. Um olhar breve para a barriga de Raphael indiciou que talvez houvesse outro motivo para aquele resplendor sobrenatural.

Sloane sentou sem dar os parabéns. Nunca se sabe. Mesmo quando se sabia. Ela abriu o guardanapo grosso sobre o colo para se distrair do desconforto que a assolava. Tinha a triste sensação de que seria incapaz de fazer jus ao nível de falsidade que a noite exigia.

— Roman faz parte da comunidade zentai, querida — disse Dax, voltando a sentar. — É um movimento em busca de... novas formas de sensualidade, certo? Novas formas de contato físico. Todo mundo usa esses macacões grudados...

— Muito justos na cabeça — comentou Roman, esfregando a mão pelo rosto. — Sem buracos para os olhos e a boca, então... não serve para o jantar.

— Bem, isso é... — começou Raphael, pensando no que falar. — Com certeza é impressionante.

— É como um avatar vivo — continuou Roman, passando a mão direita ao longo do braço esquerdo, como se estivesse exibindo uma parte nova do corpo. — O macacão faz você parecer mais tocável, deixa seu corpo à mostra, mas sua pele fica fora de alcance.

Os olhos de Raphael encontraram os da outra mulher, questionadores. Sloane respondeu dando um peteleco em uma migalha de pão para fora da mesa que logo estaria coberta com pratos chiques de acampamento, esmaltados e levemente tóxicos.

— Então, preciso perguntar — disse Dax, fechando a carta de vinhos com um baque decisivo. — Você também está nessa onda?

— Não — respondeu Sloane, sua mão se erguendo involuntariamente como se quisesse enfatizar o quanto não estava. — É uma coisa só de Roman, sem dúvida.

— Mas foi ela quem me apresentou ao *conceito* — disse ele, usando ao máximo seu charme francês. E sorriu para Sloane com o rosto sem rugas, um ar descansado, totalmente despreocupado. — A liberdade... Não, o *livramento* de uma segunda pele.

A garçonete apareceu; era uma mulher tão bonita que Sloane soltou uma risada. Eles pediram entradas para dividir. Ela rezou para a comida cheia de frescura vir rápido. Seu medo era que, se ficasse muito tempo ali, talvez Roman acabasse voltando para casa e os dois começassem tudo de novo. Não porque ela quisesse isso ou porque tivesse mudado de ideia, mas porque seria muito mais fácil. De certa forma, seu relacionamento sem sexo fora seguro e confortável. Sloane tinha parado de se preocupar se era desejável e recebera a confirmação de que não era. Não precisava mais tentar.

O vinho chegou, apresentado como um bebê batizado. Raphael serviu a própria taça com a mão de unhas feitas, e Sloane ouviu o borbulhar das outras taças sendo enchidas. Dali a dois dias era Ação de Graças. Ela pensou em todo o vinho que seria servido em uma mesa em que não estaria. Era ridículo, e inoportuno, mas queria que a irmã estivesse ali, mais do que já quisera qualquer coisa em muito tempo. Juntas, as duas partiriam em Anastasia, Sloane com um guardanapo cheio de batatinhas chiques roubadas, Leila com uma garrafa de vinho branco com tampa de rosca. *Ah, Leila,* diria ela, *eu errei tanto.*

— Então, estou contente por termos feito progresso no trabalho — anunciou Dax, erguendo sua taça. — Sloane! Conte a eles sobre os bots!

Roman encostou a taça na de Dax, e os dois beberam sem brindar com ela.

— Robôs — corrigiu Sloane. — Bots são no software. Ou... enfim.

— Conte a eles sobre os bots! — repetiu Dax, pegando um pedaço de pão.

— Sim, hum, bem — enrolou Sloane, tentando reformular suas próprias palavras —, foi uma coisa que surgiu da minha convicção de que as pessoas precisam de mais... contato físico de verdade. Chamei isso, chamo isso de profissionalização do afeto... A ideia de que as pessoas vão começar a pagar para que desconhecidos lhes deem... carinho. Então, um robô empático seria uma extensão...

— Não, mas conte a eles sobre os filhos temporários! — gritou Dax, juntando o cotovelo ao corpo para a garçonete servir a primeira rodada de comida.

Ela se sentia vazia, vazia, vazia. Completamente insignificante. Estava pouco se lixando para bebês robóticos empáticos. Mas a ideia fora sua.

— Certo, bem, com o tempo, poderíamos pensar em bebês robóticos empáticos, foi o que dissemos. Que podem ser ligados e desligados... então você só é pai quando quiser. Mas, de toda forma, a ideia ainda é vaga, fiquei mais animada com...

— Dá para *imaginar*, querida? — interrompeu Dax, passando as cenouras rústicas para a esposa. — Não seria demais?

— Bem, com certeza eu já senti essa vontade — disse Raphael. — Acordo, vejo aqueles dois e penso: *Ah, meu Deus, eles continuam aqui!* Consigo imaginar um monte de gente querendo uma folga.

— Uma folga! — exclamou Dax, batendo na mesa. — Adorei! Você acha que podemos usar um nome assim? Bebês da Folga?

Sloane virou as palmas das mãos para cima.

— Claro.

Dax estreitou os olhos para ela, mas só por um instante. Logo depois, sua expressão voltou a ter aquele ar aberto, amigável. Era preciso ficar animada com as porcarias de que ele gostava — aquele era um jantar importante com o chefe e a esposa. Mas ela nunca tivera talento para fingir entusiasmo por algo que achava triste.

— Você ainda não tinha mencionado isso — disse Roman, tentando colocar a mão sobre a de Sloane, sem sucesso. — Que boa ideia! É claro, o *seu* bebê ficaria desligado na maior parte do tempo.

Ela lhe lançou um olhar irritado, mas Roman não percebeu.

— É um momento muito empolgante para nós, não é? — continuou ele, limpando os lábios com o guardanapo xadrez absurdamente pequeno. — Acho que talvez esta seja a época mais importante para discutirmos novas regras de contato físico. A melhor época para ser um neossensualista! — Sloane trincou os dentes. Tinha certeza absoluta de que Roman estava prestes a se autopromover. — Não sei se Sloane comentou sobre a coluna que vou publicar?

— Não! — respondeu Dax, alegre, incitando-o a continuar.

— Bem. — Roman pigarreou, mantendo o garfo erguido sobre os aperitivos. — Tenho a teoria de que estamos entrando em um período pós-sexo. As pessoas querem ir além, não acham? Querem mais. É tão simples, essa coisa de eu coloco meu negócio dentro de você, você entra em mim, o vaivém?

Sloane tentou enfiar o rosto inteiro dentro da taça de vinho enquanto ele, mais uma vez, encenava fornicação.

— Muita gente acha a vida sexual virtual muito mais abrangente do que a real — continuou Roman, as mãos agora ocupadas com o garfo, graças a Deus. — As pessoas transam o tempo todo sem precisar sair de casa. Trocam mensagens. Isso também não é uma forma de fazer amor? A distância física é muito, muito excitante. Tentar transpor essa distância sem ter que se unir no sentido físico é a nova forma de, perdoem meu linguajar, foder!

— E você vai publicar uma coluna sobre isso? — disse Dax, praticamente babando. — Quando?

— No *The New York Times* — respondeu Roman com ar modesto. — Amanhã.

— Amanhã!? — engasgou Sloane.

Ao mesmo tempo, Dax repetiu:

— No *The New York Times*?!

— Sim, *chérie* — confirmou Roman, doce. — Não consegui avisar a você que aceitaram minha matéria.

Sloane apertou a taça de vinho.

— Puxa! — disse ela, tentando se recuperar. — Isso é tão, tão legal.

— Na véspera do Dia de Ação de Graças, hein? — comentou Dax, brindando com ele. — Que coragem.

— Parece que o Dia de Ação de Graças é um dos feriados em que as pessoas mais leem notícias na internet — disse Roman.

— A gente passa *mesmo muito* tempo esperando o peru terminar de assar — concordou Raphael.

Sloane se esforçou para se acalmar. *The New York Times*? Amanhã?! Ela devia ter aceitado o não convite da família para ir à Disney

— seria o lugar perfeito para estar quando a matéria entrasse no ar. Todas aquelas crianças correndo, o estresse quase purificante que isso causava, sem tempo para ler tragédias na internet.

— É *mesmo* emocionante — continuou Roman, sem querer perder o foco. — O pessoal do jornal comentou que o assunto deve chamar *bastante* atenção. Talvez até se transforme em algo viral. Porque, na coluna, anuncio nossas férias de sexo com penetração.

Sloane fez um esforço gutural para não cuspir o Pinot.

— As *suas* férias — conseguiu dizer ela. — *Suas.*

— Ah, meu Deus — disse Dax, feliz, quase derrubando a garrafa ao se inclinar para a frente. — Vamos precisar de algo mais forte que vinho! Espere aí, Sloane, você está prevendo uma espécie de renascença dos abraços, e Roman...

— *Oui* — respondeu ele, arrancando um pedaço de pão. — O fim do sexo com penetração.

Raphael lançou um sorriso cuidadoso para Sloane. *Pare de sorrir*, queria gritar ela. *Não me venha com sorrisinhos, como se a sua vida fosse perfeita! Seu marido é um rolo compressor! E você é quase muda!*

— Isso é *maravilhoso* demais — soltou o rolo compressor. — Sloane, você nunca disse nada!

— Bem, não é algo sobre o qual eu queira me vangloriar, é? — perguntou ela, espetando uma coisa que parecia uma beterraba. — A merda do *The New York Times*. Fantástico.

Ela começou a mastigar com fúria, e continuou mastigando muito depois de ter engolido. Raphael brincou com a comida no prato, e Dax ficou girando a taça de vinho.

— É legal mesmo — declarou Roman, como se aquela fosse a conclusão de algo que ninguém dissera. — Estou muito empolgado para expandir os limites daquilo que consideramos sexo.

Todos permaneceram em silêncio. Sloane sentia os olhos de Dax, ao mesmo tempo que os evitava.

— Talvez a gente possa mudar de assunto — disse ela, sem entonação.

— Bem, acho ótimo estarmos vivendo em um mundo com tantas possibilidades de escolha — começou Raphael, se servindo de couve-de-bruxelas. — Homens podem ser mulheres, mulheres podem ser homens, as pessoas podem fazer de tudo na internet, ter filhos, não ter filhos. — Ela sorriu com tranquilidade. — Com certeza é um momento emocionante para fazer o trabalho de vocês.

— Com certeza — disse Dax, com um tom que testava o terreno.

— Eu também acho — concordou Roman, sorrindo.

— Claro. — Sloane precisava de um intervalo. Ela estava sendo puxada em uma direção na qual não queria seguir, ou para a qual não queria voltar, como um sonho sombrio, frio e assustador que retorna a sua memória anos depois de tê-lo pela primeira vez. — Podem me dar licença? — perguntou ela, se levantando. — Preciso ir ao... — E sinalizou o banheiro com a cabeça.

Sloane *pretendia* ir ao banheiro, mas não estava com vontade. Então, no último segundo, seguiu para a rua, torcendo para que ninguém na mesa a visse sair, por mais improvável que fosse. Teria sido útil se ainda fumasse; poderia se apoiar na parede do restaurante e fumar. Daquele jeito, só parecia que iria chamar um táxi, abalada.

Sem cachecol ou casaco, ela apertou a blusa contra o pescoço, os olhos se enchendo de lágrimas. Aquilo não era justo, não era. Daxter estava sentado lá com sua bela e dócil esposa, com uma nova vida crescendo no ventre, uma babá — em tempo integral, provavelmente — cuidando das outras crianças em casa, uma vida que era plena, ocupada, completa e talvez até feliz, enquanto contava com um esquadrão de pessoas na Mamute trabalhando para promover o completo oposto de sua vivência. Dax tinha o que tinha, então era divertido para ele imaginar algo diferente. Explorar o contrário, a liberdade e a vitalidade de uma vida sem filhos.

O chefe a colocara numa posição de merda — liderando algo de que ele, no fundo, zombava. Sloane não era uma analista de tendências na Mamute, era uma operária.

Ela observou os táxis correndo pela lama de neve derretida de novembro, levando passageiros para a estação de trem ou para o aeroporto. A época do Dia de Ação de Graças era horrorosa para começar um caso amoroso, isso era certo.

Seria muito bom se ela não fosse a babaca oficial da família — pelo menos teria alguém para quem ligar e chorar. Imaginou a si mesma no apartamento alugado na Flórida, num condomínio chamado O Pouso do Pelicano ou Mato Alto, com uma garrafa de um litro e meio de vinho barato aberta sobre a bancada de granito da cozinha, os filhos da irmã choramingando no banheiro sujo no fim do corredor, comerciais de festas de fim de ano sendo exibidos freneticamente em uma televisão enorme de tela plana. Haveria biscoitos esmigalhados entre as almofadas de um sofá feio, mas, naquela visão, ela estava feliz. Naquela visão, recebia uma mensagem de Jin, e a irmã notava. Sloane recebia uma enxurrada de perguntas, desistia, contava um pouco do que havia acontecido. Contava *tudo* que havia acontecido. A irmã soltava um gritinho e servia mais vinho australiano com quinze por cento de álcool e implorava para saber mais detalhes.

Naquele devaneio, seu relacionamento com a família era tranquilo, e, mesmo enquanto ela reclamava do passeio ao Magic Kingdom no dia seguinte, também se sentia confortável e segura por saber que as crianças adorariam o passeio e que sua alegria, a farra que fariam, iriam contagiá-la com a nova forma antiquada de ver a vida. Era *possível* aprender muito com as crianças. Ela acreditava mesmo nisso.

Sloane apertou a blusa fina ao seu redor mais uma vez. Não podia fugir do jantar, não havia desculpa para isso. Não dava para apelar para um mal-estar de novo. Ela tomou coragem e voltou para dentro.

Ao chegar à mesa, notou que pratos extras foram pedidos. Roman e Dax riam de alguma coisa quando ela apareceu. Dax parou de rir. Roman, não.

— Foi algo que eu disse, Sloane? — perguntou o chefe, apertando os lábios. — Você não foi ao banheiro.

— Ah, querido, pare com isso — repreendeu Raphael.

— Não, quer saber? Está tudo bem — disse Sloane, fria, puxando sua cadeira. — Somos todos adultos aqui. Roman e eu temos algumas... diferenças de opinião sobre a coluna, então achei que talvez ele teria o tato de não tocar nesse assunto, mas parece que ele é incapaz de ser gentil. Então é vida que segue! — Ela sentou com um baque. Pegou um bolinho de batata doce. — Sobre o que estamos falando?

A garçonete apareceu com uma segunda garrafa de vinho. Todos ergueram o olhar para ela, mudos.

— Ah, desculpe — disse a moça ao ver as expressões constrangidas. — Vocês mudaram de ideia?

— Não, não, claro que não — respondeu Dax, acenando para que ela servisse. — Vamos beber! Vocês dois precisam conversar para resolver algumas coisas. — Ele assentiu para Sloane quando sua taça estava cheia o suficiente. — Acontece.

— Geralmente, não assim — murmurou ela com o nariz enfiado dentro da própria taça.

— Muito bem! — disse Roman, ignorando o momento constrangedor. — Outro brinde! Dax me convidou para uma visita! — explicou ele, batendo sua taça na do outro homem, depois na dela. — Para conversar com os alunos!

— Funcionários — corrigiu o chefe.

Sloane inclinou a cabeça para Dax.

— É mesmo? — perguntou ela.

— A gente trabalha junto o tempo todo em Paris, então não achei... — gaguejou Roman, parecendo nervoso pela primeira vez.

— E quando isso vai acontecer? — insistiu Sloane. — Quando ele vai lá?

— Na segunda-feira depois do feriado.

Sloane pousou os talheres ao lado do prato. Continuava encarando Daxter.

— A matéria já vai ter sido publicada — disse ela. — Não podia ter hora melhor.

Dax também pousou os talheres na mesa.

— Explique uma coisa — disse ele. — Por que isso é um problema?

— Eu discordo do argumento da matéria — respondeu ela, os olhos soltando faíscas. — Discordo totalmente.

— Sabe o que você me disse uma vez? — perguntou Dax, redobrando seu guardanapo sobre o colo. — Em uma conferência. Você disse que as tendências se escondem entre opostos.

— Roman não é analista de tendências.

— Sloane... — tentou Roman, mas foi interrompido por Dax.

— Entendi — disse ele, soando como se ela tivesse acabado de lhe recusar um favor. — Entendi.

— Será que eu preciso desenhar essa merda para você? — perguntou Sloane, deixando a falsidade de lado. — Meu próprio marido... quase marido, não importa... vai publicar uma coluna sobre o fim da porra do *sexo*. E você quer vir para cima de mim com esse papo de "Não entendo qual é o problema, Sloane?".

— *On va se calmer un petit peu, là* — disse Roman, passando para o francês. — Tenho certeza de que Dax e os leitores da matéria se interessam mais pelas aplicações gerais, não pessoais. É isso que importa! Nós nos tornaremos os aparelhos, nos tornaremos a fonte de nosso próprio prazer e estímulo. Máquinas lindas, eficientes e autossuficientes.

— Nós *já* temos essa capacidade — insistiu Sloane, interrompendo a baboseira dele —, porque nascemos com a porra de um cérebro.

Mas nem todo mundo sabe usá-lo, porque vivemos d-d-digitando o tempo todo. — Ela imitou um roedor mordiscando uma tela.

Dax inspirou fundo, e Sloane soube que tinha ido longe demais. E foi então que viu o que aconteceria não apenas nos próximos dias, quando a coluna de Roman fosse publicada e causasse um pandemônio, mas nas próximas semanas, quando Daxter já teria decidido que escolhera a pessoa errada para o trabalho. Ela tinha certeza absoluta de que seria impossível voltar às boas com o chefe, independentemente de quantos robôs empáticos criasse.

— Desculpe — disse Sloane, o que piorou ainda mais as coisas.

— Ceeerto — respondeu Daxter, tendo chegado a uma conclusão parecida. — Entááão... pelo que eu entendi, contratei alguém que quer acabar com equipamentos eletrônicos.

Ela tentou se recompor. Bem lá no fundo, sabia que tinha fracassado.

— Eu nunca disse isso. Jamais diria isso. Mas acredito que nosso relacionamento com equipamentos eletrônicos está *mudando*. — E se controlou para não divulgar as outras ideias que andava tendo. — Escute — continuou —, muitas das teorias de Roman têm mérito. E aplicações no mercado, que quero discutir. Mas hoje não é o momento — disse ela, os olhos fitando o casal do outro lado da mesa com mais tranquilidade. — Foi uma semana muito longa.

— E *como* — disse Raphael, assentindo com a cabeça.

— Elas ficam doidas com o Dia de Ação de Graças — comentou Daxter, revirando os olhos para englobar as duas mulheres.

Sloane mordeu o lábio de novo para não gritar. Fora só dar um mínimo sinal de vulnerabilidade que ela era dispensada. Durante um único jantar, Sloane se tornara superemotiva e carente porque tivera a coragem de sugerir que seres humanos eram apegados demais aos seus telefones. Se Dax não queria ver, então não precisava ver. Talvez eles estivessem vivendo em um mundo onde empresas monolíticas mandavam em tudo. Talvez seu trabalho nem fosse mais relevante. Talvez fosse a *Mamute* quem determinava o que as pessoas desejavam. E, se isso era verdade, que sentido fazia continuar analisando os desejos humanos?

— Acho melhor deixar vocês conversando sozinhos — anunciou Sloane, tirando o casaco da cadeira.

— Eu te levo até a porta — disse Roman, empurrando a cadeira para trás.

Isso foi a gota-d'água. Ela estava prestes a explodir.

— Você *não vai* me levar à porta — rebateu Sloane, se levantando. — Este não é o seu show, Roman. Não é você quem resolve como vão ser as coisas.

— Bem, não sei por que você está tão surpresa com o fato de algumas pessoas não gostarem das suas ideias — acrescentou ele, dando de ombros. — Ninguém quer voltar à época medieval.

Sua expressão calma a fez perder a cabeça.

— Época medieval? — gritou ela, ciente das pessoas se virando nas cadeiras. — Isso não é... Estou dizendo que as pessoas estão carentes de afeto, de demonstrações físicas de *amor*, Roman. Isso não tem nada a ver com a Idade das Trevas.

— Sabe — disse o ex-companheiro com uma irritação de que Sloane não gostou, os olhos mais escuros que o normal, as pupilas enormes. — Isso é o que *você* quer. E suas previsões sempre estão certas — continuou ele. — Até hoje, elas foram impressionantes. Mas talvez estejam erradas agora.

Sloane queria bufar e gemer e gritar ao mesmo tempo. Roman a atingira justamente no seu ponto fraco, a preocupação insistente de que seus próprios desejos estavam interferindo em sua intuição profissional.

— O que você não entende — continuou Roman, tirando vantagem da mudez da ex-mulher — é que quanto mais alguém tenta se conectar no nível físico mais desiludido se torna. Por outro lado, no mundo virtual, não só é possível realizar todos os seus desejos, mas também incrementá-los.

— Ah, vá se foder! — gritou Sloane, finalmente fazendo com que todo mundo no restaurante prestasse atenção. — Não sou *antiquada* por querer afeto. Não sou *antiquada* por querer ter filhos!

No segundo que isso saiu de sua boca, Sloane desejou com todas as forças que pudesse retirar o que tinha dito. Pela curva nos lábios de Roman, dava para ver que ele vencera. Havia uma energia fria, azulada, emanando de Dax que lhe apertava o coração.

— Ah, agora eu entendi! — exclamou Roman, olhando de Raphael para Sloane como se a outra mulher fosse uma criança que lhe dera uma péssima ideia. — Essa ânsia de ter filhos? Isso vai passar. — Ele gentilmente tocou a manga do casaco dela. — E aí você verá as coisas com mais clareza.

— Ah, porra, eu *vejo* com bastante clareza! — exclamou ela, puxando a manga de volta.

— Sloane? — chamou Dax.

— Estou bem! Ele está completamente enganado — respondeu ela, a garganta apertada. — Eu estou muito *bem*!

Em uma sinfonia de cadeiras se arrastando e pedidos de licença, Sloane saiu novamente do restaurante, de vez. Agora, porém, Roman a seguiu. Não trouxera o casaco.

— Eu *avisei* que não seria bom se mudar para perto da sua família — gritou ele assim que a porta se fechou, cheio de uma raiva óbvia que ela raramente via. — Você nunca teria cogitado uma coisa dessas em Paris. Parece que você enlouqueceu.

— *Eu* sou a louca? — exclamou Sloane. — Eu?

Ela pensou em Roman ajeitando o corpo dentro de seus macacões fedidos, pagando em Bitcoins pelo drinque de refrigerante com gin que beberia em alguma boate de fetiche virtual... Um homem cuja vida on-line era mais realizada do que a real. Mas *ela* era a esquisita?

— Você não *quer* isso de verdade, querida — disse ele, quase rindo. — Pense em todos os seres humanos. Pense em todas as bocas. É compreensível. — Ele tentou segurá-la de novo. — Mas vai passar.

— Ora, é *claro* que eu não quero filhos! — berrou ela. — Não sei por que falei uma coisa dessas!

Mais horrível do que a confissão era perceber que estava mentindo agora.

— Não dá para a gente conversar se você vai continuar reagindo dessa maneira — declarou Roman, com uma preocupação fria. — Mas estarei aqui quando você voltar ao normal.

Ele então se virou e entrou de novo no restaurante, deixando Sloane engolir todas as coisas que não tinham sido ditas.

Ela se afastou rapidamente dos clientes que a espiavam pela janela enquanto degustavam seus bolovos servidos em frigideiras de ferro fundido individuais como se fossem uma iguaria. O frio fazia seus olhos arderem, seu nariz escorria, e lhe veio o súbito desejo de se afundar no aroma felpudo e de seiva de árvore do suéter favorito do pai. As lágrimas que surgiram eram salgadas, humanas. E não havia nenhum robô empático por perto para secá-las.

Sloane diminuiu o passo para pegar a porcaria do telefone com suas mãos congeladas. Arrastou a tela para o lado, mas seu dedo estava frio demais, ou a tela estava fria demais, tudo estava fora de serviço, fechado, volte mais tarde. Ela fechou os olhos e, com todos os desejos que ainda restavam dentro de si, chamou a única coisa que poderia salvá-la naquele momento: seu carro fiel e sem motorista.

22

Naquela noite, Sloane dormiu o sono profundo de quem sofreu um choque: como uma pedra e anestesiada de tudo. Acordou confusa, e o corpo praticamente moldado no colchão de viscoelástico parecia sentir aquela mesma moleza da primeira semana após a morte do pai, como se estivesse gripada. Todos os dias depois do enterro, ela dormira até uma, duas da tarde, até a irmã finalmente obrigá-la a abrir a porta: *Sloanie, que porra é essa?*

Elas tinham sido tão proativas, Leila e a mãe. Comprando caixas, tirando a neve da entrada da garagem, passando café descafeinado para as pessoas que continuavam aparecendo e aparecendo e aparecendo. Mas Sloane queria evitar tudo: a conformação interior, os costumes sociais que exigiam que se levantasse e enfrentasse o mundo. Ela simplesmente ficara dormindo, muito reconfortada pelo fato de que não havia choro ou pratos lavados ou comida feita pelos vizinhos que tornasse o pai menos morto. E a irmã — apesar das lágrimas, da raiva — não conseguia convencê-la do contrário.

Mas, hoje, ela não podia dormir — precisava trabalhar. Precisava trabalhar e ver se ainda tinha um emprego.

E, caso tivesse, por alguma sorte absurda que não pressentia, seria capaz de cumprir suas obrigações? Queria cumprir suas obrigações?

Marchar em direção a um futuro cheio de robôs programados para tratá-lo bem quando você estiver solitário, ciborgues que lhe recompensem com contato visual? Eram esses os produtos que ela queria ajudar a colocar no mundo?

E por que raios tinha anunciado para uma mesa de inimigos que queria ter filhos? Sim, tudo bem. Dax fizera um comentário babaca, mas não estivera de todo errado — as festas de fim de ano a deixavam mais emotiva. O Dia de Ação de Graças, que quase nunca comemorava porque sempre estava na Europa, e depois o 15 de dezembro, aniversário de morte do pai, e então o Natal — a situação só piorava. Talvez, no fim das contas, ela quisesse *mesmo* se aproximar da família. Talvez pudesse admitir que se arrependia de algumas coisas. Mas daí a ter filhos? Sloane era madura o suficiente para não colocar a culpa dessa ideia no excesso de vinho.

Ela se vestiu devagar — ignorou o apito das mensagens que ainda não lera. Alguma até poderia ser de Jin, mas, ainda assim, não olhou — para que colocá-lo naquela furada? Para que se imaginar sendo feliz? Dax achava que Roman era um gênio louco, e sua coluna seria publicada naquele dia. Ela logo descobriria quem mais acreditava que o carinho humano fora extinto tal qual os mamutes-lanosos.

Sloane chegou cedo ao escritório e chamou Deidre na sua sala. A secretária apareceu com mais sugestões para acrescentar às que já estavam na mesa de Sloane. Havia vários recadinhos curtos. Aquela visão a fez querer desaparecer.

— Deidre — disse ela com o olhar tenso de quem engolira algo com o gosto horrível —, Dax vai querer falar comigo. Ou melhor, eu quero falar com ele. Ou... quando ele chegar, pergunte se posso subir.

— Claro — concordou Deidre, com bondade. Com mais bondade que o normal, porque não perguntou sobre o que se tratava. — Está tudo bem?

Sloane apenas sorriu. Ela estava cansada. Ainda se sentia inchada de sono; dormira tão profundamente que se permitira flutuar para longe de sua realidade com a ajuda de sonhos inúteis.

— Você já leu algum? — perguntou ela, gesticulando para os bilhetes que recebera.

— Ah, não, não é da minha conta. — Deidre corou. — Eles estão ajudando?

Sloane assentiu com a cabeça, distraída.

— Sim e não. Estão me fazendo pensar sobre coisas que não quero... — Ela balançou a cabeça para voltar à realidade. — Enfim, obrigada por trazê-los.

Quando a porta da sala se fechou, Sloane pegou a lhama peruana peluda que o pai lhe dera, com os feijões-de-lima brilhantes nas bolsinhas trançadas da sela. Era engraçado que nunca tivessem brotado depois de tanto tempo. Não recebiam água suficiente. Não recebiam sol suficiente.

Resignada a encontrar o que agora pressentia ser uma penca de bilhetes que provavam que Roman estava certo sobre o interesse das pessoas na pós-sexualidade, Sloane enfiou a mão na caixa e pegou um monte de sugestões.

Às vezes vou ao cabeleireiro só para encostarem na minha cabeça.

Queria ter uma letra mais bonita. Mas escrever faz minha mão doer.

Uma vez, aluguei um cachorro.

Ela sentiu o coração ficar mais leve, como se algo estivesse se corroendo. Quantas vezes não tinha cogitado ter um cachorro enorme e bagunceiro? Um ser que ficaria feliz sempre que a visse, um amigo que não falaria e teria olhos lacrimejantes. Mas então lembrava que estava sempre viajando, e Roman detestava pelos — ou melhor, gostava dos seus móveis e não queria que ficassem cobertos de pelos. E seria necessário levá-lo para passear e tomar conta dele, e Paris era uma cidade tão suja, e o que ela sabia sobre cuidar de outro ser vivo, que dirá um cachorro gigante?

Depois que o pai morrera, ela quisera comprar um para a mãe. Na verdade, Sloane passara muito tempo sentada no seu apartamento confortável em Paris, pensando no que viúvas com 60 e poucos anos deviam fazer depois da morte do cônjuge. Talvez devessem vender a casa da família, comprar um lugar menor (um apartamento perto do da irmã?) e uma casa de veraneio com acesso à praia, onde Margaret podia voltar a pintar paisagens, quadros muito mais fluidos e menos detalhistas do que as miniaturas que fazia agora.

Ela comentara isso com Leila na época em que as duas ainda se falavam ao telefone, especialmente sobre o cachorro (ela achava que a mãe gostaria de um pastor-australiano), assim como sua convicção de que a casa deveria ser vendida.

A irmã rapidamente a trouxera para o mundo real.

— Encaixotamos todas as coisas do papai — respondera Leila. — Joguei fora todas as lâminas de barbear. Passei uma manhã *inteira* decidindo o que fazer com o xampu. Você não tem noção de porra nenhuma, Sloane. Nunca vou conhecer ninguém mais egoísta que você.

Sloane ainda se lembrava daquilo, e com mágoa. O "nunca vou conhecer" fora a pior parte. Ela não era só a pessoa mais egoísta que a irmã conhecia naquele momento, mas também a mais egoísta que Leila se permitiria conhecer.

Todo mundo cometia erros. No fundo, ela sabia que deixara a irmã sozinha para colher os cacos, cuidar da mãe, lidar com o próprio sofrimento. Por quê? Porque Sloane tinha certeza de que era a favorita do pai? Porque estava sofrendo mais do que as duas?

Ela fora jovem, egocêntrica, egoísta e ridiculamente ingênua. O que sabia sobre o amor do pai? O que sabia de verdade?

Tentando se distanciar daquela lembrança vergonhosa, ela pegou mais bilhetes.

Acho que o meu maior desejo agora é me tornar indetectável. Não quero que todo mundo saiba quem sou e onde estou. Não existem muitos lugares onde se possa desaparecer hoje em dia.

Tornar-se indetectável, se perder, ser confundida... Depois do jantar terrível da noite anterior, desaparecer parecia uma ótima ideia. Mas era difícil fazer isso agora. Tão difícil, na verdade, que o bilhete a fez pensar no trabalho de um artista do Brooklyn chamado cv Dazzle, que bolava penteados e maquiagem que confundiam algoritmos de reconhecimento facial, evitando que identificassem rostos.

Mas pouquíssimas pessoas estavam dispostas a sair por aí com o nariz pintado de xadrez ou com uma mancha de tinta preta na bochecha. Na verdade, uma das poucas formas de desaparecer — pelo menos de maneira existencial — era se apaixonar. Com um novo amor, tudo era novo, emocionante e estranho. E era por isso que Sloane sentia no fundo da alma que a matéria de Roman estava *errada* sobre o futuro. Em um mundo onde tudo era monitorado, navegado, rastreado, os seres humanos iriam querer — iriam *precisar* — se perder em outra pessoa.

Ela estava prestes a pegar outro bilhete quando ouviu uma batida à porta. Era o anúncio de uma presença, não um pedido.

Dax entrou exibindo um pedaço de papel amarelo como se fosse uma bandeira de trégua.

— Eu ia colocar isto na caixa — disse ele, passando os olhos pela sala, parando na caixa de sugestão sobre a mesa. Balançou o papel para ela. — Mas a caixa está com você.

Sloane se levantou.

— Pode fechar a porta?

Dax pareceu confuso por um instante, e então incomodado com a superioridade no seu tom de voz. Parecia um pouco inacreditável, mas a situação estava clara — ele não a demitiria. Nem parecia irritado.

— Então, eu queria conversar sobre ontem à noite, é óbvio — disse Sloane, convidando-o para sentar.

— Sim — respondeu Dax, um vestígio de sorriso ainda no rosto. — Diga lá.

— Bem, isto não é o tipo de coisa que geralmente discuto com meu chefe, considerando... bem, as *normas*, mas acho importante esclarecer que não quero ter filhos.

Dax ergueu as duas mãos.

— Isso realmente não é da minha conta.

— Eu continuo sendo a mesma pessoa — insistiu ela.

— Vamos deixar isso para lá.

Sloane ficou em silêncio. A facilidade com que Dax parecia aceitar a confusão da noite anterior era no mínimo desconcertante. Então ela se lembrou do papel na mão dele. Bastou receber um olhar para Dax entrar em ação.

— É para a caixa — disse ele, com um sorriso —, mas leia! Eu leio! Pensei nisso ontem à noite. Aqui.

Daxter abriu o pedaço de papel e o exibiu para ela. Só havia uma palavra: *Dois*.

— Dois — repetiu ele, jogando o bilhete na direção dos que Sloane já abrira. — Dois consultores internos. Quero contratar Roman como analista de tendências também.

Sloane piscou repetidas vezes, o rosto expressando descrença.

— Daxter — ela conseguiu dizer, balançando a cabeça. — O quê?

— Eu devia ter pensado nisso desde o começo, na verdade. Um homem. Uma mulher. É tão perfeito. A matéria de Roman, que ele já me enviou, aliás, é brilhante, completamente antirreprodução. Se não fazemos sexo com penetração, não damos cria. E aí, se você discordar dele, o que parece ser o caso, pode defender suas paradas. — Dax abriu um sorriso enorme. — As pessoas podem escolher de que lado ficam.

— Minhas... paradas — repetiu Sloane, o choque se transformando em raiva. — Minhas *paradas*. Então... isso vai ser o que, uma espécie de audiência pública de divórcio? Vou te dizer o que eu acho. Perdoe meu linguajar, Dax, mas nem fodendo.

— Escute, eu entendo! De verdade. Se a minha esposa anunciasse que ia tirar férias de sexo, eu também não ia gostar da ideia. Mas a questão é justamente esta. Isso é *trabalho*. Roman é a *personificação* do sexo sem fins reprodutivos. Então, o que vem por aí? A sociedade vai preferir a companhia melosa dos seus robôs empáticos ou a segurança excitante da neossexualidade? O pessoal vai querer saber a opinião de vocês dois para descobrir!

Furiosa, Sloane se levantou da mesa e foi até a janela, as mãos fechadas em punhos para esconder o fato de que tremia. No dia seguinte, as ruas estariam cheias de bichos estranhos inflados. Dia de Ação de Graças. As pessoas tirariam a louça bonita do armário.

— Você tem noção do que está me pedindo? — questionou ela, se virando. — Como isso é, como isso é...

Sloane se interrompeu, compreendendo que não precisava perguntar mais nada: aquilo significaria cobertura da imprensa, vendas. Mas ela não aceitaria. Não deixaria Daxter forçá-la a entrar em uma espécie de reality show corporativo só para a Mamute vender um monte de aparelhos eletrônicos para pessoas que já tinham seis versões da mesma coisa. Aquele pedido não só mostrava uma falta de respeito absurda pelo que acontecera entre ela e Roman, como também não condizia com seu método de trabalho. Sloane não seria capaz de funcionar com tanta pressão pública; não permitiria que suas previsões fossem analisadas em termos de falso e verdadeiro, ainda mais quando se tratava de algo tão importante.

— Não responda agora — insistiu Dax, batendo os nós dos dedos na mesa. — Sei que o momento não é dos melhores. Mas vocês dois já trabalharam juntos tantas vezes. E Roman topou.

Sloane levou a mão à têmpora, abismada. É claro que Dax já falara com ele.

— E se eu disser não?

Daxter deu de ombros, sem se deixar abalar.

— Por que você faria uma coisa dessas? Consegue pensar em uma chance melhor para provar que ele está errado?

Ela teve que engolir a bile que subia pela garganta. Sabia exatamente o que aconteceria se abrisse mão do trabalho na Mamute: nada. Absolutamente nada. Roman tomaria seu lugar, analista de tendências ou não, e a ReProdução se tornaria um mercado gigantesco de segundas peles inteligentes e pintos cibernéticos.

Dax se levantou e seguiu para a porta. Sloane xingou a si mesma por ser incapaz de encontrar as palavras para impedi-lo.

— Jimbo! — disse ele, dando um passo para trás com surpresa quando abriu a porta. — Quase passei por cima de você. Como vai, garoto?

— Tudo tranquilo — respondeu Jin, baixando a mão relutantemente para corresponder à batidinha de punho que Dax esperava.

Sloane observou a cena, sua raiva aumentando ainda mais, girando como em um caleidoscópio, se transformando um pouco em surpresa, um pouco em carinho — mas a raiva permanecia. Ela não pudera dar a palavra final.

— Você não levou a mal a história com as amostras de cores, não é? — perguntou Dax, e então tirou o foco de Jin e passou para ela. — Sem ressentimentos, Sloane?

Ela pressionou os lábios para impedir que sua fúria explodisse, olhando para Jin.

— Depois a gente se fala — despediu-se Dax, batendo no ombro do outro homem. — Foi bom conversar com você. — Não ficou claro para quem direcionava o comentário.

Sloane continuou olhando pela janela, envergonhada por Jin testemunhar seus pontos fracos. Ela não queria passar o feriado em Nova York e ver os balões gigantes. Inflados, sem vida, seus sorrisos pintados zombando do mundo exterior.

Ouviu a porta bater.

— Eita — murmurou Jin. — Você está bem?

Sloane sentiu sua proximidade antes de ouvir seus passos. Ele parou e colocou algo sobre a mesa. Ela permaneceu de costas.

— Então, Dax dispensou o vermelho vulcânico — anunciou Jin com um tom cauteloso. — Foi por isso que vim. E você não respondeu minha...

Ele parou de falar. Sloane se perguntou se Jin iria tocá-la, abraçá--la. Sabia que ele não faria isso, mas percebeu que estava torcendo para ser surpreendida.

— Sloane, o que houve? — E ouviu o som decepcionante de Jin se sentando em uma cadeira.

Ela se virou, indignada. Quem era ele para se sentar? Quem era ele — quem seria qualquer pessoa — para agir como se aquele fosse só um dia comum, só uma vida comum, não o ano em que ela entrava em colapso total?

Mas então Sloane o encarou. Os olhos de Jin pareciam tão sinceros e inteligentes, e ele vestia outra roupa engraçada. Ela teve um vislumbre de como seria viver sem estar sempre na defensiva.

— Bem — disse ela, sentindo a mente zunir. — Roman vai publicar uma matéria sobre o fim do sexo com penetração, então Dax nos obrigou a jantar juntos, e agora quer contratá-lo como analista de tendências também, coisa que, para deixar claro, Roman *não* é. Como se isso não bastasse, ele resolveu transformar a ~~Re~~Produção num duelo de ideias, e...

— Calma, calma, calma — interrompeu Jin, colocando o laptop sobre a mesa, em cima das propostas de cor. — Ei. Ei. — Ele se esticou por cima de tudo e segurou as mãos dela. O calor de sua pele a fez perder o fôlego. — Uma coisa de cada vez. Quando a matéria vai ser publicada?

— Hoje. — Ela afastou as mãos. — Ou talvez já tenha sido. Não sei, você viu algum sinal do apocalipse por aí?

Sloane olhou ao redor da sala. Parecia que havia um animal crescendo dentro de seu peito.

— Certo. Mas você... ele não está morando no seu apartamento?

Ela fez que não com a cabeça.

— Onde você vai passar o Dia de Ação de Graças? — perguntou Jin, se inclinando para trás. — Vai estar com pessoas legais?

Sloane se animou com a ingenuidade da pergunta. Quem dera as coisas fossem simples assim! Ela se imaginou escrevendo um bilhete para a própria caixa de sugestão. *Quero uma família.* Colocando-o lá dentro. Esperando seu desejo se tornar realidade.

— Vou viajar hoje — disse ele, estendendo a mão sobre a mesa de novo quando não recebeu uma resposta. — Seattle. Para o Dia de Ação de Graças. Meu pai mora lá.

— Ah.

Sloane ficou decepcionada. Não tinha esperado um convite, mas, agora, nem isso seria viável. Jin estaria longe demais. Ela olhou para a mão que ele oferecia. E a segurou.

Um lampejo de sorriso atravessou o rosto dele.

— E você? — perguntou Jin, lhe acariciando a palma com o dedão.

Sloane balançou a cabeça, tentando não pensar em como aqueles contatos físicos no ambiente de trabalho eram estranhos e inadequados e agradáveis.

— Não vou... Achei que tinha planos, mas não tenho, na verdade. Minha família é... — Ela coçou um dos olhos com a mão livre, subitamente desejando se afastar dele. Era íntimo demais conversar daquele jeito. Ela não costumava fazer esse tipo de coisa. — A gente nem chegou a trocar histórias tristes, não é? Meu pai morreu... — Sloane deu de ombros. — E sou uma péssima filha — acrescentou, apontando o dedão para si mesma.

Jin olhou em seus olhos. Qualquer outra pessoa teria dito: *Venha para Seattle!!* E preencheria o silêncio com clichês e convites prematuros, porque era isso que todo mundo fazia. Mas Jin simplesmente continuou sentado onde estava, sentindo o sofrimento que os dedos dela transmitiam.

— Enfim, é bem capaz de eu pedir demissão — revelou Sloane —, então foi bom conhecer você.

— Que decisão impulsiva.

— Não posso... Não vou concordar em participar de um joguinho desses.

— Vocês dois vão ter que trabalhar juntos de verdade?

— Não sei como vai ser... Daxter quer que Roman apresente suas papagaiadas, e então eu... Ele disse que quer que as pessoas escolham de que lado querem ficar.

— Então você vai poder dizer o que pensa de verdade.

— Ele está me usando — reforçou ela, estreitando os olhos.

— Ele usa todos nós. — Jin deu de ombros, sem aceitar aquela desculpa. — Mas me parece que você recebeu carta branca para fazer o que quiser com a sua parte do espetáculo.

— Que otimista — respondeu ela, um pouco cruel.

— Você não é otimista? Como uma analista de tendências pode *não* ser assim?

— Nossa. — Sloane puxou a mão. — Agora estou achando que passei a vida inteira fazendo um péssimo trabalho.

— Sua vida acabou? — perguntou Jin.

Sloane o encarou, queimando por dentro. Porque ele não permitiria que ela fugisse. Porque ele não estava errado.

Depois da conversa com Jin, que fora mais uma revelação do que uma reunião, Sloane precisava tomar um ar. Ela enfiou os bilhetes que restavam no bolso do casaco e seguiu para a rua, sem qualquer destino em mente; precisava apenas caminhar pelas avenidas largas e tumultuadas que lhe dariam espaço para pensar.

Uma mulher empurrando um carrinho de bebê duplo passou por ela na 19th Street, os gêmeos embalados como vasos frágeis. Em todo canto se via sacos de papel pardo e embrulhos, e a urgência dos preparativos para o Dia de Ação de Graças pairava no ar. Milhões de pessoas se aprontavam para ir àquele lugar descrito em tapetes de entrada e almofadinhas bordadas, o superestimado "lar". E se o fator que causava a sensação de lar para essas pessoas fosse um tratamento de aromaterapia, um cheiro borrifado em um apartamento vazio e que reconfortava o corpo e o coração, como um feromônio? E se isso pudesse ser fabricado? O cheiro de biscoitos recém-saídos do forno, a alegria de lençóis passados a ferro.

Sloane compraria essas bobagens — compraria sem nem pestanejar. Daria uma fortuna para sentir que o lar realmente é onde seu coração está, algo que pudesse carregar consigo, acalentando seu peito. Mas a realidade é que lar era um conceito problemático, fora de alcance. Ou algo que ela mesma tornara difícil de alcançar — e isso mudava a coisa de figura.

Mas a questão, *a questão de verdade*, pensou Sloane ao chegar à 18th Street, é que, se ela resolvesse abrir a boca sobre suas premonições, anunciar que a intimidade física era a nova internet, teria que viver de acordo com o que pensava. Não dava para pregar o retorno da conexão humana e continuar agindo como se não precisasse dos outros e os outros não precisassem dela. Se aceitasse a proposta de Dax — e realmente fizesse as coisas do seu jeito —, teria que recuperar sua família. E como seria isso?

E aí tinha a história dos filhos. De novo, tinha a história dos filhos. Sloane não sabia por que dissera o que dissera no jantar, tirando o fato de que, ao procriar, ela teria a própria família. Poderia pular a parte de fazer as pazes com a mãe e a irmã e recomeçar do zero. Um filho funcionaria como um mediador, algo que as uniria sem qualquer esforço. Ou talvez ela simplesmente gostasse de cabecinhas inocentes e espertas. Outra possibilidade: Roman tinha razão. Estar tão perto da família não fazia bem para sua saúde mental.

Na 16th Street, ela parou embaixo de um toldo. Tirou os bilhetes do casaco.

Gosto de usar ceroulas porque elas passam a sensação de que alguém me ama. É como se eu estivesse sempre recebendo um abraço. Se é assim que a gente se sente ao usar uma segunda pele, eu topo.

Quero ligar mais para os meus amigos. Mas nunca ligo.

Queria que existisse uma maneira de transmitir todos os meus pensamentos e minhas decepções para o meu namorado, e aí eu não precisaria conversar.

Ora, ora, como isso seria conveniente. Sloane imaginava que muitas pessoas usavam o Facebook para fazer isso, mas ela não tinha um perfil. Se quisesse se aproximar da família, teria que usar a própria voz.

Ela se enfiou em um estacionamento apertado entre dois prédios, onde o vento soprava com menos força, e pegou o telefone antes de ter tempo de mudar de ideia. O número continuava nos "Favoritos", apesar de não ligar para ele há anos.

— Mãe! — exclamou a irmã depois do segundo toque. — Você pode comprar cranberries para Everett?

— Leila? Sou eu. Sloane.

— Ah? — Ela conseguia visualizar a irmã afastando a orelha do aparelho para verificar a tela. — Sloane?

— Sim.

— Aconteceu alguma coisa? Onde você está?

— No trabalho — respondeu ela. — Mais ou menos. Vocês não estão na Flórida?

— Ah, meu Deus — disse Leila —, ainda não. Já era de imaginar que nosso voo superdireto e supercaro iria atrasar. Everett, não *coma isso*! E que coisa é essa? Harvey, estou no telefone... Você pode? Meu Deus! Nunca viaje com crianças — disse Leila, a voz mais alta. — Nunca. Mas então! — continuou a irmã rapidamente, já que Sloane não respondeu ao conselho que jamais poderia seguir. — O que houve?

— Ah, bem, você sabe, nada de mais — desconversou ela, observando um homem se apalpar em busca das chaves do carro antes de lembrar que as entregara ao manobrista. — Eu só fiquei com vontade de ligar.

— É mesmo?

Sloane mordeu o interior da bochecha, se perguntando se devia continuar falando.

— Leilee? — disse ela, usando o apelido de infância. — Terminei com Roman.

— Você, desculpe, você *o quê*? Everett, juro por Deus... Harvey, é a minha irmã. Não sei. Encontre a mamãe. — Houve um momento de silêncio enquanto Leila parecia se afastar para algum canto. — Você *o quê*? — repetiu ela.

— Nós nos separamos. Eu o expulsei de casa.

Era gentil da parte de Leila não soltar um gritinho de alegria. Ela detestava Roman ainda mais do que Margaret.

— O que houve?!

— Bem, ele vai publicar uma coluna declarando que é contra o sexo com penetração. E ele sabe do que está falando, porque esse é o tipo de coisa que a gente não faz. E meu chefe acabou de contratá-lo para trabalhar comigo. Pois é.

— Espere um pouco — interrompeu Leila. — Não sei por onde começar. Quero dizer, você sabe que a gente nunca gostou muito de Roman, mas vários casais passam por períodos sem sexo.

— Não, mas não é só com a gente. Leilee, Roman está convencido de que as pessoas não precisam umas das outras. Ele só quer saber de sexo virtual. Veja no *The New York Times*.

— Ah, meu Deus. Ah, que merda. — Leila parecia ofegante. — Quando você descobriu?

— Ele acabou de me contar. Acabei de ler. Mas... a culpa é minha, na verdade. Quero dizer, você deve saber do macacão zentai. Deve ter visto as fotos.

A irmã respirou fundo.

— Bem, o que você vai fazer?

— Não posso trabalhar com ele — respondeu Sloane. — Não posso.

— Bem, não. Isso é óbvio. Não pode.

— Mas preciso. Caso contrário, quero dizer, Leila... Eles vão começar a produzir um monte de máquinas e aparelhos esquisitos para as pessoas, tipo, transarem com centauros.

— Centauros?!

Sloane ficou em silêncio, chocada pela empolgação na voz da irmã. Então era verdade: ela estava perdendo noção do que estava na moda.

— Sloanie, estou brincando. Que situação terrível — disse Leila. — Mas você... Escute, não entendo nada dessas coisas, mas você tem um talento especial. Sempre teve. Lembra quando me disse que sabia exatamente o tipo de quadros que mamãe pintaria depois que papai morreu? Quero dizer, fiquei até com medo.

Ela se apoiou no carro de um desconhecido, nada impressionada, mas comovida com a tentativa de elogio da irmã.

— Isso foi uma bobagem. Ela fica com a sensação de que está no controle quando pinta quadros minúsculos.

— Foi *assustador*, Sloane. Ela resolveu seguir uma tradição indígena antiga, e você acertou. Escute, não entendo direito *o seu trabalho*, mas sei que você é boa no que faz. Se isso serve de consolo.

— Obrigada — respondeu ela, querendo acrescentar que servia muito.

— E, sabe, não ache que... Eu queria que você tivesse me contado antes o que estava acontecendo. Por que você não... vem com a gente? Sei que mamãe te convidou. Ainda mais agora.

— Vocês não querem que eu vá. Só estão sendo legais.

— Sei lá. Você parece estar precisando de ajuda.

De repente, Sloane se sentiu na defensiva. Quis dizer: *Basta eu precisar de ajuda para você me amar?* Mas aquela era a verdade, a verdade absoluta. Ela precisava de ajuda.

Outro cliente do estacionamento recebeu outro molho de chaves. Por que não seguir adiante com aquilo, se unir às multidões de pessoas que se enfiavam em táxis para o aeroporto?

— Leilee — perguntou ela, tímida —, quando é mesmo a data do seu parto?

— Dia 4 de fevereiro.

Sloane assentiu com a cabeça em silêncio, como se a irmã pudesse vê-la.

— Não sei se é uma boa ideia ir com vocês. Não quero... atrapalhar. Mas e se... E se a gente fizesse alguma coisa para o papai? Em dezembro, depois da viagem. Vocês ainda vão ao Remo's?

O Remo's fora um dos restaurantes favoritos do pai: uma churrascaria italiana na Long Ridge Road com lagostas pré-históricas num aquário, entradas que vinham acompanhadas de batatas assadas embrulhadas em papel-alumínio, explodindo de tão quentes. Quando ela era pequena, a família sempre comemorava o aniversário do pai lá. Filé mignon, coquetéis Shirley Temple, pedaços de tiramisù. Sabia que, nos últimos dezesseis anos, desde que ela se mudara para a França, a mãe e a irmã iam ao restaurante no aniversário da morte de Peter.

— O Remo's fechou — respondeu Leila. — Dois anos atrás.

— Ah. — Sloane deixou os ombros caírem de tristeza diante de mais uma perda.

— Então temos nos reunido na mamãe.

— Certo. Bem... se tiver lugar para mim, se você puder perguntar à mamãe...

— Sloane — disse Leila num tom de voz diferente. — É claro que *tem*.

Sloane permaneceu em silêncio por vários segundos.

— Leila? — chamou ela. — Obrigada por atender ao telefone.

— Bem, ligue mais vezes. Escute, preciso voltar. Harvey está acenando para mim como se estivesse se afogando. Acho que perdemos a mamãe. A gente pede para ela comprar um lanche para viagem no Starbucks, e a mulher acaba voltando com quinze canecas de Natal.

Sloane riu.

— Ligo para você quando chegarmos — continuou Leila. — E pense no assunto. Apareça.

Sloane assentiu com a cabeça de novo, quase hipnotizada pelo fato de que talvez aparecesse mesmo.

— Tudo bem — respondeu ela. — Mande um beijo para todo mundo. Diga que eu amo todos. E, hum, feliz Dia de Ação de Graças.

— Feliz Dia de Ação de Graças para você também.

Ao desligar, Sloane lançou um olhar infeliz para a tela do telefone, desejando se teletransportar até a irmã. Suco de maçã no queixo das crianças, migalhas de donuts sob as unhas, uma mala inteira de brinquedos com os quais não poderiam brincar durante o voo. Em vez disso, recebeu uma notificação de que #sexomorreu estava em quarto lugar nos *trending topics* do país. A matéria de Roman entrara no ar.

(24)

Como estava frio demais para continuar no estacionamento, Sloane buscou refúgio na cafeteria mais próxima e se aboletou em um banco alto com um chá quente e o celular. Não era bom estar isolada enquanto as palavras de Roman invadiam o país, mas aquela quarta-feira fora reservada para resolver pendências — enquanto a maioria das pessoas corria para pegar voos ou já estava em um, ela tirara o dia para se redimir com Daxter e responder e-mails, tarefas que pareciam impossíveis agora.

Apesar de só ter sido publicada meia hora antes, "Primeiro foi Deus, agora é a vez do sexo" já tinha 147 comentários na página do *The New York Times*. No Twitter, 6.633 menções. E, é claro, muitas outras viriam. Sloane tinha esperança de que encontraria respostas de pessoas horrorizadas, mas quase ninguém discordava de Roman.

SEMPRE prefiro me masturbar em vez de transar com outra pessoa. A masturbação é uma economia de tempo na minha vida. Sou muito ocupado, me mato de trabalhar e, quando tenho tempo livre (o que quase NUNCA acontece), acho que posso me dar ao luxo de fazer o que quero depois de tanto esforço. Passo o dia inteiro trabalhando para os outros. Depois de me masturbar, posso pedir comida. Não preciso conversar com ninguém.

Finalmente, uma causa que apoio! Se as férias do sexo com penetração fizerem com que pessoas egoístas e ignorantes tenham menos filhos, então espero que todos os empresários deixem de fazer jejum de glúten e passem a fazer jejum de sexo.

Para início de conversa, acho que amor-próprio é fundamental. Você é incapaz de amar outra pessoa se não amar a si mesmo, e, de toda forma, todo mundo que já teve contato com sêmen sabe que ele é nojento.

Adoro ser penetrada! Acho que essa matéria é uma piada. É óbvio que vocês nunca transaram direito! Todas as pessoas idiotas que concordam que o sexo acabou deviam enfiar um vibrador no rabo!

Sloane parou um instante para lamentar os defensores do estupro: a escória eterna do esgoto da internet. Mas até mesmo o entusiasmo cego deles por violência física passava despercebido quando comparado aos comentários que diziam não querer qualquer contato físico.

Faz SÉCULOS que cansei de sexo. Tipo... que diferença faz? Posso dizer, sem qualquer arrependimento, que vivo na internet hoje em dia. É lá que faço o melhor sexo, que experimento fantasias. E também onde tenho meus melhores orgasmos.

A abstinência é a forma mais segura de sexo. Guarde-se para Deus!

Em uma época de excesso de doenças e superpopulação, acho a matéria bem sensata. Na década de 1980, descobrimos quantos problemas o sexo pode causar, mas parece que só agora estamos ficando com medo dos germes.

As fotos das bactérias do metrô surgiram na mente de Sloane. Todos aqueles mundos invisíveis criados pelo toque das pessoas em barras de apoio nos vagões. Germes eram nojentos, claro. Mas eram vida humana.

omg Roman Bellard adoro sua série zentai. Com ctz eu faria sexo virtual c/ vc qnd VC QUISER!!!

Sloane balançou a cabeça, esquecendo o chá. *E lá vamos nós*, pensou ela.

Pessoal, Roman Bellard é casado com uma americana famosa. Eu li uma matéria em que ela diz que a procriação é terrorismo ambiental, e, sendo vizinha de porta de uma casa com três crianças pequenas, sou vítima desse terrorismo. ☺ Enfim, acho que os dois sabem do que estão falando. As pessoas demoraram um pouco para se acostumar a reciclar lixo, mas acho que todo mundo vai entrar na moda do sexo sustentável. =O Que pena que o autor não listou sites em que seja possível encontrar diversão adulta aumentada, ou talvez eles ainda não existam. Não sei, faz pouco tempo que comecei a explorar a "sexualidade" virtual. Neossensualistas, uni-vos! ☺

Ao ler este e outros comentários empolgados sobre uma vida pós-sexual, ocorreu a Sloane que talvez ela não tivesse estômago para aquele milênio. Porém, por mais que ficasse arrasada com a falta de noção das pessoas, aquele não era o momento de desistir. Se ela acreditava — se acreditava *mesmo* — que grande parte da humanidade se rebelaria contra a tecnologia e voltaria a buscar conexão humana, então aquele seria o momento de tornar públicos seus pensamentos. Era agora ou nunca. Dax não a demitira, ela não pedira demissão. O homem com certeza tinha um senso de ética ridículo e intenções igualmente ridículas ao contratar Roman, mas Jin tinha razão: sua vida não havia acabado. Nem sua carreira.

Sloane começou a voltar para o escritório, cheia de energia. *Foda--se* Roman e fodam-se os produtos robóticos da Mamute: fazer seu trabalho, fazer seu trabalho de verdade, seria a melhor vingança. Até chegar à sede, sua animação continuou inabalável. Mas foi só entrar no lobby para as pessoas começarem a se empertigar, interromper conversas. Sloane percebeu olhares de esguelha, ouviu sussurros, pessoas apontando para seus tablets. Todo mundo que não sabia de sua relação com o autor de "Sexo morreu" agora estava ciente.

Essa suspeita foi confirmada pela enxurrada de e-mails e mensagens de voz que a esperavam em sua sala. Sloane mal tinha se sentado e começado a reunir forças quando as ligações vieram: Deidre deixara um jornalista do *The Wall Street Journal* esperando na linha; ela queria comentar a matéria? Outra ligação do *The New York Times*. Sloane ficou chocada — e bem impressionada — com a rapidez com que tudo estava acontecendo. Ela sabia que as coisas viralizavam, sabia *como* isso ocorria, mas nunca fizera parte de algo assim. Parecia uma doença que a dominava de repente. Tudo que ela queria fazer era se jogar no chão.

Mas havia perguntas a serem respondidas, pedidos de comentários a serem recusados. Os e-mails ficavam apitando. Os mamutinhos estavam "entrando em contato", "querendo saber", "acompanhando" e "se informando" sobre a matéria de Roman. As mensagens tinham tamanhos e tons variados, mas todas expressavam a mesma dúvida: se o sexo estava morto, e agora?!

A aceitação das ideias de Sloane sobre contato físico pelos mamutinhos tinha sido temporária e provisória: eles estavam se jogando na moda do pós-sexo. O novo radicalismo sexual era ser livre de sexualidade. Quem imaginaria uma coisa dessas?

De Jones, o membro mais falante do departamento de beleza: *Partindo das ideias do seu marido, eu e Dax pensamos que seria bem legal montar tutoriais de looks "sensuais e cibernéticos" para fãs de tecnologia virtual. O que você acha? Queremos que isso fique pronto enquanto o assunto ainda está na boca do povo!*

Pior ainda, Allison tinha escrito em nome do departamento de eletrônica — Allison, uma das poucas funcionárias que era mãe e tinha a mente aberta. Sua pergunta pelo menos parecia preocupada: *Olá, Sloane. Tudo bem? Desculpe incomodar na véspera do Dia de Ação de Graças, mas quando/se tiver um tempo, queríamos saber como podemos adaptar a linha Morador à moda da "automasturbação" citada pela matéria do seu marido. Estávamos pensando em expandi-la da cozinha para o quarto. Que tipo(s) de produtos eletrônicos os adeptos do sexo virtual precisam etc. Não entendo nada sobre esse estilo de vida, então sua opinião é fundamental. Aguardo uma resposta.*

Até mesmo Andrew, do departamento de móveis, que tinha comprado a ideia da humanidade e do carinho, dizia: *E aí, Sloane, estou escrevendo para falar do catálogo de camas. A maioria das nossas imagens tem casais deitados, lendo nos tablets, mas, por causa da coluna de Roman, você acha que seria melhor exibir pessoas sozinhas (com aparelhos de realidade virtual ou algo assim)? Os catálogos virtuais precisam ser fotografados logo. Aguardo seu retorno.*

Aguardo seu retorno. Só para saber. Podemos conversar? *Claro*, queria responder Sloane. *Vamos conversar sobre o fato de que Roman Bellard não é meu marido, não é meu colaborador, não é nem mais meu colega de quarto.* Mas não fazia diferença o que as pessoas achavam dela e de Roman. Esses rótulos eram apenas palavras — o que importava era a revelação de que a galera moderninha não queria mais transar. Como a Mamute lucraria com pessoas que não gostavam de sexo?

Com mais sexo!, Sloane queria gritar. Como é que ninguém percebia que o fim do sexo significava o retorno do sexo? Se as saias são compridas em uma temporada, dali a dois anos serão longas de novo. As pessoas passariam mais uns três anos sendo egoístas, arrastando e cutucando telas, antes de acordarem para sua falta de relacionamentos no mundo real. E aí?

Ela parou de ler mensagens e foi dar uma olhada na coluna de Roman. Segundo lugar no *trending topics* do Twitter, 307 comentários na publicação. Seu estômago se embrulhou.

— Sloane? — Deidre entrou na sala com cara de quem tinha más notícias depois de um exame de urina. Ela trazia uma folha de papel solta por cima da prancheta onipresente. — Achei que seria mais fácil te entregar as mensagens que decidir quais ligações transferir.

Enquanto Sloane lia, Deidre coçou o pulso. A secretária estava tão corada de constrangimento que parecia emanar calor.

Thomas do *The Guardian*. Marvin do *The Atlantic*. Susan do *The New York Times*, de novo. Ela fitou Deidre com olhos suplicantes.

— Sabe, a gente nem está mais junto. — Sua voz parecia distante até para si mesma.

A secretária assentiu com a cabeça, gentil.

— Eu sei.

— Mas todo mundo acha que estamos. — Sloane encarou os papéis. — As pessoas estão tão animadas. O que vou dizer a elas?

— Hum, pois é, que situação complicada — começou Deidre, pigarreando. — E, hum, não sei se alguém já te contou, ou melhor, tenho certeza de que não, então queria avisar que... — Ela coçou o pulso de novo. — É sobre Roman. Pelo que me disseram, você achava que ele viria dar uma palestra na segunda, mas, hum, remarcaram a palestra para hoje.

Sloane arregalou ainda mais os olhos. Quando é que tinham resolvido isso? Fazia duas horas que ela falara com Dax. Ou ele convidara Roman antes disso, ou decidira tirar vantagem do burburinho que a coluna estava causando.

— Hoje? Com todo mundo saindo para o feriado? — perguntou ela, chocada.

— Hum, tenho quase certeza de que vão transmitir ao vivo — respondeu Deidre, parecendo hesitar apenas para agradar Sloane. — Como a matéria está chamando muita atenção, acredito que o Sr. Stevens tenha achado melhor adiantar a palestra.

— Não — disse Sloane, balançando a cabeça. — Entendo. É claro. Ele não me avisou, mas tudo bem. Devo preparar alguma coisa?

— Não — respondeu a secretária, nervosa. — É... é só ele.

Sloane absorveu essa informação enquanto Deidre a encarava. Ela não conseguia pensar em nada para dizer.

— Se isto serve de consolo — continuou a secretária, ficando vermelha —, muitas pessoas acreditam nas coisas que você fala.

— Bem, pelo visto não estou falando alto o suficiente — rebateu Sloane, lançando um olhar desanimado para o pedaço de papel cheio de nomes de jornalistas.

— Já escutei o que dizem por aí sobre as caixas de sugestão e a proibição dos celulares — insistiu Deidre. — Muita gente está feliz com seu trabalho.

— Sério?

Ela observou Deidre pensar nas próximas palavras.

— Aquilo que você disse na Casa das Ideias sobre as pessoas... pagarem por abraços? — A secretária abraçou a si mesma, parecendo incapaz de se conter. — Não acho que seja loucura. Às vezes eu vou ao cabeleireiro quando não preciso. Depois de um dia difícil.

Sloane encarou Deidre, olhou de verdade para ela, sem ver a secretária-executiva exausta, mas uma mulher esperançosa na cadeira de um salão de beleza, com os olhos fechados diante do carinho das mãos de outra pessoa, lembranças de bolhas de sabão e banhos compartilhados, a intimidade insubstituível de ter alguém tomando banho com você.

Aquele bilhete fora de Deidre, então; sua confissão. *Às vezes vou ao cabeleireiro só para encostarem na minha cabeça.* Aquele escritório estava cheio de pessoas com sofrimentos secretos, e algumas delas tiveram a coragem de se abrir.

Queria ter uma letra mais bonita. Mas escrever faz minha mão doer.

Quero ligar mais para os meus amigos. Mas nunca ligo.

Gosto de usar ceroulas porque elas passam a sensação de que alguém me ama.

— Eu acho... Só quero dizer que tem muita gente do seu lado. Sloane a encarou com incredulidade, mas então começou a acreditar.

— Já que é assim — disse ela, se levantando —, vamos dar uma olhada no adversário. — E estendeu o braço para entrelaçá-lo com o da secretária.

Agora, quando Deidre sorriu, não havia qualquer sinal de nervosismo.

No caminho até a cafeteria onde Roman faria sua apresentação, Sloane foi parabenizada pelo sucesso da coluna por pessoas que não se lembrava de ter conhecido — todos falavam como se o trabalho tivesse sido dos dois: "Uma matéria tão interessante." "Adorei a ideia." A cultura pop a associava a Roman como uma dupla, e, como ainda não levara a público a separação, ela continuava presa ao ex. A mulher que era contra a maternidade e o homem que eram contra a paternidade tinham se tornado responsáveis por uma febre que traria muita publicidade para a Mamute.

Seria fácil deixar que as pessoas continuassem a pensar assim. E lucrativo. Sloane não gostava de falar de sua vida particular — nunca usara um relações-públicas, jamais dera uma entrevista pessoal do tipo que as revistas queriam. Mas, naquele instante, se unindo à multidão de mamutinhos agarrados a canecas de café, seguindo para a cafeteria, ela invejou a facilidade de contratar alguém para fazer o trabalho sujo por ela. Tudo que precisaria fazer era dar uma declaração e deixá-la ganhar o mundo. *Após dez anos de colaboração profissional e parceria doméstica, Sloane Jacobsen e Roman Bellard se separaram de forma amigável.* E então o relações-públicas liberaria outra declaração cuidadosamente elaborada explicando por que

Roman se juntara a Sloane na Mamute, e ela poderia passar a vida inteira contando com os outros para explicar seu relacionamento complicado. Mas não; talvez ela não se explicasse tão rápido quanto deveria, mas não ia começar a *pagar* a alguém para falar em seu nome.

Em uma plataforma improvisada mais parecida com um palanque, Dax agradecia a Roman por ter vindo tão em cima da hora; também agradecia a todo mundo por estar ali na véspera do feriado. Ele piscou, depois sorriu e agradeceu bastante.

Roman usava o macacão zentai roxo, reservado para palestras. Sloane se perguntou se ele fora até lá usando aquilo ou se o vestira em um dos banheiros da empresa. Olhando para o ex no palco, impecável e felino em seu uniforme fetichista, Sloane sentiu uma estranha calma. Não importava o que acontecesse, ela não morava mais com ele e nunca mais moraria. Agora, Roman não se parecia tanto com alguém que a magoara e a decepcionara; ele era apenas um oportunista maluco.

— Então, sem mais delongas — concluía Dax, terminando sua introdução —, vou deixar o neossensualista no comando. Galera, o autor da matéria polêmica "Sexo morreu", Roman Bellard!

Sloane notou um entusiasmo real nos gritos da plateia. Bem, pois é, as pessoas também morreram de amores por óculos de realidade virtual no começo, e olha como aquilo tinha acabado. Esse pessoal provavelmente acharia graça no sexo virtual até serem flagrados batendo punheta pela mãe na casa que dividiam.

Roman ergueu a mão na direção dos aplausos para reconhecê--los e acalmá-los. Com sua visão comprometida, era bem capaz de não conseguir enxergá-la ali. Isso era bom e preocupante ao mesmo tempo. Sloane sabia que ele valorizava sua opinião e que seu ego ficaria arrasado se ela não viesse prestigiá-lo, mas também sabia que o ex-companheiro poderia se empolgar mais do que o normal se achasse que ela não estava ouvindo.

— Obrigado, Daxter, pelo convite! — gritou Roman para seus novos devotos. — Que recepção! Que dia! Que belo momento para irmos além dos nossos corpos!

A plateia gritou de novo, mas Sloane apenas revirou os olhos. Meu Deus, as pessoas engoliam qualquer baboseira que viesse da França.

— Muita gente me pergunta: "Roman, o que é um *neossensualista*?" — continuou ele. — Então acho melhor começarmos por aí. A nova sensualidade é algo maravilhoso. É a busca da sexualidade que vai *além* do contato físico. Nós estamos na era digital, mas nossa sexualidade continua analógica. E não é assim que deveria ser. A nova sensualidade, a nova sexualidade, é *pós*-contato físico.

Sloane se forçou a aguentar firme enquanto a plateia se agitava. Olhos estavam arregalados; bocas, abertas — os mamutinhos nem piscavam. Francamente, ela esperara mais ceticismo, mais revolta diante da ideia da extinção do sexo, mas aquela era uma geração que gostava de fazer jejum. Eles foram criados em meio a dietas de privação — livres de aditivos, livres de BPA, livres de amor e parcerias.

— Se olharmos ao redor, veremos que a revolução pós-sexual já está acontecendo. A pessoa que está com o botãozinho pode ligar os slides? — Roman fez uma pausa enquanto a tarefa era executada e a tela às suas costas ganhava vida. — É um efeito colateral chato não conseguir enxergar — explicou, tocando o rosto sem olhos diante de um coral de risadas. Quando o slide apareceu, ele se virou com reverência para uma imagem gigante e ampliada de duas pessoas dando um beijo de língua. — A penetração como uma parábola. A penetração como uma farsa. O último filme do polêmico diretor francês Gaspar Noé, *Love*, estreou em 3D — continuou ele, erguendo o microfone para o lugar onde sua boca estaria se não estivesse coberta por Lycra. — Filmes de ação usam 3D. E de suspense. Agora, a pornografia também. E, se a pornografia *usa* 3D — Roman gesticulou para o próximo slide e outra imagem surgiu, esta da cabeça de um pênis posicionada diante de um mamilo intumescido —, isso significa que estamos erotizando coisas normais porque elas não são mais normais.

Sloane sentiu o estômago embrulhar. Naquele ponto, Roman tinha razão. Ela costumava ficar empolgada com aquele tipo de observação — ainda ficava. Antes, os dois passariam a noite inteira discutindo a canonização do normal, mencionando exemplos ao seu redor, pensando em palestras que poderiam ministrar juntos. E agora? Sloane se tornara normal? Ou o normal era o novo estranho?

Com a apresentação em pleno vapor, alguns membros da plateia começaram a olhar ao redor, da forma mais discreta possível, em busca de Sloane. Ela quase conseguia ler os pensamentos das pessoas com sorrisos envergonhados; as presunções de que a vida sexual do casal envolvia excentricidades que não conseguiam nem imaginar: mesas de inversão, vibradores presos em furadeiras, fórceps dentário, pornografia em realidade virtual com aromas animalescos. *Então é isso que significa ser contra a maternidade*, deviam estar pensando. Sadomasoquismo, conversas intelectuais e sexo interativo em realidade virtual.

Ela ignorou os olhares, mantendo o foco no palco, fazendo um esforço consciente de não procurar as pessoas que ainda considerava fiéis a sua causa: Mina, Deidre, Andrew e, claro, Jin — ela se esforçava tanto para não olhar para ele que praticamente queimava calorias.

Mas Jin — sempre cuidando dela — a encarava. Enquanto Roman citava outros hábitos comuns que se tornaram eróticos — atividades normais rastreadas por acessórios, o simbolismo das selfies —, Sloane sentiu Jin parar ao seu lado. Seu corpo se inclinou para o lado, como um bastão de radioestesia se voltando para a água.

— Uau — sussurrou ele, quase encostando o cotovelo no dela.

— Pois é — respondeu Sloane. — Minha vida é complicada.

— Eu não fazia ideia — disse ele, baixinho. — Antes de ler. Eu não fazia ideia.

Ela evitara encará-lo até agora, virada para o palco enquanto falava com ele, mas sentia que Jin a olhava, pedindo por um voto de confiança. Enquanto isso, Roman passava para outro slide. Este exibia uma imagem genérica de pessoas normais se encarando em um bar; sua tristeza era nítida.

— Esse é o retrato da nossa cultura sexual no momento — dizia Roman, sua voz insinuando um muxoxo. — Creio que, com a Mamute na liderança, é possível ajudarmos as pessoas a *superar* seu potencial sexual, em vez de continuarem fazendo... isso. — Ele apontou vagamente na direção do slide, causando mais risadas. — E então temos o zentai — continuou, puxando o tecido grudado no braço. — Há tempos que sonho em acrescentar inteligência artificial a segundas peles, antes de nos tornarmos capazes de codificá-la em nós mesmos, é claro! Enquanto isso, vocês podem imaginar o potencial, erógeno ou não, do uso de segundas peles que permitam que nós nos *tornemos* o aparelho.

— Sloane? — insistiu Jin.

Ela finalmente se virou para encará-lo.

— Você está bem? — perguntou ele.

Douceur, douceur — era uma palavra tão carinhosa em francês. Doçura, uma pequena gentileza, flores e perfume. No idioma nativo de Sloane, a expressão nos olhos de Jin seria descrita como "preocupada", mas em francês aquilo era atenção, era empatia. Para ela, aquela compaixão aumentava o magnetismo entre os dois, fazendo com que quisesse tocar o braço, o ombro, qualquer parte dele.

— Não sei — sussurrou Sloane, sincera. — Acho que sim. — E tentou rir, mas acabou dando de ombros, meio letárgica. — Tenho trabalho a fazer.

Enquanto isso, Roman seguia para o próximo slide. E então surgiu a imagem de um homem sozinho, olhando através de um visor estreito, com um cabo envolvendo sua cabeça. Sloane reconheceu o logotipo de um dos produtos eróticos que o ex recebera no apartamento naquele primeiro dia em Nova York. Ele começou a discursar sobre a VR Tenga, sobre como a liberdade do sexo era A Próxima Grande Inovação.

— No ciberespaço, podemos ser imortais! — dizia Roman. — Com a tecnologia virtual responsiva, a única coisa que nos limita é nossa imaginação. Podemos viver os fetiches que a sociedade censura. A revolução sexual está acontecendo na internet. E eu sou prova disso.

Lá na frente, alguém começou a bater palmas. Outra pessoa mais ao fundo também. Sloane se viu assentindo com a cabeça em um ritmo inaudível, absurdamente aliviada. Se aquilo era tudo que ele tinha, poderia vencê-lo. Ela conhecia Roman — *conhecia de verdade* — e sabia que seus argumentos não eram sustentados por nada além de carisma.

Mas então Daxter subiu ao palco, abrindo um sorriso radiante para seu novo prodígio, e Sloane lembrou que Roman não *precisava* de argumentos, que a Mamute os encontraria para ele, e que, se não existissem, criaria alguns ao lançar produtos de realidade virtual que as pessoas *precisariam* ter. Já haviam lhe dito que as tendências não existiam mais, que agora eram simplesmente produzidas, e, apesar de Sloane acreditar que isso não era verdade, tinha que admitir que em alguns casos — nesse caso — talvez fosse.

— Adorei! — declarou Dax no palco, tão empolgado que deu um tapinha nas costas de Roman. — Estou pensando em tantos produtos que acho que nunca mais vou deixar este cara sair daqui. Daremos mais detalhes na semana que vem, mas queria dar a notícia antes do feriado: nós temos a sorte imensa de Roman ter aceitado nos ajudar com a ReProdução. — Ele lançou o braço ao redor da silhueta do outro homem. — Em parceria com Sloane — acrescentou.

Aquilo doeu. Ela não topara dividir o trabalho com Roman. Mas o ex-companheiro tinha aceitado, e — pelo visto — isso era suficiente.

— Ahhhnn, sim — dizia Dax para uma mão erguida na plateia. — A gente não ia abrir para perguntas, mas, hum, diga lá.

Sloane ficou na ponta dos pés para ver um homem de camiseta na frente da plateia. Dax lhe passou o microfone.

— Sim, eu, hum, não sei se Sloane está aqui ou não? — disse o cara, direcionando a pergunta a Roman. — Pelo que eu soube... vocês são casados?

O sangue dela parou de correr pelo corpo. Um bando de gente se virou para encontrá-la nos fundos. No palco, a expressão de Dax ficou tensa. Sabe-se lá o que acontecia por baixo do macacão de Roman.

— E acho que minha pergunta é, bem, como conciliar o que Sloane anda nos dizendo, isto é, que as pessoas vão voltar a... bem, vão voltar a gostar de *gente* de verdade, com o que você falou, sobre como, tipo, nossas vidas, e até mesmo o sexo, vão se tornar completamente virtuais?

Os pulmões de Sloane pareciam estar armazenando ar demais. Jin se moveu ao seu lado.

Dax correu para pegar o microfone.

— Sim, bem — começou Roman, se curvando sobre o microfone que Dax não lhe oferecera —, em pesquisas de mercado, sempre concluímos que as mulheres têm dificuldade em separar emoções e sexualidade.

— Seu babaca de merda — murmurou Sloane.

— ... sempre tem a questão, como vocês diriam, de certa sensibilidade? As mulheres se apegam demais. E é claro que podem ter filhos se quiserem! Mas isso faz com que não sejam muito objetivas...

Dax puxou o microfone de volta. Enquanto isso, pontinhos de luz tinham começado a dançar diante da vista de Sloane; parecia que ia desmaiar. Roman tinha acabado de anunciar *em público* que ela queria ser mãe?

— É bem provável que seja uma questão de gênero, mas sim — continuou ele, apesar de ser óbvio que Dax tentava interrompê-lo. — Acho que esta é a única vez que não concordamos sobre uma tendência!

Babaca exibido, pensou Sloane, cada vez mais indignada. *Se esse idiota machista acha que vai ficar pagando de analista de tendências sabe-tudo, está muito enganado. E Dax também*, pensou ela, enfurecida.

Sloane pegou o telefone e mandou um e-mail rápido dizendo que *aceitaria* a proposta de trabalhar em dupla com Roman como consultora para a ~~Re~~Produção.

Então se virou para Jin.

— Depois me conte se esse idiota disser mais uma vírgula sobre o meu útero — pediu ela, furiosa.

— Conto. Pode deixar. — Jin ainda não fora exposto ao fogo que Sloane tinha dentro de si, mas, mesmo assim, estava sorrindo ao ver que ele havia voltado. — O que você vai fazer? — perguntou.

— Vou voltar para a minha sala e fazer a merda do meu trabalho.

$$26$$

Sloane entrou como um raio em sua sala, agitada. Por e-mail, pediu a Deidre que informasse a todos os jornalistas que ela não estava disponível para dar comentários e entrevistas. Então ligou para Mina e a chamou para uma conversa.

— Sente-se — disse ela quando a garota apareceu, parecendo lisonjeada e surpresa ao mesmo tempo. — Tenho certeza de que você está ocupada. Eu só queria dizer... Aquela sua ideia no primeiro dia? De um aparelho tipo segunda pele que mede a frequência com que somos tocados? Eu queria que soubesse que vou defender ideias assim. Para o caso de você ter pensando em mais alguma coisa.

— *Jura?* — disse Mina, parecendo surpresa.

— Juro — confirmou ela. — Dax tem um novo defensor de ideias tecnológicas, então posso seguir um caminho diferente. Minha visão do futuro é que as pessoas vão querer voltar a ser *pessoas.* O que você acha?

Depois que Mina foi embora com a promessa de que lhe contaria sobre todas as tendências ou peculiaridades que encontrasse na cidade de Frederica, em Delaware, onde passaria o Dia de Ação de Graças (Sloane achava que o nome combinava mais com uma menina espevitada de 7 anos do que com um lugar físico), ela ligou para Allison, do departamento de eletrônica, mas a ligação caiu na caixa de mensagens.

— Allison — começou Sloane —, eu queria dar um retorno sobre a expansão da linha Morador para o quarto. Não sei se você assistiu à palestra do Sr. Bellard hoje à tarde, mas ele também foi contratado como consultor para a ReProdução, e, considerando o entusiasmo dele por realidade aumentada, acho que ele seria mais indicado para responder às suas perguntas sobre aparelhos de sexo virtual. Eu acredito no retorno da intimidade física, então prefiro não dar conselhos sobre uma tendência que não é sustentável no mercado.

Ela bateu o telefone no gancho. Então tentou Andrew Willett, do departamento de móveis.

— Ah, Sloane — disse ele, parecendo surpreso ao perceber quem estava do outro lado da linha. — Oi!

— Oi — respondeu ela, animada. — Eu queria responder sua pergunta antes de você sair para o feriado. Acho que o catálogo das camas vai ser um sucesso se a foto mostrar uma família: os pais e um filho, todos lendo na cama. Talvez alguém possa estar com um jornal. Mas nada de telas.

— Nada de... nada de telas?

— Não, nada de telas. — Sloane virou a mão e analisou seu esmalte, um tom de cúrcuma alegre.

— Hum, posso tentar, mas... não pode ser um casal de homem e mulher. Vão meter um processo na gente.

— Só precisam ser cuidadores, Andrew. Não importa se são duas mulheres, dois homens, dois ursos. Na verdade, seria *ótimo* usar animais selvagens. Confie em mim. Faça um protótipo. Use um *focus group*. Aposto que você vai se surpreender com as reações. Que tipo de gente quer ver pessoas pagando contas num tablet na cama? Livrarias independentes estão fazendo sucesso. O hábito da leitura está voltando à moda. Livros impressos também.

— Ah, sim. Está bem — respondeu ele àquela enxurrada de palavras. — Mas não sei se vou conseguir convencer o restante da equipe.

— Você não precisa convencer ninguém. Esse é o meu trabalho. Só faça os modelos, e eu cuido do resto depois do feriado.

— Tudo bem — disse Andrew, e então, mais animado: — Tudo bem!

Ele contou que ia para Kansas City, e Sloane lhe desejou boa viagem. Era inspirador pensar em todos os lugares aonde pessoas de verdade iam.

O telefone dela continuou vibrando com mensagens, então, depois de desligar a ligação com Andrew, Sloane finalmente olhou a tela. A irmã mandara meia dúzia de mensagens escritas só com letras maiúsculas: ela lera a coluna de Roman.

"A masturbação, tanto mental quanto física, é o prazer preferido dos maníacos por realidade virtual." EU QUERIA NÃO TER TIDO A "EXPERIÊNCIA VIRTUAL" DE LER A OPINIÃO DELE!

ENTÃO AS PESSOAS AGORA PODEM NAMORAR COM PORNOGRAFIA? PQP PQ EU TIVE FILHOS SE ELES VÃO CRESCER E PENSAR ASSIM

Sloane ficou emocionada ao pensar na irmã ignorando os pedidos das crianças por mais amendoins ou biscoitos para mandar aquelas mensagens. Aquela era a Leilee com quem crescera: uma pessoa que literalmente sairia correndo do campo no meio de um jogo de futebol se a irmã precisasse de ajuda.

Antes de ir embora, Sloane passou na sala de Deidre para lhe desejar um feliz Dia de Ação de Graças (a secretária ia para sua cidade-natal, Ann Arbor, que chamava de "cidade das árvores") e seguiu para o andar de baixo, onde encontrou com Jin na sala da copiadora, de novo.

Ela fora buscar a cópia de uma matéria sobre o renascimento de uma antiga tradição maia do uso de insetos vivos como broches;

aquilo parecia ser associado ao retorno do contato físico, apesar de ela ainda não saber exatamente qual era a ligação entre as duas coisas. Havia algo na sujeira dos insetos, na sua origem, na terra. Do pó ao pó. Uma morte linda.

— Então, este é meio que o nosso ponto de encontro, hein? — disse Jin quando ela entrou.

— Bem, gosto da iluminação daqui — zombou Sloane entre os barulhos e zumbidos eletrônicos.

Não houve qualquer comentário sobre a palestra de Roman nem sobre a traição dele ao mencionar que ela queria ter filhos. Havia outras pessoas na sala, apesar de Sloane estar tão focada em Jin que nem percebeu quem eram.

Sem dizer nada em voz alta, os dois concordaram em se falar durante o feriado. Trocaram um aperto de mão, como colegas de trabalho, para selar um acordo que ninguém mais na sala os ouvira fazer, e aquele breve contato a deixaria eufórica pelo fim de semana inteiro.

Sloane estava com um problema sério para o feriado — ela não teria acesso ao carro. Fosse coincidência ou outra prova de que Dax se voltara contra ela, Anastasia seria retirada de serviço para que colassem um decalque natalino em seu capô. A elaboração de um adesivo que diria "Natal" sem qualquer conotação religiosa com certeza fora alvo de muitas reuniões corporativas. Pelos desenhos que o RH lhe enviara, Anastasia voltaria com um aglomerado de jujubas cobertas de neve branca.

Assim que chegou em casa, Sloane admirou a realidade de sua vida sem Roman: o apartamento estava limpo e cheio de possibilidades, leve. Em um ritual de purificação, ela encheu a cozinha de água sanitária — queria um produto que limpasse tanto as bactérias boas quanto as ruins, não aquele que normalmente usava, com aroma de gerânios e esperança. Ela esfregou o chão, trocou os lençóis, lavou roupa. E, enquanto se ocupava com essa liturgia doméstica, pensou em seus investigadores.

Sua empresa de consultoria em Paris era inspirada nas agências de análise de tendências em que ela trabalhara no passado: enxuta mas abrangente. Com a exceção de uma assistente pessoal parisiense (que aproveitara o período da chefe em Nova York para "recarregar as baterias" em um hotel-fazenda na Espanha), ela trabalhava sozinha, mas tinha um grupo de especialistas para quem ligava quando precisava de inspiração ou de habilidades que não possuía: tipo um conhecimento básico de Excel.

Seus investigadores (Sloane tinha alergia ao termo *cool hunters*) estavam espalhados pelo mundo inteiro: Melbourne, Xangai, Des Moines. Às vezes ela contratava seus sensores humanos por indicação, mas, no geral, os descobria durante as próprias viagens. Kai, por exemplo, era um designer de tênis que conhecera na lojinha minúscula que ele mantinha em Leeds, quando ela fora à cidade para participar de uma conferência sobre tipografia ("Seria a Helvetica a próxima Helvetica?" era o nome da mesa-redonda da qual fizera parte). Nelly, uma lésbica de cabelo cor-de-rosa, era bartender em Kansas City e uma eterna otimista. Às vezes Sloane trabalhava com colaboradores por causa de sua personalidade, não por sua profissão. Havia pessoas de quem gostava por serem bondosas, sensíveis ou possuírem a capacidade cada vez mais rara de olhar ao redor enquanto andavam por aí.

A maior vantagem de seus investigadores era que eles viviam em uma variedade de culturas e fusos horários, então sempre havia alguém para quem ligar quando ela precisava de inspiração. Claro, Sloane entendia muito bem suas premonições, mas não faria mal perguntar o que as outras pessoas estavam pensando.

A primeira ligação foi para Kai; ele era seu favorito. O rapaz era dotado daquela dualidade emocional sedutora dos jovens e brilhantes: ele conseguia ser contido e antenado ao mesmo tempo. Se Sloane tinha talento para prever tendências, Kai tinha talento para criá-las. Ele fora responsável pela febre dos tênis de camurça preta que assolara a Europa vários anos antes.

A ligação foi atendida no que parecia um restaurante barulhento.

— Kai — disse ela, acostumada a ter conversas rápidas com ele. O rapaz estava sempre na rua, em um táxi ou bar. — Preciso que você me conte sobre a última esquisitice do momento. Estou passando por uma crise.

— Tudo bem — disse ele, os sons ao fundo diminuindo enquanto seguia para um lugar mais silencioso. Provavelmente um banheiro. Sloane ouviu uma descarga. — Parece que as pessoas estão doidas por sinos.

— Sinos?

— Sim, nas roupas. Tipo, literalmente: sinos de prata.

Sloane colocou as pernas dobradas em cima do sofá.

— Credo — declarou ela, sem conseguir pensar em nada. Modas desconexas.

— Talvez eles sejam parecidos com talismãs? Inspirados por gongos tibetanos. O pessoal os prende nos tênis, nas mochilas. Em colares.

— Certo — disse Sloane. — E interações com outras pessoas? Você tem visto algo mais... físico?

— Ah, hum, não — respondeu Kai, rindo. — A menos que você considere andar de skate elétrico como uma interação física. Eles são ótimos para exibir tênis, não acha?

Sloane desligou, decepcionada. Sua fome de informações só seria saciada por algo muito específico. Algo informativo, urgente. Parecia que seu corpo estava com baixo nível de ferro. Ela identificaria uma tendência útil quando a encontrasse, e sinos não se enquadravam nisso.

Em seguida, ligou para seu amigo Lance, que trabalhava no ramo imobiliário em Malmö, Suécia.

— Fornos de pizza externos — respondeu ele sem hesitar quando questionado sobre a nova mania local. — E fogueiras em buracos.

— Fogueiras em buracos? — repetiu Sloane. Era isso que os jovens ricos consideravam uma aventura? Colocar fogo no quintal?

Depois de terminar a conversa com Kai de mãos abanando, ela preferiu não perguntar aos outros se tinham se deparado com algo relacionado a intimidade — não queria respostas tendenciosas. Mas não precisava ter se preocupado. Todas as informações que recebia eram completamente avessas ao contato físico.

Ethan, em Dallas, lhe contou sobre a popularidade de um aplicativo chamado "CorreProXixi", que avisava sobre os trechos "desnecessários" dos filmes em cartaz no cinema, para que você pudesse ir correndo fazer xixi. Pelo visto, o aplicativo estava fazendo tanto sucesso que as filas dos banheiros lotavam em determinados momentos de filmes recém-lançados, fazendo com que a gigante de talentos William Morris comprasse o programa para conseguir acessar os dados sobre as pausas para o xixi. O intuito era determinar o que fazia as pessoas se interessarem ou não pelos filmes de seus clientes.

Em Los Angeles, Lulu contou a Sloane sobre o compartilhamento de dados de privação sensorial — a transmissão dos níveis de pressão sanguínea e batimentos cardíacos de pessoas estressadas que entravam em tanques sem luz e com isolamento acústico para fazer uma desintoxicação digital, a última moda do momento.

— Mas, se você está compartilhando seus dados biométricos nas redes sociais, isso não conta como desintoxicação digital — argumentou Sloane.

— *É verdade* — disse Lulu, que parecia estar mastigando o cabelo —, mas, por outro lado, você mostra que progrediu do nível mais estressado para o mais calmo. É um sucesso.

Sloane decidiu que era hora de expulsar Lulu do grupo de contatos. Ela fora uma fonte confiável (e sã) para informações sobre bem-estar até começar a fazer ioga quente.

Sua equipe heterogênea lhe contou sobre peixes que se comunicavam por impulsos elétricos e a nova mania de costurar roupinhas para ovos; a popularidade da alcachofra-girassol e de livros de colorir para adultos.

Mas foi Rufus, em Nova Deli, quem lhe passou uma informação interessante.

— Certo, agora existe um tal de botão Inútil. Começou como um aplicativo que não deu certo, mas um cara daqui reaproveitou a ideia. Se você estiver mexendo no telefone por muito tempo, ele faz algo completamente aleatório aparecer. Uma imagem. Um som. A foto de um camelo.

— Uma descoberta — disse Sloane. — Esperança.

— Pois é, isso mesmo, exatamente — respondeu Rufus, que parecia estar bebendo alguma coisa. Era madrugada em Nova Deli, aquele momento denso em que seus pensamentos parecem mais estranhos que os sonhos. Ele era programador e dormia durante o dia. — Quero dizer, o aplicativo realiza o desejo de que algo maravilhoso e bonito saia de nossos telefones.

Aquela informação serviria de alguma coisa. Um botão Inútil era um pedido digital de ajuda. As pessoas buscavam a salvação na tecnologia, mas não a encontravam. Sloane não tinha o hábito de tirar fotos com o telefone, mas pensou na última vez em que fizera isso. Poucos dias antes de partir para Nova York, ela capturara a imagem de uma pichação no bairro parisiense de Belleville. Era uma única pergunta, rabiscada: *Será que nossa humanidade pode salvar nossa desumanidade?*

Ela sentia que sim, com todas as suas forças.

* * *

Naquela noite, Sloane fez a própria versão de câmara de privação sensorial; era um método que usava quando sua cabeça estava cheia demais, se escondendo na cama e se perdendo em pensamentos.

Nua, com as cortinas fechadas, a geladeira fora da tomada (aqueles barulhos que fazia a deixavam doida), com uma máscara de dormir de lavanda nos olhos, ela se aconchegou embaixo das cobertas e enfiou o rosto entre quatro travesseiros. Então, com o corpo ancorado sob a roupa de cama pesada, se permitiu flutuar pelos comentários de seus especialistas e as ideias que a inundaram antes da publicação da coluna de Roman.

As visões surgiam e desapareciam em sua mente como estrelas cadentes. Assim como memórias, e-mails de trabalho não respondidos. Falsas urgências. Arrependimentos.

Ela viu potinhos de álcool em gel pendurados em bolsas.

Pessoas curtindo os perfis de gente com quem jamais falariam.

Uma renascença da conversa-fiada; livros explicativos e tutoriais de conversação que ensinavam como bater papo.

Um aumento nas compras de lanternas. Lanternas. Por quê?

Ler embaixo das cobertas. Ler dentro de uma barraca.

Acampar.

Áreas sem serviço de telefonia celular. Desconexão. Cancelamento de contas.

Descomprar. Deslocalizar. Um aumento no número de pessoas que fugia de casa.

O oposto do bullying. Uma ênfase em fazer amigos. Uma ênfase em fazer amigos aos poucos.

Agendas sem datas. Uma tendência em "planejar de menos".

O relançamento do slogan "entre em contato e emocione alguém" da empresa de telecomunicações AT&T.

A túnica que ela deixara na lavanderia e se esquecera de buscar.

Imagens batiam em outras imagens, passavam deslizando umas pelas outras como se fossem peixes. Elas eram selecionadas, cenas que não faziam sentido se dissipavam no vazio. Era preciso fazer um esforço para não focar em coisas bobas, lembretes de listas de afazeres, ansiedades e irritações, mas, se ela passasse tempo suficiente flutuando ali, sua mente organizaria as informações naturalmente. Os pequenos cometas continuaram. Cavalos-marinhos dançantes e contorcidos, súbitas faíscas amarelas.

Aulas de dança. Cheirar a si mesmo para avaliar sua saúde. A renovação da crença de que feromônios indicavam compatibilidade sexual, dispensando sites de relacionamento.

Uma obsessão futura por aulas de mergulho.

Pássaros domesticados e fazendas de formiga. Um clamor por novos animais de estimação.

Um bebê nascido com dedos ligados por membranas, uma vantagem evolutiva. Prova de que os seres humanos não precisavam mais de dedos separados, só uma protuberância para mexer em telas.

Andar a cavalo. Cachorros puxando trenós. Um interesse por esportes que mesclavam homens e animais.

A celebração da humildade. Baixo compartilhamento. A volta do desejo por privacidade.

A cabeça de Sloane se encheu com o farfalhar do sono. Haveria uma busca pelas notas inaudíveis e síncopes que faziam o cérebro funcionar, a mente viajar. Haveria laboratórios musicais nos quais as pessoas ouviriam acordes dissonantes e tonalidades complexas para redespertar vias neurais condicionadas às músicas pop com melodias previsíveis da era moderna. Haveria aulas de caligrafia e de etiqueta, nas quais as pessoas praticariam normas de bom comportamento para manter o decoro vivo. Ela havia se esquecido de procurar uma dentista nos Estados Unidos. Uma ginecologista também. Tinha sido bom conversar com a irmã. Precisava ligar mais para ela e para a mãe.

* * *

Quando Sloane acordou no dia seguinte, a cidade estava completamente branca. Era cedo, o dia ainda não amanhecera: voos atrasariam, carros deixariam marcas marrons de pneu na neve. Seria possível construir bonecos e fazer lutas de bola de neve — água congelada cristalina esculpida entre luvas.

Haveria fornos pré-aquecidos e boquinhas de criança. Haveria tubérculos antes intragáveis se transformando em purês saborosos com a aplicação do calor. Haveria halls de entrada cheios de casacos e botas com neve derretendo e escorrendo pelo espaço entre as tábuas. Haveria música. Não haveria música. Haveria televisões e anúncios, propagandas políticas, haveria venda de produtos.

Haveria mais neve e haveria mais silêncio.

Haveria calma de novo.

Na manhã seguinte, sentindo-se mais desentupida, mais limpa, após mergulhar na própria mente, Sloane sentiu necessidade de executar o velho e desesperado ato conhecido como o Gesto Dramático e pegar um voo para a Flórida. Faria aquilo que evitava havia muitos anos: estaria presente no sentido físico — e emocional.

Mas era inútil fazer planos. Ela verificou vários sites, ligou para várias empresas, até tentou o departamento de viagens da Mamute — não havia nenhum voo disponível. A natureza, em sua infinita superioridade, despejara uma quantidade impressionante de neve por todo o litoral e mostrava à Costa Leste como era uma bobagem esperar até o último minuto para demonstrar seu amor pela família.

No país inteiro, voos estavam atrasados, sem previsão de partida. Perus passavam do ponto no forno enquanto mães checavam sem parar o status da viagem dos filhos. Camas prontas para os netos visitantes ficaram vazias. Toalhas reservadas para os convidados permaneceram limpas. Horas extras eram acumuladas pelas estressadas equipes das companhias aéreas. Xingamentos eram trocados, apelos eram feitos, egos entravam em ação. Os motivos dos potenciais passageiros eram inúmeros e persuasivos: mas a Mãe

Natureza, a grande igualitária, não queria saber. Tudo que subisse ao céu naquele dia não poderia aterrissar.

Quando Sloane finalmente aceitou que não conseguiria ir para a Flórida, seu corpo ficou pesado pelo alívio e pela decepção de não poder fazer a viagem-surpresa. Deitada na cama, ela refletiu sobre como os estágios do luto também se aplicavam a viagens aéreas: Negação, Raiva, Negociação, Depressão, Aceitação. De certa forma, ficou com inveja por não estar presa no aeroporto, assistindo aos seres humanos encarcerados chegarem ao quinto estágio.

Tudo começaria com vouchers de comida sendo distribuídos. Filas aparentemente intermináveis se formando diante dos restaurantes. A raiva e a indignação da experiência causariam tensão no corpo das pessoas, levando a punhos apertados e dentes cerrados. Alguém com um bebê — dois bebês, exaustos — finalmente ousaria pedir para furar a fila, e o homem para quem perguntaria seria a pior alternativa possível: um executivo que só tinha três horas de férias em seu contrato anual, um filho único que não via os pais em Cincinnati desde a primavera do ano anterior, que esquecera o carregador do laptop na mala despachada — idiota! —, que só despachara a tal mala porque comprara um monte de blusas sociais para o pai parecer mais elegante, robusto — o pai que o chamara de Steven no outro dia (esse não era seu nome, mas o do tio, que morrera três anos antes) — e que, com os atrasos, se *conseguisse* chegar a Cincinnati, ficaria lá por tão pouco tempo que os pais se sentiriam menos tristes se ele nem tivesse aparecido. E agora, quando tudo que queria era comer algo gorduroso e sair da sua dieta, uma mulher com carrinhos gigantescos de bebê e uma tropa de crianças remelentas e camisas sujas queria passar na sua frente.

O tal homem negaria o pedido por causa de sua glicemia baixa e da exaustão, e também por estar frustrado com a vida que pretendera ter (esposa, filhos), mas nunca tivera, e com aquela que não conseguiria alcançar por avião (seu pai ainda exibia covinhas quando sorria), mas seria interrompido por uma mulher que diria: *Sim, pode passar na minha frente, também tenho filhos pequenos.*

E essa mulher que permitiria que a fila fosse furada tinha mesmo filhos, um dos quais era um neném cujo cooler de leite materno congelado estaria na mala despachada e deveria estar esquentando agora, o que significava que todas as meias horas que passara bombeando o leite em seu sórdido quarto de hotel teriam sido à toa. Agora, o bebê teria que tomar fórmula pela primeira vez na vida, porque seus seios estariam presos na fila de uma lanchonete em Newark. O marido talvez lidasse bem com a tarefa, mas também poderia ser um desastre homérico. Tantos pequenos desastres graves, e não haveria nada que pudessem fazer além de serem gentis uns com os outros, além de serem pacientes, de abrirem mão de seu lugar na fila.

O *sim, pode passar* começaria com um diálogo sobre frustração que terminaria em outro de agradecimento. O empresário, envergonhado pela generosidade da vizinha, se ofereceria para carregar uma das malas da mãe enquanto esperavam, e pelo que estavam esperando? Frango frito não era saudável, todos admitiam, e sim, fariam uma lambança para comer, mas não era — de verdade — a *melhor* comida?

Em outro ponto do terminal gigantesco, cheio de gente que usava as malas de mão como apoios de computador porque todos os assentos estavam ocupados, estaria uma mulher a caminho da Jamaica para sua tão necessária "viagem das meninas" com amigas que, como ela, tinham se divorciado três anos antes; uma mulher que estaria tentando não pensar nos custos (financeiros e emocionais) de cada hora que não estava deitada ao sol enquanto passava pelo quiosque do spa ao qual fora antes de sua última viagem para um lugar mais quente, quando o ex ainda era seu marido e o voo dos dois também havia atrasado. A mulher sugerira que fizessem uma massagem para começar bem as férias, e ele dissera que já estava pagando mais do que devia pela viagem.

Bem, foda-se Dale e sua casa modernosa com cara de que desabaria se atingida por um vento forte, revestida com o que ele dizia para todo mundo que era madeira, quando estava mais que óbvio que era vinil; ela faria pé e mão com uma manicure.

E então, a funcionária encostaria em suas pernas: uma batidinha na panturrilha exposta para dizer *coloque o pé na água*. E quando segurasse o pé dela para fazer a massagem nos nervos sofridos e aplicar pressão do dedão num ponto especial, Teresa seria completamente preenchida com a dádiva desse toque. Os planos necessários para que tirasse cinco dias de férias — mandar Stella para a casa de uma amiga, Harry para o pai —, tudo além daquele gesto carinhoso se esvairia de sua mente. Enquanto ela relaxava, despreocupada, a manicure perguntaria se gostaria de uma massagem nos ombros por quinze dólares. Teresa sentiria o sol lhe aquecer, o companheirismo das amigas, as risadas, as confidências que trocariam, o fato de que não fazia diferença se seu corpo parecia flácido no maiô, porque ela não tinha mais 20 anos, oras, e também algo mais profundo, mais verdadeiro: ela *merecia* se sentir especial, merecia amor. Então pegaria o dinheiro na carteira.

Sloane conseguia ver tudo isso, conseguia sentir o florescimento relutante do melhor lado da humanidade, da mesma forma que conseguia ver o Toyota Camry lá embaixo, atravessando a 9th Street e seguindo em direção ao parque para cães, passando pelas bandeiras de Porto Rico que agora só exibiam as pontas, deixando para trás as azaleias cobertas de neve do jardim comunitário que os moradores lutavam todo ano para proteger de construtoras. Conseguia sentir pessoas suspirando por todo país ao perceber que não concretizariam seus planos naquele dia, o absurdo quase maravilhoso de aceitar o fato de que, mesmo com seu celular e seu tablet e seus termostatos conectados ao Wi-Fi, não se tem controle sobre nada, e que sua mente — tão cansada, sempre conectada — estaria interpretando esse súbito desamparo como exatamente aquilo que você queria.

O feriado foi longo. Sloane sentia falta de Jin. Sentia falta de Anastasia. Além do mais, não estava recebendo ligações de certas pessoas. Mandara mensagens de feliz Dia de Ação de Graças para a mãe e a irmã, e, depois de passar dois dias sem resposta, se sentia magoada. *Juro que tentei ir para a Flórida*, escreveu ela em uma mensagem de grupo para as duas. *Só para vocês saberem. Eu tentei.*

Até Roman (que não tinha parado com suas tentativas frenéticas de *Não sei por que você ficou tão chateada / Achei que ficaria empolgada por nós*) decidira ficar calado. A julgar pela onda de súbitas aparições em programas de televisão e rádio (só naquele fim de semana, seu ex aparecera no *The Today Show*, no *The Tonight Show* e estava agendado para uma entrevista no *Só mais um segundo!* daquela semana), era bem capaz de ele ter resolvido que não precisava mais dela — ou da opinião dela sobre ele.

Para se proteger da explosão nuclear da fama de Roman, Sloane foi ao cinema — um luxo para o qual quase nunca tinha tempo. Com o dia frio e chuvoso, a cidade vazia de gente com famílias para visitar, e ainda sem o carro, ela resolveu pegar um táxi.

Independentemente da cidade em que você estava, táxis costumavam ser lugares seguros para curtir sua solidão e refletir, mas, agora, ela parecia ter sido jogada dentro de um liquidificador de estímulos. Passou os vinte minutos da viagem sendo assolada pelas imagens na tela da televisão do carro. Um clipe até mostrara Roman tagarelando sobre o fim da sensualidade em algum programa.

— Eu percebi que a sensualidade, que a sensualidade *americana* tinha acabado — dizia ele, os dentes brilhando enquanto levava à boca uma xícara com o logotipo do programa — quando comecei a procurar material para dar aulas. Aqui — e apontou para baixo, como se tivesse planejado lecionar naquele palco —, nos Estados Unidos, me mandaram... Não sei a palavra que vocês usam. Manuais, sim? Sobre etiqueta sexual? — Ele abriu as mãos para expandir sua explicação. — Se estou conversando sozinho com uma aluna, a porta deve permanecer aberta. E entre nós deve haver um metro de distância. Se a aluna estiver com as pernas cruzadas, nossa! — exclamou ele para dar ênfase. — Aí, preciso ficar assim. — E fez um gesto dramático de alguém preso por uma camisa de força, para a alegria da plateia.

Sloane começou a apertar o botão digital para desligar a tela, mas todas as tentativas de apagar a imagem de Roman só pareciam fazê-lo falar mais alto.

— Então, é sério, Dina, você precisa admitir que a sexualidade não sobrevive a este país — dizia ele para a apresentadora, fazendo um gesto lento com uma das mãos para englobar o palco inteiro. — E nem precisa! Existe um mundo mais exuberante, mais amplo, mais recompensador, na internet!

— Com licença? — disse Sloane, batendo na divisória plástica que a separava do motorista. — Eu *pago* o que você quiser se der um jeito de desligar esse negócio.

— Ahn? — respondeu o homem, se virando e tirando um fone do ouvido. — Só cartão.

— Você não aceita dinheiro? — perguntou ela.

— Só cartão. — E voltou a enfiar o fone no ouvido.

Foi um alívio quando a segunda-feira chegou. Sloane acordou cedo naquela manhã, sabendo que as duas coisas que lhe davam força nos últimos tempos tinham voltado. Na noite anterior, Jin voltara de Seattle, convencido de que não gostava de fazer canoagem em novembro e de que o pai divorciado era um bom partido.

— Não só uma, mas *duas* mulheres vieram trazer sanduíches para ele hoje de manhã — tinha dito Jin em uma das suas ligações durante o feriado. — Elas sabem exatamente quando ele volta da pesca.

Além de seu interesse amoroso estar de volta à cidade, Sloane também tinha Anastasia ao seu lado novamente, recém-decorada com seu decalque natalino.

— A percepção que tenho de jujubas é que elas indicam "Páscoa" — comentou o carro quando Sloane lhe perguntou o que achava do capô novo. — Mas não me cabe questionar o porquê.

— Você acabou de citar um poema de Lord Tennyson — respondeu ela, sempre surpresa com a vastidão das referências culturais de sua motorista.

Enquanto as duas atravessavam a cidade, Sloane releu a série de recados de Dax no seu telefone. Ele estava entusiasmado por ela ter topado a consultoria dupla com Roman, e passara o fim de semana lhe passando ideias como num fluxo de consciência:

> Vou fazer um vídeo na segunda-feira para anunciar a participação de Roman. (Continuo em Aspen, nada como esquiar no meio da primavera, obrigado aquecimento global!) E para explicar como as coisas vão funcionar agora: PRÓ-TECNOLOGIA e PRÓ-CONTATO FÍSICO.

> Quanto à organização da ~~Re~~Produção, talvez possa ser um deba-
> te? Ou talvez a gente apresente produtos para cada lado e depois
> começaremos um debate? Gosto bastante da ideia de a plateia poder
> escolher lados: vamos analisar a apresentação com indicadores das
> redes sociais para descobrir o vencedor em tempo real. Ah, e ainda
> estou conversando com o departamento jurídico, mas acho que pode-
> mos transmitir tudo por streaming... por $$.

Ao reler as ideias de Daxter, Sloane sentiu um baque em sua confiança: será que ela teria paciência para participar de uma bobagem dessas por muito tempo? Mas então pensou em todos os bilhetes que estava recebendo, nas coisas que ouvira de seus investigadores no fim de semana, e lembrou a si mesma de que construíra sua reputação ao identificar tendências em que ela acreditava antes de todo mundo. Tendências estranhas. Tendências difíceis, mas verdadeiras, sustentáveis. Desistir agora não apenas frustraria as pessoas que ansiavam por uma vida mais sociável, como também seria um desserviço a si mesma. Será que ela realmente queria ver seu nome associado a "bebês empáticos" robóticos que permitiriam que as pessoas tivessem filhos comandados por controle remoto? Ou preferia falar sobre o que *realmente* via para o futuro, sobre o que *realmente* achava que seria uma tendência?

Ela acariciou os assentos de couro de Anastasia e analisou os anúncios de "Este Natal é para você" que brilhavam nas fachadas das lojas.

Pró-contato físico. Pró-tecnologia. Daxter só cogitava permitir que pessoas escolhessem um lado porque tinha certeza de que Sloane perderia. O chefe a faria parecer ridícula, e tornaria os produtos e a missão da Mamute (*Nós oferecemos o mundo*®) mais atraentes e atuais do que nunca. Jogos e produtos eletrônicos, música, comida e moda não seriam mais levados à sua *porta*, mas às entranhas do seu smartphone. Sua vida sexual e amorosa também. Não. Sloane se manteria firme e anunciaria que as pessoas estavam prontas para separar suas almas de seus cartões SIM.

O que ela queria agora, a caminho do trabalho, era o rufar de tambores. Uma percussão. Uma música empolgante de batalha. E então se lembrou de que tinha uma fortuna virtual de conhecimento na sua motorista.

— Anastasia? — chamou ela. — Você conhece alguma música?

— Tipo uma cantiga de ninar? — respondeu o carro.

— Bem, não sei, na verdade — disse Sloane, com vergonha de pedir por uma canção russa que se adequasse às suas fantasias sobre as origens do veículo. Ela queria acreditar em uma Anastasia que conhecia cantigas passadas de geração em geração. Algo que convenceria um soldado cansado a marchar. — Eu queria... músicas de batalha? Talvez?

— Ah, claro — respondeu Anastasia, animada. — Sei algumas.
E começou a cantar:

Um, dois, três, quatro, cinco,
Uma lebre saiu para passear
De repente, se deparou com um caçador
E a lebre um tiro levou.

Pá, pá, ah ah ah,
Minha lebre vai morrer
Ela voltou para casa
E descobrimos que vai sobreviver.

— Hum — comentou Sloane quando a canção acabou. — Parece um presságio estranho.

Seus olhos se focaram em uma senhora idosa que atravessava a faixa de pedestres com uma coleira presa ao próprio sapato. Que sentido fazia aquilo? Que sentido fazia qualquer coisa? Enquanto a mulher chegava com segurança à calçada e Anastasia voltava a se mover, Sloane comentou que, além da direção autônoma, seu carro devia tentar trabalhar com análise de tendências também.

Sloane chegou ao escritório cedo o suficiente para garantir que teria um tempo sozinha antes de o dia começar, e estava prestes a apertar o botão do elevador para fechar a porta quando ouviu uma voz feminina gritar um "Ah, segure a porta!" do lobby.

Duas garotas que ela não conhecia chegaram correndo, a princípio agradecidas, mas então desconfortáveis quando viram a pessoa segurando o elevador. Todas trocaram sorrisos desanimados. Enquanto subiam em uma velocidade surpreendentemente lenta, uma das garotas exibiu a tela do telefone para a outra. Sloane teve um vislumbre da imagem do urso-polar esquelético que se tornara viral na noite anterior.

— Ah, meu Deus, é tão triste. Tipo, eu quase chorei — comentou a garota número dois.

— Eu chorei *mesmo*. Tipo, não consigo parar de chorar — disse a garota número um, guardando o aparelho. — Compartilhei em *todos os lugares*. Tipo, dá para imaginar? Eles estão *morrendo*.

Um homem de terno entrou no segundo andar. Usava um perfume muito forte. Saltou no terceiro. E levou o cheiro junto.

— Ah, fui àquele restaurante de arepas — continuou a garota número um quando o ar melhorou.

— Ah, é? E aí? — quis saber a garota número dois.

— É maravilhoso. Eles fazem um flan *incrível*. Eu amo o Panamá — disse a número um. — Tipo, estou *super* considerando passar o ano-novo lá.

Sloane saiu do elevador balançando a cabeça. Em vez de se ofender com a futilidade das meninas, disse a si mesma que devia aproveitar o momento para buscar pistas sobre o futuro. Um monte de gente *amava* a América Latina. Tacos, tamales, arepas, suco de melancia, chá de hibisco e sanduíches cubanos — nos últimos seis anos houvera uma explosão de interesse em tudo que era latino no setor de comidas e bebidas. Tratava-se da culinária de um povo profundamente conectado com amigos e família, uma cultura física, com laços sociais fortes. E boa parte dessa comida era ingerida sem a ajuda de talheres. Com certeza não era este o objetivo das garotas, mas Sloane usaria a conversa para sua campanha pró-contato físico.

O espaço de trabalho aberto ainda estava vazio — pelo visto, conseguira ser a primeira a chegar. Ela ficou parada ali por um instante, esperando para ver se algum descanso de tela exibiria a hashtag #sexomorreu que via em todos os cantos, mas os computadores permaneceram apagados. Fosse por ordem de Dax ou porque alguém da equipe de limpeza a mudou de lugar, a caixa dos celulares não estava mais do lado de fora da sala de reunião do quinto andar, e ela teve certeza de que esse também era o caso nos outros andares.

Enquanto seguia para sua sala, Sloane parou na de Deidre ao ver que a luz estava acesa. Com suas plantas e seu aquário, os tapetes de crochê sobre o piso já acarpetado, a sala da secretária tinha o clima aconchegante do escritório de um orientador educacional de Ensino Médio que gostava de velas artesanais.

— Como foi o feriado? Tudo bem? — perguntou ela em um tom bondoso depois de bater à porta aberta.

— Ah, Sloane! Oi, olá! Foi, sim — respondeu Deidre, cobrindo o muffin que comia com um guardanapo de papel. — E o seu?

— Também! — Sloane deu de ombros. — Não consegui encontrar minha família. Como foi a "cidade das árvores"?

— Ah! — Deidre corou, feliz por ela ter lembrado. — Foi ótimo. Muito bom. Você já foi lá?

— Já — disse ela, apoiando a cabeça no batente da porta. — É um lugar maravilhoso.

Bem, Sloane não tinha "ido" mesmo a Ann Arbor, mas tivera um motorista que parara lá para abastecer o carro no caminho para o aeroporto Wayne County, e o lugar (a região em geral, nem tanto o posto de gasolina) tinha um clima agradável. Além do mais, ela gostava de ser legal com Deidre. Queria que a secretária se sentisse bem e feliz consigo mesma. Queria recuperar todas as oportunidades que já jogara fora na vida e oferecê-las à outra mulher.

Em seu escritório, Sloane revisou a agenda do dia. Uma reunião com o departamento de móveis (animador: Andrew provavelmente mostraria os modelos de anúncios com pessoas lendo livros na cama), outra com o departamento de eletrônica (desanimador) e, mais tarde, um brainstorming com as equipes de redes sociais e identidade verbal. *Precisamos de um nome para os robôs empáticos! Eles vão bombar*, escrevera Dax no calendário digital dela, ao lado do evento.

Sloane deixou de lado a agenda e refletiu sobre o aperto em seu coração. Por causa de complicações com a documentação de Roman, ele participaria das reuniões por videoconferência até conseguir um visto de trabalho. Então, em vez de sofrer imediatamente com a presença física do ex, ela receberia a dádiva da imagem de sua cabeça flutuante. Dax ainda não lhe dissera com que frequência os dois seriam forçados a trabalhar juntos nem sob que circunstâncias. (Precisariam participar de todas as reuniões juntos? Cuidariam de grupos diferentes? Como exatamente seria a batalha entre a equipe de Tecnologia e a equipe do Contato Físico?) Mas ela imaginava que algumas dessas respostas surgiriam no vídeo que Dax acabara de enviar.

Ela clicou no e-mail. "Novidade boa!!", dizia o assunto. Quando apertou a seta do play, o chefe surgiu com um suéter azul-marinho de gola bufante e botões amadeirados; ao fundo via-se a cabeça de um cervo presa à parede de madeira de um chalé. Sloane revirou os olhos. Ele fizera o vídeo durante o feriado.

— E aí, galera? — começou Dax. — Espero que estejam descansados e animados depois de um Dia de Ação de Graças feliz e cheio de saúde. Eu queria conversar com vocês sobre os novos rumos da ReProdução. Como todos sabem, temos a sorte de Sloane Jacobsen estar nos ajudando a alinhar nossos produtos com as tendências do futuro. E estamos muito empolgados por seu colaborador, Roman Bellard, também ter se juntado a nós. Muitos de vocês conheceram Roman na palestra que ele deu na última quarta, e todo mundo leu a coluna "Primeiro foi Deus, agora é a vez do sexo" que saiu no *Times* semana passada. É maravilhoso ter essa dupla nos guiando para bolarmos produtos mais interessantes e promissores para pessoas que não querem ter filhos.

"Mas temos uma pequena reviravolta. Quem participou da Casa das Ideias duas semanas atrás deve lembrar que Sloane fez uma sugestão muito safadinha sobre a 'terceirização do afeto' e propôs que as pessoas logo começarão a pagar os outros para suprir suas necessidades de toques e carinhos.

"Como todos sabemos, Roman prevê o oposto. Ele acha que veremos uma galera se voltar contra o sexo com penetração e adotar uma sexualidade virtual aumentada e uma vida amorosa na internet.

"Essas duas filosofias podem coexistir? Claro! Mas qual a graça disso?

"O que vamos fazer agora é organizar a conferência em duas equipes: Pró-Tecnologia e Pró-Contato Físico. Roman ficará encarregado da apresentação sobre as Cortinas Inteligentes, e Sloane cuidará do projeto dos Robôs Empáticos. Esses serão nossos astros. Daqui a pouco, vocês descobrirão em que time vão trabalhar. E, enquanto isso, espero que todos concordem que esses novos rumos vão nos ajudar a organizar a melhor conferência de tendências que já tivemos. Mal posso esperar para ver o que estão aprontando quando eu voltar. Até logo!"

Dax acenou para a câmera, e um infográfico amarelo veio girando e formando uma cópia de sua assinatura na tela. Sloane imediatamente tentou ligar para ele. O telefone tocou quatro vezes e foi para a caixa de mensagens. Ela ligou de novo.

— Sloane J! — atendeu Dax, finalmente. — Estou falando na outra linha, meu bem! Posso te ligar daqui a pouco?

— Acabei de assistir ao vídeo — começou ela. — Achei que a gente teria mais espaço para criar, Dax. Espaço para fazer o que quiséssemos.

— Bem, claro que sim! Claro que sim! Certo — ele suspirou —, espere um pouco.

Sloane ficou aguardando, batendo o pé, enquanto Dax terminava a outra ligação.

— Claro — disse ele, voltando —, vocês podem continuar discutindo ideias hipotéticas, mas temos que apresentar nossos carros-chefes. Para a imprensa.

Sloane tentou ser razoável. Aquilo era uma empresa, fazia sentido. Mas ela não queria ficar presa a um projeto no qual não acreditava enquanto tinha premonições que lhe pareciam bem mais importantes.

— E que raios são Cortinas Inteligentes? — acabou perguntando ela.

— Ah! Já vamos falar sobre isso. Mas que bom que me ligou. Eu queria mesmo falar com você. Temos uma novidade maravilhosa, minha querida. Vocês dois vão aparecer no *Presas*. Tive que mover uns pauzinhos para conseguir isso, mas já está tudo acertado.

Sloane se irritou ao ouvir o nome do programa conservador de televisão e pelo fato de ter sido chamada de "querida".

— Não fiquei sabendo de nada disso — respondeu ela, batendo os dois pés agora.

— É claro que não! Acabou de acontecer! Roman ainda está em Los Angeles, mas demos um jeitinho de marcar para as onze.

— Espere, o quê? — soltou ela, chocada. — Hoje?

— Quanto mais rápido, melhor! Se você tiver algum compromisso, pode cancelar.

— Mas não me preparei para uma entrevista!

— Nem precisa — rebateu ele. — É para isso que servem comunicados de imprensa! É um segmento de seis minutos. Por vídeo. Eles querem saber sobre os novos rumos da conferência. Foi a melhor ideia que já tive em muito tempo. A internet está pegando fogo com essa discussão de tecnologia contra contato físico! Não precisa se preocupar. Basta ser você mesma!

Apesar de Dax gostar de gerir seu negócio com um ar despreocupado, Sloane sabia que sua espontaneidade era apenas fingimento. Tinha alguma coisa errada ali. Ele estava se esforçando demais para parecer despreocupado.

— Eu preferia ter mais tempo — disse ela. — Acho isso tudo muito precipitado.

— É sempre assim! — argumentou ele. — Vou estar na reunião com a equipe de eletrônica depois. Aí você me conta como foram as coisas.

Depois que desligaram, Sloane protegeu os olhos do brilho forte da luz do sol que batia na neve e era refletida pelas janelas do prédio do outro lado da rua. Ela passara o fim de semana determinada a tomar as rédeas da situação, mas os primeiros dez minutos da segunda-feira já deixavam claro que isso seria impossível. *Faça as coisas do seu jeito.* Dax só fazia as coisas do jeito dele.

Ela teve vontade de ligar para a irmã, mas então lembrou, como se a lembrança pertencesse a outra pessoa, que nem Leila nem a mãe tinham retornado suas mensagens. Aquilo era preocupante. De início, ficara irritada por motivos egoístas — pensando que as duas a ignoravam de propósito, que Leila decidira que Sloane teria que se esforçar muito mais para merecer o direito de ter uma irmã de novo. Mas, agora, estava apenas preocupada.

Tentou ligar para a irmã. Tentou ligar para a mãe. E então, apenas por aquele ser o último número da família Jacobsen que tinha em seus contatos, tentou ligar para a casa onde passara a infância.

No terceiro toque, alguém atendeu.

— Mãe? — perguntou ela, incrédula. — *Mãe?*

— Sloane?

— Mãe? — Ela sentia como se estivesse em um universo paralelo. — Por que você está em casa?

— Ah! — começou Margaret. — Bem, na verdade, Leila está de repouso absoluto.

— O quê?! — exclamou Sloane. — Por quê?! Onde?

— Hum, aqui? — disse a mãe, e era óbvio que ela se esforçava para soar tranquila. — O bebê ainda está muito pequeno, infelizmente. E ela estava tendo contrações. No Jungle Cruise, na verdade. Tenho certeza de que vamos rir disso tudo quando as coisas estiverem melhor — concluiu ela, adicionando uma tossidela.

— Por que ninguém me *ligou?* — reclamou Sloane. — Ela está bem?!

— Leila só precisa descansar, querida. E preferiu fazer isso aqui, onde conhece os médicos...

— Mas ela teve condições de viajar de avião? Desse jeito?

— Bem, ela não pode ter o bebê *agora* — disse a mãe com uma risada falsa. — A data do parto é só daqui a dois meses! Então precisa descansar.

— Caramba, mas que coisa! — exclamou Sloane, magoada e assustada ao mesmo tempo. — E cadê todo mundo?

— Harvey vai passar mais uns dias na Flórida com as crianças. Não há motivo para estragar as férias deles.

— Mas por que ninguém me *ligou*? — repetiu ela, se perguntando em que cômodo da casa Leila estaria. Imaginou se a voz de Margaret chegava até Leila, se era pelo bem da filha mais nova que estava agindo com tanta indiferença. — Por que não me contaram? Passei o fim de semana todo tentando falar com vocês!

— Bem, querida — começou a mãe —, que diferença faria?

Um bolo se formou na garganta de Sloane, abafando sua resposta. A mãe deve ter ouvido, porque ficou estranhamente muda. Vários segundos desconfortáveis se passaram sem nenhuma das duas saber o que dizer.

— Eu ia para a Flórida, sabe — Sloane finalmente conseguiu dizer. Mágoa, inveja e medo se misturavam dentro dela. — Não havia nenhum voo. Mandei um monte de mensagens.

— Eu sei, querida — disse Margaret, tranquila demais. — Foi muito complicado conseguirmos chegar em casa.

Sloane mordeu o lábio para acalmar o bolo entalado na garganta.

— Ninguém achou que eu ficaria preocupada? Não pensaram nisso, mãe?

— Para ser sincera, Sloane... — A mãe hesitou. — Tudo aconteceu tão rápido. Foi um inferno chegar aqui, com a tempestade, e então teve toda uma logística, o médico precisou enviar um atestado para a companhia aérea, o que foi muito complicado...

Ela ouviu o que Margaret não estava dizendo. Na lista de todas as pessoas que poderiam ajudar, Sloane ficara de fora. E lhe magoava ainda mais o fato de Leila, de quem ela acreditava estar se reaproximando, não ter nem se dado ao trabalho de lhe responder por *mensagem*. Meu Deus, isso só piorava a situação, na verdade. Será que a irmã estava tão cansada *assim*? Com tanta dor? O coração dela se apertou diante de tudo que não sabia.

— Mãe, estou *aqui* agora — disse ela. — Quero *saber* quando coisas assim acontecem. Quero ajudar.

— Certo — respondeu Margaret com a formalidade de alguém que terminava uma conversa. — Que bom saber disso.

Sloane queria que a mãe acreditasse nela, mas não era o caso. Já cometera burradas demais.

E então Deidre apareceu à porta, imitando uma mandíbula com a mão direita. Sloane entendeu — *Presas*. Hora de se preparar para a entrevista.

Ela olhou para a secretária; era como se fosse um pássaro aterrissando de volta ao galho.

— Cabelo e maquiagem — sussurrou Deidre, parecendo triste por Sloane.

<h1 style="text-align:center">30</h1>

Sloane não usava muitos produtos cosméticos; um pouco de blush, muito hidratante. Então, ela parecia mais velha do que era — e um pouco mais desvairada — depois que a equipe de cabelo e maquiagem terminou de arrumá-la para a videoconferência com o *Presas*. Enquanto tentava atenuar a sombra nos olhos com um chumaço de algodão, um técnico de som avisou que era hora de ajeitar o microfone.

— Pode se sentar aí — disse ele, apontando para uma cadeira preta de diretor montada diante de um fundo preto. — Desculpe pelas luzes, elas são bem quentes. O produtor do programa vai começar a falar com você, depois virão as deixas...

— Sem problema — respondeu Sloane, sucumbindo às várias indiscrições necessárias para o técnico passar o microfone sob sua túnica.

— Pode testar o som? — perguntou ele.

— Um, dois — disse ela para o *headset*.

— Está ouvindo alguma coisa?

— Estática. — Ela ajustou o fone.

— Olá? — disse uma voz masculina em seu ouvido.

— Sim, olá, aqui é Sloane Jacobsen.

— Ah, oi, Sloane, aqui é Jarvis, sou um dos produtores do programa. Vocês entram no ar em cinco minutos, certo?

— Tudo bem — disse ela, piscando para as luzes.

— Sloane? — Uma pausa. — Sloane?

Seus olhos começavam a lacrimejar pelo calor das lâmpadas. E estava se sentindo um pouco enjoada.

— Roman? — respondeu ela para o microfone.

— Sim, Sloane, olá! Que bom falar com você! Isso é bem legal, não é? Tive que acordar às cinco da manhã!

— É mesmo? — perguntou ela, impassível.

— Sim! Sim! Mas Los Angeles é muito legal! As pessoas são tão engraçadas. Estão sempre com pressa, mas nem tanto. E gostam de todas as minhas ideias! — Como ela não respondeu, ele prosseguiu: — Estão me chamando de "embaixador". Do sexo virtual. Embaixador, adorei! Eu devia ter um carro preto enorme! Enfim, fiquei muito animado quando me falaram desta entrevista na semana passada! É um programa famoso, *non*?

— Como é? — perguntou Sloane, se empertigando. — Você soube da entrevista na semana *passada*?

— Sim, no dia depois da minha coluna. Sexta? Não lembro mais.

— Você soube da entrevista na semana passada.

— Sim — repetiu Roman. — Por quê?

— Só falta um minuto, pessoal — anunciou Jarvis, voltando. — Vamos entrar ao vivo...

— Como Dax avisou?

— Como assim? — perguntou Roman.

— Por e-mail? Por telefone? — esclareceu ela.

— Pessoal? — chamou Jarvis.

— Por mensagem, acho.

— Ah, por *mensagem* — explodiu Sloane, a ficha caindo. Dax a avisara em cima da hora de propósito. A ideia se espalhou por ela como um veneno.

— E três, dois, um...

— Jarvis? — chamou Sloane.

— Hum, nós estamos entrando ao vivo... — respondeu ele, nervoso.

— *Vocês* estão entrando ao vivo — disse ela, se levantando e gesticulando para o câmera parar de filmar. — Eu estou indo embora.

— Ei, calma aí, calma aí — começou Jarvis. — Precisamos entrar no ar agora.

— Continuem sem mim — disse Sloane, desligando o microfone.

Todo mundo no estúdio da Mamute ficou encarando de boca aberta enquanto ela se libertava do cabo que passava por baixo de suas roupas. O câmera olhava de um lado para o outro, tentando descobrir a quem devia obedecer.

Uma moça se aproximou, tão constrangida que parecia estar com dor de barriga.

— Hum, Srta. Jacobsen? Sou Danielle, a produtora-assistente, e o pessoal do *Presas* está na linha.

— Isso é entre Dax e eu — respondeu ela.

Sloane não seria pressionada a arruinar sua reputação. Roman fora avisado sobre a entrevista, mas ela, não. Parecia que Dax estava se esforçando bastante para que ela fizesse papel de idiota.

— Eles estão insistindo para que você faça um... comentário? Já que não pode entrar ao vivo? — continuou Danielle, tentando lhe entregar o telefone. — Sobre os produtos da conferência?

— Diga a eles que não vai existir produto *nenhum*, porque as pessoas vão parar de comprar coisas. Diga que a nova tendência é descomprar. Diga isso.

E então saiu do estúdio à procura de Dax, aquele desgraçado.

* * *

Por azar, Dax a encontrou primeiro.

— Estou entrando no lobby — anunciou ele assim que ela atendeu ao telefone. — Estou entrando no elevador. O que *é* que está acontecendo?

Sloane ouviu um apito e se afastou do aparelho: ela recebera mais uma notificação, dezenas ao mesmo tempo. Seu comentário tinha sido anunciado ao vivo no *Presas*, e as pessoas já estavam comentando com a hashtag #descomprar.

— Você armou para cima de mim — acusou ela, voltando a focar em Dax. — Roman ficou sabendo da entrevista *dias* atrás.

— Ah, Sloane, que diferença faz? — perguntou ele. — Você é mais experiente. As meninas das relações públicas cuidam de Roman. O sujeito vive dizendo coisas esquisitas.

— Sério? — zombou Sloane.

— Descomprar é uma tendência, e é *você* quem está irritada? Acho que nós dois precisamos ter uma conversa.

— Concordo — retrucou ela. — Agora mesmo.

— A reunião com o departamento de eletrônica é agora — disse Dax. — Onde você está?

— No quinto andar.

— Eu também.

Ela se virou e então o viu na frente dos elevadores. Seu coração amoleceu enquanto os dois se encaravam. Pela primeira vez, Dax parecia cansado. Uma coisa era conversar, outra era conversar cara a cara.

Ele enfiou o telefone no bolso do terno e se aproximou.

— Sloane.

— Não estou nada feliz, Dax.

E então a porta do elevador se abriu e um grupo de mamutinhos começou a vir na direção dos dois para a reunião. Jin estava entre eles.

Ela tentou manter uma expressão neutra para Dax não notar qualquer mudança em seu comportamento.

— Bem, é melhor o pessoal ir se ajeitando na sala — disse o chefe, tocando o ombro dela em um gesto amigável, sorrindo para os outros. — Tenho que pegar umas coisas.

Jin a alcançou enquanto Dax se afastava com pressa.

— Acho que arranjei uma confusão — disse Sloane.

Aos 13 anos, Sloane tentara ser taoista. Seu interesse pelo dharma do desprendimento durara um bom tempo — e ainda estaria durando se ela não ganhasse a vida vasculhando os desejos da humanidade por pessoas, lugares e coisas.

Uma das formas pelas quais Sloane exibia sua nova espiritualidade para os colegas da oitava série era carregando uma mochila azul-marinho coberta com citações do *Tao Te Ching* de Lao Zi em caneta dourada. Uma delas dizia: *A paciência com amigos e inimigos faz com que você aceite a forma como o mundo funciona.* A frase passiva sugeria que era melhor aceitar as pessoas em vez de tentar mudá-las, mas era nela que Sloane ainda pensava quando não concordava com uma tendência ou moda atual. E lembrava que, se você não podia mudar as pessoas, o tempo o faria. Que só era preciso esperar pelo tempo.

O tempo tinha derrotado sua taoista interior, mas ela ainda seguia os preceitos de mente aberta e reflexão. Assim, usando a paciência como seu compasso, Sloane entrou na sala de reunião. Lá dentro, enquanto esperavam pelo chefe, as pessoas assistiam a vídeos: um clipe viral de Jimmy Fallon tentando vestir um macacão zentai enquanto um Roman já vestido o observava. Outro do urso-polar moribundo escorregando num pedaço de geleira que derretia.

Como os mamutinhos ainda não tinham notado sua presença, Sloane se sentia extremamente ciente do próprio corpo. Sua pele liberava um odor úmido e sulfuroso, como moedas cobertas por musgo. Era suor, empolgação, hormônios. O ato de se cheirar costumava ser um indicador de vitalidade, e permanecia aceito em alguns países: pessoas cheiravam as axilas, as cutículas, os órgãos genitais e as solas dos pés para verificar os próprios corpos, para ver se tinham o mesmo cheiro do dia anterior. Era um método bobo para a cultura ocidental, avessa a germes, mas funcionava. Sloane passara as últimas semanas sem exalar qualquer aroma, e, de repente, cá estava ela, com cheiro de si mesma.

A reunião com o departamento de eletrônica reunira um público maior do que ela esperava. Além de Jin e Deidre, Allison estava lá, e Jarod também, além dos fanfarrões que sugeriram o filtro "antifilhos" para aplicativos de namoro. Chaz e Darla representavam seu respectivo setor de redes sociais, e havia quatro pessoas que Sloane não conhecia. No fim da mesa estava a versão em videoconferência de Roman, sua cabeça emoldurada em uma tela.

Eram onze e meia, um horário em que funcionários no mundo todo ficavam mal-humorados. Assim, a mesa de reunião estava cheia de frutas e amêndoas para ajudar as pessoas a manterem equilibrado o nível de glicemia — e o ânimo.

Quando finalmente apareceu, agora mais calmo, Daxter se empoleirou ao lado do prato de comida como uma ave migratória, apoiando uma das mãos na mesa, usando a outra para jogar amêndoas de Marcona na boca.

Todo mundo percebeu que o chefe estava estranho. Havia olheiras pouco características sob seus olhos, assim como uma energia nervosa que emanava de seu corpo. Irritação. Indecisão. Sloane ficou feliz: ele ainda não decidira o que fazer com ela.

Para a sorte de Dax, o objeto de sua afeição estava ali para distraí-lo.

— Roman! — disse ele, se focando na tela. — Que bom te ver! Está ouvindo bem?

— Sim, bem! — gritou Roman.

Dax fitou a sala com seu sorriso desconfiado, os olhos analisando todo mundo que não fosse Sloane.

— Ótimo — declarou ele, retomando um pouco da confiança.

— Esta época do ano é frenética, então vamos direto ao assunto. Temos as Cortinas Inteligentes para a conferência, mas Jonathan, do departamento de contas, me disse que vocês queriam apresentar outra coisa?

Dax juntou as mãos e levou os dedos erguidos até a boca para esconder melhor a expressão agitada em seu rosto.

— Ah, não se trata exatamente de uma *apresentação* — começou um homem inquieto que Sloane não conhecia. — Só queríamos dar uma amostra da ideia para nosso software de casa conectada. Precisamos da sua aprovação, só isso.

— Roman — disse Dax, se virando para o computador. — Esse é Phillip. Gerente de projetos. Phildo, manda ver.

Um "Phildo" visivelmente nervoso se empertigou diante da atenção e abriu uma pasta de papel-manilha, da qual tirou vários papéis. Do nada, a mente de Sloane se lembrou de outra citação de Lao Zi que costumava estampar sua mochila da oitava série: *Se você não mudar de direção, pode acabar chegando aonde queria ir.* Ocorreu a ela que, se estivesse certa e as pessoas voltassem a se interessar por caligrafia, poderia haver uma procura intensa no mercado pelas canetas douradas de antigamente.

— Então, como todos sabemos, os benefícios de sistemas de automação caseira são a conveniência, a acessibilidade, a segurança e a revenda — recitou Phillip, tentando manter a voz em um tom uniforme. — Mas nossa pesquisa de mercado indica que a maioria dos sistemas inteligentes para casas permanece *fechado*. Isto é, se concentram na segurança e na proteção de uma casa específica, não no que acontece no ambiente ao redor.

— Certo, sim — disse Dax. — Continue.

Sloane observou Phillip engolir em seco. Com dificuldade.

— Hum, então estamos pensando em painéis de mensagem — continuou ele. — Seriam sistemas ativados por voz, inspirados em interfones. Basicamente, a ideia é permitir que você mande mensagens para pessoas em outros cômodos da casa. E, para as pessoas que moram sozinhas, poderiam ser uma fonte de pequenas informações, algo imediato. Por exemplo: está calor, está chovendo, você precisa se vestir de certa forma para o trabalho. Também seriam sincronizados com o sistema de alerta de terrorismo do Departamento de Segurança Interna, então podem emitir sinais laranja ou vermelhos, caso haja alguma restrição na área, e o morador poderia trancar a casa com um toque na tela ou com o uso do telefone.

— Tudo bem... — Dax não parecia nada impressionado. — Vamos começar pela parte óbvia. Isso não é supérfluo? Por que não receber mensagens pelo celular?

— Nossas pesquisas mostram que as pessoas estão ignorando mensagens de texto, da mesma forma como fazem com as de voz — respondeu um homem que parecia nervoso. — Hum, meu nome é Seth, sou do setor de relacionamento com o cliente — apresentou-se.

Ele acenou para a tela de computador que exibia Roman. Sloane na mesma hora se compadeceu do sujeito dedicado. Um dos botões de sua camisa, perto da barriga, estava aberto.

Phillip assentiu com a cabeça para o colega, agradecido pelo apoio.

— O sistema de entrega pode ser configurado — continuou ele.

— As mensagens podem ser associadas a um som irritante que só é desligado quando a mensagem for lida, principalmente em caso de emergências. De mais a mais — prosseguiu, ajustando a gola da camisa —, um sistema de mensagens por painel permite mais flexibilidade entre aparelhos diferentes. Além do som, que pode ser desativado, as pessoas não vão ser interrompidas por notificações enquanto estiverem fazendo outra coisa no telefone.

Sloane olhou ao redor da sala para avaliar a reação dos outros mamutinhos àquela proposta absurda. Allison roía as unhas. Deidre estava séria. Jin tossiu.

— Não sei. — Dax franziu a testa. — Isso não vai servir para a ReProdução: é muito genérico. Tipo, saquei a vantagem de avisar ao pequeno Billy que está na hora do jantar sem ter que subir para chamá-lo no quarto. Mas para que mais isso serviria? — Ele coçou a têmpora. — Preciso de algo melhor.

Phillip ficou vermelho.

— Nossa pesquisa inicial mostra que as pessoas gostariam dessa tecnologia.

Ela perdeu a paciência.

— Não seria mais fácil simplesmente *falar* com os outros? — soltou Sloane.

— Perdão? — perguntou Phillip enquanto Jin começava a rir.

— Preciso perguntar — disse Jin, incapaz de se controlar. — A gente vai parar de usar janelas?

— Janelas? — Phillip fez uma careta. — Ninguém mais abre janelas nos computadores, é...

— Estou falando da estrutura arquitetônica que deixa a luz entrar — cortou Jin. — Quero dizer, meu pensamento muito moderno é que, se eu tenho uma janela, posso simplesmente olhar por ela e decidir sozinho o que vestir. Não preciso que um sistema tecnológico me mande uma *mensagem*.

Não importava se ele estava dizendo aquilo para ajudá-la ou se realmente concordava com o fato de os painéis serem desnecessários; Sloane ficou tão grata que sentiu o peito aquecer.

— Sabe de uma coisa — começou Chaz em um tom debochado —, muitas pessoas *não têm* janelas, especialmente em Nova York. Então isso pode ajudar bastante gente a economizar tempo...

— Vou dizer o que eu acho — anunciou Darla, tamborilando os dedos na caneca de café. — É verdade que paramos de ler mensagens. Quero dizer, eu parei, e trabalho com redes sociais.

— Obrigado — disse Phillip.

— Certo, certo, certo, escutem. Meu Deus — interrompeu Dax. — Podemos usar esse conceito. Só precisamos redefini-lo. — Ele ergueu a mão. — Roman. O que você acha?

— Sim, bem, eu acho, eu acho — atrapalhou-se Roman enquanto todo mundo virava para encará-lo — que isso é uma consequência do terrorismo. É um sentimento ruim, *non*? Sentir medo?

Sloane sentiu um breve lampejo de alívio por Roman não ter enlouquecido de vez. Ele também achava que painéis de mensagem eram uma péssima ideia.

— Só isso? — perguntou Dax, irritado.

— Sim.

— Ótimo — continuou o chefe. — Muito bom. Vamos passar para a próxima.

— Na verdade, eu tenho um comentário — disse Sloane.

— Quer saber? — retrucou Dax, virando em sua direção. — Que tal guardá-lo para si mesma?

Houve uma arfada audível dos funcionários sentados à mesa. Sloane permaneceu firme.

— O que *realmente* daria certo na área da comunicação — continuou ela, mesmo assim — seria incentivar as pessoas a voltarem a se *comunicar*. Vocês se lembram daquele comercial de telefone da família assistindo a *Star Wars* no celular no meio das montanhas? Ele dizia... — Sloane pegou o próprio aparelho e digitou algo rápido. — *Nós ainda temos hora para dormir? Quem escolhe os filmes? Quem ligou as estrelas? As crianças têm muitas perguntas, mas jamais deviam duvidar de que sua rede de telefonia possa transmitir vídeos. Se você não estiver na maior e mais confiável rede, quantas coisas está perdendo?*

Phillip olhou ao redor da sala, confuso, sem saber em quem depositar sua lealdade. Mas então seu olhar encontrou o do chefe, e a escolha foi feita.

— Essa propaganda fez muito sucesso — zombou ele.

— Hum, na verdade — disse Seth, do setor de relacionamento com o cliente —, não fez. As pessoas ficaram... ofendidas. Pelo negócio da natureza.

— Que negócio da natureza? — perguntou Darla.

Seth corou.

— Bem, elas acharam que a natureza devia ser pura, sabe? Afastada de tudo.

— Ah, isso é bobagem — rebateu Chaz, o geoviralista. — Faz *anos* que acampamentos de luxo são um sucesso. Quero dizer, a gente encontra campings assim no país todo.

— Ah, meu Deus, gente — interrompeu Sloane, incapaz de continuar ouvindo picuinhas. — Na verdade, o anúncio é muito subversivo. Ele não fala de *acampamentos de luxo*. Apesar de ser bem provável que a empresa não tenha percebido, ela mostrou exatamente do que estamos abrindo mão quando priorizamos a conectividade. E a resposta é: de nós mesmos. Nossos aparelhos inteligentes moldam a forma como pensamos e agimos e amamos; não nos sentimos completos sem eles. E é por *isso* que a família não consegue nem pensar em acampar sem uma rede de telefonia confiável. Eles morrem de medo dos próprios pensamentos.

— Em relação, em relação ao comercial... — berrou Roman da tela. — Eu *acho* que as pessoas querem conectividade universal. Se não estivermos sempre ligados às nossas vidas virtuais, corremos o risco de sofrer a divisão do ser...

— Está bem, está bem, vocês dois, chega dessa baboseira francesa — cortou Dax. — Não estamos falando sobre uma crise existencial, só de conseguir fazer um garoto sentar à mesa de jantar na merda da hora certa, para variar. Ou, se você não tiver... pelo amor de Deus, vamos deixar os painéis de mensagem para depois, já que todo mundo está *implicando* com essa porra. Juro por Deus. Eu devia ter ficado esquiando.

Furioso, o chefe jogou mais amêndoas de Marcona dentro da boca e então limpou a gordura nos dedos com uma montanha de guardanapos. Sloane torceu para Daxter Stevens gostar daqueles lanchinhos caros. Dali a três anos, quando a seca piorasse no sul da Península Ibérica, as amêndoas de Marcona seriam extintas. Assim como as amêndoas normais. E pistache. Na verdade, quando se tratava de petiscos naturais, só os insetos sobreviveriam.

— Phildo, por favor. *Por favor.* Vamos falar só das Cortinas Inteligentes. Roman — Dax se virou para o computador —, esse é o projeto da sua equipe.

Com cara de quem também preferia ter ficado esquiando, Phillip se atrapalhou com as folhas que restavam na pasta.

— É claro. É claro. Deidre? — chamou ele sem olhar para a secretária. — Pode colocar as imagens na tela?

Quando Deidre se sentia emotiva, ficava um pouquinho vermelha atrás das orelhas. Agora, a parte lisa e macia de seu pescoço estava praticamente roxa.

— Certo, Cortinas Inteligentes não é o nome oficial — continuou Phillip, direcionando sua atenção para o slide —, mas estamos pensando em alternativas. Este é apenas o nome temporário. Pensamos em Olhoz-Libertoz, ou Telas Livres, ou Cortinas de Fumaça... Não sei — emendou ele, se encolhendo ao ver a reação de Dax às sugestões. — Mas a ideia é que seja um... tipo um agente de viagens, na verdade — continuou, determinado a impressionar. — Uma mistura de agente de viagens com um técnico de iluminação com...

— Prisão domiciliar? — sugeriu Jin.

Dax se virou na direção dele. Phillip estava boquiaberto, sem terminar a frase.

— Por acaso você trabalha no departamento de marketing agora? — perguntou o chefe.

Jin balançou a cabeça para as imagens.

— Só acho que a gente podia fazer algo melhor.

— E eu estou pouco me lixando para o que você acha! — berrou Dax, irritado. — Você é pago para transformar as necessidades do mercado em *propagandas*, não para... filosofar! Pelo amor de Deus!

Sloane observou Jin tensionar a mandíbula diante do ataque. Ela ficara incomodada quando o chefe rejeitara suas previsões, mas agora via que ele também limitava Jin — e o colocava para baixo. Jin, que percebera antes de todo mundo que os consumidores estavam prontos para ver idosos em comerciais novamente. Jin, que compartilhava a mesma sensibilidade quase alérgica a cores que Sloane. Jin, que deixava bem claro que estava do lado dela quando ninguém mais ousaria fazer uma coisa dessas. Jin, que lhe dera seu primeiro orgasmo vaginal em dez anos.

— Estamos vendendo a ideia como *férias sem sair do lugar* — retomou Phillip, visivelmente abalado, tentando voltar ao ritmo de sua apresentação. — Deidre?

Pressionando os lábios com força, a secretária abriu o primeiro slide. Uma família de quatro pessoas sentava ao redor de uma ilha de cozinha. Era manhã. Eles tomavam café. A vista imaculada de uma montanha e um lago era visível através de uma janela gigantesca.

No segundo slide, a mesma família recebia amigos — adultos estilosos que vestiam jeans preto e suéteres largos. Era noite. Uma mesa de madeira estava cheia de azeitonas, biscoitos salgados, vinho. A cozinha aparecia no fundo da imagem, mas, dessa vez, a janela gigante mostrava várias luzes urbanas, como se a casa estivesse em cima de um penhasco. Na terceira cena, a mesma janela exibia uma vista perfeita do Grand Canyon. No quarto slide, a imagem situava a casa no meio de uma mata fechada, com macacos, aves exóticas e árvores enormes no quintal dos fundos.

— Isso, *sim* — elogiou Dax, recuperando sua animação —, é genial. Vou perdoar a inclusão dos filhos. Podemos contornar esse problema de algum jeito na ReProdução. Cortinas Inteligentes: *Viva onde você quiser.*

— Sem precisar mudar de casa — acrescentou Phillip, radiante.

— Nem pagar mais impostos.

— *Genial* de verdade — exclamou Dax. — Adorei. Adorei tudo.

— Elas são ativadas por sensores, é claro — vangloriou-se Phillip.

— E, com o tempo, serão holográficas. Podemos incorporar as Cortinas Inteligentes ao restante do sistema Morador para a casa se adaptar ao tipo de ambiente natural que o cliente deseja numa hora programada.

— Adorei, adorei mesmo! — gritou Roman na tela. — E pode ser sincronizado com o sexo aumentado, então a experiência em casa passa a ser mais do que virtual e se torna totalmente interativa.

— Sim, sim — disse Daxter, assentindo com a cabeça, distraído.

— Não acho que *tudo* tenha a ver com pornografia virtual, mas o produto pode ser usado para o mundo do sexo cibernético, claro.

Sloane olhou com desânimo para os papagaios coloridos e as árvores frondosas, exóticas. A natureza-morta das antigas maravilhas do mundo natural.

— Mas isso é igual aos ursos-polares — comentou ela, mais para si mesma.

— Ahn? — perguntou Chaz.

— Aquela foto que todo mundo está compartilhando — explicou Sloane, agora mais alto. — Do urso-polar. As pessoas clicaram nela, compartilharam, colocaram carinhas tristes e foram embora achando que ajudaram de alguma forma, quando, na verdade, não fizeram porra nenhuma. Essas... essas Cortinas Inteligentes, ou seja lá como vão chamá-las, são literalmente *cortinas*. É o tipo de coisa que encoraja as pessoas a cagarem ainda mais para o meio ambiente. Que diferença faz as florestas tropicais estarem desaparecendo se você consegue vê-las no seu quintal?

— Eu acho — disse Allison, que até então permanecera calada — que é *mesmo* um pouco assustador.

Ela parecia completamente constrangida por argumentar contra a própria equipe.

— *Assustador?* — repetiu Chaz.

— Bem, parece um pouco claustrofóbico — adicionou Seth com a voz trêmula.

— Nem vou tentar entender o que você quer dizer com "claustrofóbico" — rebateu Dax, irritado. — Não estamos falando sobre resolvermos o aquecimento global. Estamos falando de criar um ambiente agradável, tranquilizador, *atraente* para uma casa. Estamos falando — ele se levantou abruptamente e apontou para a imagem noturna dos amigos comendo azeitonas — de morar em um apartamento de merda em Hartford e sentir como se ele fosse um bangalô em Los Angeles. Estamos falando de tirar férias em Belize mesmo quando você não tem um tostão. Estamos falando de nos tornarmos cidadãos do mundo.

— Ou estamos falando de uma forma de encorajar as pessoas a nunca saírem de casa — disse Sloane.

— Você! — gritou ele. — Você gosta de *alguma* coisa que nós fazemos? Meu Deus, eu devia ter contratado seu marido desde o início!

Dax se voltou para os slides na tela. O ponto de ebulição do sangue é cem graus Celsius. Faltavam uns dois graus para Sloane chegar lá.

Era óbvio que o chefe também fora pego de surpresa pela própria reação amargurada. Quando ele se virou novamente para a sala, pegando mais amêndoas, na defensiva, estava bastante corado. Enquanto isso, Sloane aproveitara a pausa para fazer emergir seus instintos flamejantes, escondidos sob a repulsa por aquele homem que a fizera duvidar das próprias convicções desde o instante em que a contratara.

— Sabe de uma coisa? Você não precisa concordar comigo — disse ela, libertando-se com o som da própria voz. — Ninguém precisa. A Mamute pode continuar a produzir e vender seus produtos como se não houvesse amanhã. Como se o que estivesse acontecendo no mundo, com o mundo, não fizesse diferença. — Sloane deu de ombros. Todos a encaravam. Mas ela não se importava. Não podia se importar. Ela pegaria todo mundo de surpresa quando expressasse seus sentimentos. — Não tem problema — continuou ela, olhando de Dax para Phillip. — Ignorem tudo que eu digo. Pensem que sou conservadora. Pensem que sou uma mulher de 40 anos e em todos os motivos por que isso é um problema. Mas, se vocês não me ouvirem, vão acabar sem clientes para comprar esses produtos.

Jin mal conseguia conter o sorriso que crescia em seu rosto. Os olhos de Deidre estavam arregalados. Dax, em seu terno azul-marinho, parecia prestes a pular em cima dela, mas, antes que qualquer palavra fosse dita, houve uma batida à porta de vidro da sala de reunião.

Dax virou com raiva e assentiu com a cabeça, permitindo a entrada da estagiária apavorada com um bilhete na mão.

— *Sim?* — disse ele, ficando ainda mais irritado com o aparente nervosismo da garota.

— Hum — respondeu ela, os ombros tensos pelo estresse psicossomático de interromper o chefe. — Desculpe. É para a... Srta. Jacobsen. Não consegui falar com Deidre, porque, hum, Deidre está aqui.

Dax a fitou com impaciência. A secretária-executiva encarou Sloane.

— Agora *realmente* não é o melhor momento — declarou ele.

— É só que, hum, Srta. Jacobsen? — continuou a estagiária, olhando para o bilhete e depois para a pessoa a quem devia entregá--lo. — Aqui... — disse ela, estendendo o papel, apesar de Sloane estar a seis pessoas de distância e ser incapaz de alcançá-lo. — Seu sobrinho está nascendo.

Sloane ficou dura ao absorver a notícia. Parecia que tinha levado um soco.

— Minha irmã está bem?! — conseguiu perguntar, se levantando para pegar o bilhete.

Para Sloane: sua mãe ligou, Leila está em trabalho de parto. Vá para o Greenwich Hospital se puder.

— Ah, meu Deus — atrapalhou-se a estagiária —, eu... acho que sim. Ou... não sei.

A resposta nebulosa fez todo mundo se virar para Sloane. O anúncio deixara de ser feliz e se tornara preocupante.

— Preciso de um carro — afirmou ela, afastando o olhar do papel. E se voltou para Deidre, com medo de a voz falhar. — Meu carro.

— É claro, Sloane. É claro.

Seu coração batia em um ritmo horroroso. Ela não sabia nada sobre nascimentos prematuros. Não sabia o que poderia acontecer, as consequências. Não sabia o que seria da sua família se o bebê morresse.

— Bem — disse Dax, soando extremamente irritado. — Meus parabéns.

— Não — rebateu Sloane, os olhos soltando faíscas. — O bebê não devia...

Ela ergueu a cabeça e viu Roman encarando-a com indiferença, sem nada a oferecer, nenhuma palavra bondosa para compartilhar. E então fitou Jin, que estava meio erguido de preocupação, incriminando a si mesmo com sua compaixão. Ele não disse nada, mas nem precisava. *Eu vou junto*, indicavam seus olhos.

Só que a velha paralisia tinha reaparecido. Diante da notícia repentina, Sloane queria se esconder, fugir emocionalmente. Aquela deveria ser uma interrupção feliz — nascimentos são o milagre da vida —, mas ela perdera a capacidade de acreditar no amor. Amor significava perdas, e perdas significavam se sentir incompleto na vida.

Ela começou a enfiar papéis na bolsa, permitindo que pensamentos obscuros tomassem conta de sua mente. Mas então notou a forma como Deidre a encarava, e Jin, e Allison, e Seth. Eles estavam preocupados. Estavam interessados. Eles faziam parte da sua história agora. E então fitou Dax, que limpava mais gordura dos dedos, e para Roman, na tela, que piscava como um idiota.

Sloane parou de juntar a papelada, obrigando as mãos a se acomodarem sobre a mesa fria. Encarou com atrevimento os homens que esperavam que ela fosse se ocupar com o trabalho mais feminino de todos. Sloane sabia que, se saísse agora daquela sala, sairia da Mamute para sempre. Sua partida abriria o caminho para as ideias misofóbicas de Roman se espalharem sobre os bens de consumo, livres. Até todos se destruírem.

— Quer saber? — disse Sloane para Dax. — Você pode desligar Roman?

Quando o chefe a encarou como se ela estivesse falando grego, Sloane redirecionou a pergunta para Seth e Chaz, que sentavam ao lado da tela.

— Algum dos dois pode desligar a tela? — repetiu, cruzando os braços. — Não quero que ele roube minhas ideias.

— Ora, Sloane — rebateu Roman, nervoso. — Não acho que você tenha o direito de...

Os olhos dela se conectaram com os de Seth. Ele umedeceu os lábios com timidez, o rosto largo concentrado. Então pegou o tablet e o desligou.

— Mas que cara de pau do caralho — reclamou Dax de seu poleiro.

A estagiária, confusa e aterrorizada, continuava encolhida perto da porta.

— Então, hum, posso chamar o carro? — gaguejou ela.

Sloane se virou para a garota. Tão jovem. E inocente. Provavelmente havia passado a vida inteira aprendendo apenas as coisas que queria aprender.

— Você pode esperar se quiser, tanto faz — respondeu Sloane. — Vou ser rápida.

Sem saber qual das alternativas era mais assustadora, a garota permaneceu onde estava. Na mesa, ombros ficaram tensos. As pessoas fitavam umas às outras com ar preocupado.

— Então, eu acho — disse Sloane, encarando a mesa. — Eu acho...

Ela estava se concentrando tanto que conseguia *ver* o mundo dentro de sua mente. Lençóis de borracha e aviões de papel e o envelhecimento de entes queridos. Moletons emprestados, lençóis sujos, uma embalagem de bala na grama. Uma chaleira apitando, fervendo. Os pés de galinha da sua própria pele envelhecida. A irmã com o corpo abalado, a mente rezando, em um leito de hospital.

— Eu acho que você pode enfiar a conferência ReProdução no seu rabo. — Ela ergueu uma das mãos enquanto Dax abria a boca. — E sim, estou pedindo demissão. Vou poupá-los do suspense. E não é porque você fica me ameaçando nem porque essa história de pró-tecnologia, pró-contato físico é só uma desculpa para você me humilhar, mas porque tudo que a Mamute está produzindo vai tornar os seres humanos *piores* do que já são.

— Sim, pois é — disse Dax, fumegando. — Você já deixou isso bem claro, não acha? Em rede nacional, enquanto estava sob contrato. Coisa que, graças a Deus, não está mais. Boa sorte, sério, muito boa sorte para você! Para conseguir arrumar outro emprego.

— Realmente. — Sloane retribuiu o olhar raivoso. — E boa sorte para todos vocês. Boa sorte com aquele palhaço de analista que só sabe repetir a mesma coisa. Roman parece útil agora. E divertido. Ele vai manter a Mamute no foco das notícias. Mas ele não é um analista de tendências, nunca foi. A coluna do #sexomorreu? Aquilo tudo foi baseado nas *minhas* pesquisas. Nas *minhas* apresentações. Se vocês escutarem ao que ele diz, vão ter sucesso hoje. Vão ter sucesso amanhã. Mas depois disso? Vocês estão fodidos. — Sloane fechou os dedos em punhos para não tremer. Queria causar impacto. Não demonstrar raiva. — Enquanto vocês preferem não se dar ao trabalho de ver além dos próximos dois anos — retomou ela, um pouco mais calma —, estou dizendo que os dias de acreditar que a internet pode resolver tudo estão chegando ao fim. As *interações* sociais vão substituir as redes sociais. Fazer as coisas ao vivo, por conta própria, vai predominar sobre a mania de arrecadar fundos e fazer protestos com cliques do mouse. Nos próximos anos, seu trabalho vai deixar de ser organizado em rede, focado na quantidade, e passar a se concentrar na qualidade, criando hierarquias organizadas para causar mudanças reais e qualitativas. Então, se não mudarem o rumo que estão seguindo, serão *vocês* quem ficarão sem emprego.

— Deve ser vergonhoso — comentou Dax, maldoso — estar tão por fora da realidade.

— Sou *eu* quem está por fora da realidade? — gritou Sloane, apontando para as imagens da Cortina Inteligente que permaneciam na tela. — Você está investindo pesado em produtos que incentivam as pessoas a se afastarem tanto da natureza que elas chegam ao ponto de ficarem felizes, *felizes* de verdade, em não saber a diferença entre simulações e a realidade.

Ela olhou para o tablet de Roman, virado para baixo na mesa. A fama do ex no Instagram não sobreviveria àquilo, ao potencial de bondade no mundo. As pessoas ainda eram capazes de se salvar de uma dissociação total e irreparável; ela precisava acreditar nisso, pois, caso contrário, não haveria motivo para continuar.

Sloane alternou o peso nos pés. Ela ainda encarava as imagens da apresentação de Phillip. As Cortinas Inteligentes eram resultado de um trabalho mental; de mentes dentro de seres humanos que se permitiram acreditar que conveniência equivalia a satisfação. Essas mentes continuavam ativas, trabalhando nos produtos errados. Ela não conseguia nem imaginar o que as pessoas seriam capazes de criar se retomassem o controle dos próprios pensamentos. Curas para doenças graves. Membros do corpo autorregenerativos. Sistemas de estradas inteligentes que conseguiam consertar buracos por conta própria.

Talvez suas previsões só fossem acontecer dali a sete anos. Talvez ela estivesse errada e a humanidade jamais se consertaria, permitindo que as máquinas e o *Homo sapiens* se fundissem, e turistas passariam a visitar o Grand Canyon apenas por meios virtuais porque estavam tão consumidos pela ansiedade social que não queriam se afastar muito de casa. Mas talvez — só talvez — as pessoas estivessem mais do que prontas para se livrar das amarras da solidão psicossomática. Talvez a revolução viesse mais cedo se as tendências certas fossem incentivadas.

Na sala, todos estavam imóveis e inexpressivos, talvez temendo que, se dissessem algo, se movessem um fio de cabelo, Sloane pararia de falar. Mas isso não ia acontecer.

— Vocês estão tornando o coração e o cérebro humano ainda mais dependentes da tecnologia — continuou ela, um pouco menos exaltada. — E isso rende rios de dinheiro. Mas como é viver em um mundo onde as pessoas não precisam mais pedir orientação para os outros na rua, onde não recebem mais pedidos de tirar fotos de casais em lua de mel com a câmera deles? Se vocês acham que paus de selfie são o caminho da felicidade, estão completamente enganados. O contato humano está em *risco de extinção*. Vocês acham que o futuro pertence ao tipo de gente que vai sincronizar a geladeira com o smartphone, mas as pessoas já estão prontas para serem vulneráveis e livres e *íntimas* de novo. Não amanhã, mas *agora*.

Sloane fez uma pausa, desafiando os mamutinhos a rirem. Só que a risada não veio. Todo mundo a encarava de boca aberta, completamente em choque.

— Querem saber o que *eu* vejo para o futuro? — indagou ela. — Já que foi por isso que me contrataram? — Ela encarou novamente o espaço vazio que não abrigava mais Roman. — Em vez de sexualidade aumentada e brinquedos eróticos virtuais? Vejo programas de relacionamento baseados em feromônios, e não em algoritmos. Vejo visitas diárias a spas onde as pessoas podem ser abraçadas. Vejo médicos regulando os níveis de contato humano dos pacientes com a mesma atenção que dedicam à pressão arterial. Vejo o retorno de telefones que abrem e fecham e que não fazem nada além de mandar mensagens para os outros. Vejo que o auge da elegância será viver sem Wi-Fi. Vejo o contato visual como a nova fonte de vigor. Colaboração em vez de ambição. E olhem que notícia boa para o planeta: vejo um mundo onde se faz *mais* sexo para reprodução, porque, no geral, é segurando e criando e protegendo crianças que as pessoas percebem como viver é *bom* pra caralho. Vejo uma retração enorme na sua margem de lucro dentro de dois anos. Vejo vocês descartando produtos que os clientes passarão a ter coragem suficiente para admitir que não querem. Vejo as pessoas dando as costas para a Mamute. Voltando-se umas para as outras. E se rebelando contra a tecnologia.

Dax estava atônito. Ele piscava para ela com fúria, como se um monte de areia tivesse entrado em seus olhos.

— Você está tão, tão errada — concluiu ele. — Coitada.

De repente, uma cadeira raspou o carpete. Seth, do setor de relacionamento com o cliente, estava de pé, com o pescoço todo suado.

— Eu acho que ela está certa! — gritou ele.

— Você está de *sacanagem*? — zombou Dax. — Sente-se, *Seth.*

— Você não entende *nada* sobre a nossa empresa! — gritou Phillip para Sloane.

— E você prefere trabalhar para um maluco que acha que todo e qualquer problema vai ser resolvido com sexo virtual? — perguntou Allison, se levantando. — Então boa sorte. Eu também acredito nela.

— Eu também — disse Jin, se juntando ao grupo.

— Odiei todos os dias dos últimos três anos que trabalhei aqui — declarou Deidre do seu cantinho. — E eu me demito. Eu me demito. Eu me demito.

Ouviu-se um som engasgado da outra extremidade da mesa, e Seth abriu os braços.

Havia momentos que eram possíveis de prever, e outros que não dava para imaginar. Graças a Deus, em seu absurdo glorioso, a vida ainda conseguia causar surpresas ocasionais em Sloane Jacobsen. Uma delas fora seu envolvimento com um colega de trabalho; começar a se apaixonar por ele, outra. Ver o diretor do setor de relacionamento com o cliente com os olhos inchados e os braços abertos, em uma expectativa óbvia, com certeza era mais uma.

Sloane fitou os braços abertos e vazios de Seth, e então Deidre começou a chorar.

— Porra, eu vou ter que chamar a *polícia*? — perguntou Dax, olhando com nojo para sua secretária-executiva e para o chefe do setor de relacionamento com o cliente. — Vocês estão falando *sério*?

— E você, está? — exclamou Seth, cheio de brilho, resplendor e coragem. — *Está*?

Então, como se seus movimentos tivessem sido coordenados, Sloane deu a volta na mesa para cair nos braços de Seth, enquanto Jin se apressava até o outro lado da sala para Deidre desabar sobre os dele. Sloane observou sobre os ombros largos de Seth enquanto Jin acariciava a cabeça de Deidre.

— Faz tanto tempo que ninguém me abraça — confessou a secretária.

Era difícil dizer com certeza, porque ela estava um pouco dominada pelo cheiro de camisa engomada, mas parecia que Seth também estava chorando.

— Quero brincar com meus filhos de novo — disse ele contra o peito dela, as mãos quentes em suas costas. — Mas não consigo largar meu telefone! — Sloane o sentia tremer. — Não consigo!

— Já chega — berrou Dax. — Vou chamar a segurança.

— Rá — zombou Allison —, e dizer o quê?

— Que estou testemunhando a destruição total do bom senso. Você, estagiária — ordenou ele. — Como perdi minha secretária, preciso que mande o RH começar a papelada das demissões.

— Hum, na verdade, sabe, na verdade — disse a garota —, acho que eu quero me demitir também.

— Muito bom! Muito bom, todos vocês! Mas que merda, é uma bomba atrás da outra!

Ele deu um encontrão com o quadril em Allison enquanto saía da sala.

Apoiado no ombro de Sloane, Seth continuava a se debulhar em lágrimas depois de uma década de desejos ignorados. Na mesa, as pessoas que continuavam sentadas trocavam expressões de pura descrença.

Devagar e gentilmente, Sloane esfregou as costas cansadas de Seth. Em sua mente, imaginou Dax batendo os pés a caminho do RH. Agora lhe parecia urgente — essencial — que fosse até a irmã.

— Está tudo bem — sussurrou ela contra a gola que mostrava manchas beges de suor antigo. — Vai ficar tudo bem.

— Vai? — perguntou Seth com a voz falhando.

— Bem — disse Sloane, reavaliando. — Acho que vai.

Passando pela entrada da emergência, pelas portas de vidro, subindo pelo elevador estéril para o andar da maternidade, Sloane correu em direção à família. *Vai dar tudo certo*, insistia ela para o som dos próprios passos. *Tem que dar.*

O quarto 234 abrigava três corpos silenciosos: Harvey e Margaret, as mãos tocando os lençóis frios da cama onde Leila estava deitada. Sloane parou sob o batente da porta — o cunhado ergueu o olhar primeiro, e sua expressão era indecifrável. Então Margaret a viu, e seu rosto se desmantelou.

— Leilee? — chamou Sloane, correndo para a cama.

A irmã parecia grogue, drogada, a pele pálida. Um cateter passava pelo gradil da cama e seguia para baixo de sua camisola de hospital. Sloane segurou a mão dela e a encontrou mole.

— Saí assim da cirurgia — disse Leila, acabando com a cena silenciosa. E então começou a chorar.

Sloane já tomara três xícaras de café da lanchonete e comido um saco de donuts; o bebê não havia morrido. Isso não significava que *iria* sobreviver, explicou o médico, ou que não teria nenhuma complicação a longo prazo, mas ele estava vivo.

"Vivo." "Morto." "Complicações." Enquanto Sloane ficava lá parada, tonta de tantas emoções, refletiu bastante sobre as possibilidades. Aquele não era o momento de expor a irmã fragilizada a tudo que poderia acontecer, mas de lidar com os fatos. O bebê havia nascido com 29 semanas e meia, um quilo e meio. As más notícias: com uma infecção por causa da placenta, precisava receber injeções de esteroides nos pulmões. As boas notícias: ele estava em uma incubadora para facilitar sua respiração, mas o pequeno guerreiro conseguia fazer isso sozinho.

Depois que o médico foi embora e Leila ficou descansando, os outros três murcharam, cheios de medo. Margaret, encolhida na cama estreita onde o genro provavelmente passaria a noite, Harvey e Sloane ao lado da porta do banheiro.

— Você já... segurou ele? — Sloane ousou perguntar.

— Ah, não — respondeu Harvey, balançando a cabeça devagar, como se estivesse dormindo. — Ele é pequeno demais para isso.

Margaret continuava sentada em silêncio, ainda em estado de choque.

— Preciso vê-lo — disse ela, de repente. — O pequenininho.

Sloane observou enquanto a mãe se levantava com um estalo da cama frágil.

Pense em todos os seres humanos, tinha dito Roman depois do escândalo que ela dera no restaurante. *Pense em todas as bocas.* Pense em todos os seres humaninhos e em todas as boquinhas. Comerciais e pacotes de fralda exibem bebês gorduchos lindos, que balbuciam e têm olhos azuis, línguas pequeninas e perfeitas. Mas nenéns prematuros eram brilhantes, com a pele amarelada e tão miúdos que cabiam na palma da mão. Eram minúsculos.

O de Leila ainda não tinha nome, mas era *mesmo* pequenininho. Seus dedos escuros se curvavam em traços absurdamente delicados, o pênis, os pulsos e os tornozelos diminutos envoltos em uma multidão de fios. A incubadora de plástico transparente fazia com que ele parecesse estar mergulhando nas profundezas dos quatro painéis que o aprisionavam.

Sloane tocou o vidro que os separava. Ao seu lado, a mãe — uma mulher que passara trinta anos casada com um ateu — se benzeu.

— E aí está o meu garoto valente — disse Harvey, também tocando o vidro.

— Ele com certeza tem o seu porte — comentou Margaret, ironicamente.

Harvey e Sloane trocaram um olhar chocado. Então Margaret tentou rir, mas o som saiu engasgado. Um sopro de ar assustado.

— Depois de dois netos, achei que fosse mais fácil aguentar a barra — disse ela, encarando os corpinhos nas camas, inexpressiva. — Mas não é. Não é mesmo.

E então começou a chorar de novo, de soluçar. Virou-se e pressionou o rosto contra o peito do genro.

Era o segundo de dez dias que Leila teria que passar em um novo repouso absoluto; ainda não se sabia quanto tempo o Pequenininho teria que ficar na unidade de terapia intensiva neonatal. A equipe e os enfermeiros do hospital permaneciam reticentes e bondosos quando essas perguntas eram feitas.

Vivendo à base de uma mistura de anestesia, analgésicos, hormônios e adrenalina, Leila parecia mais corada no dia seguinte. Ela dormira profundamente e fora levada em uma cadeira de rodas para conhecer o filho naquela manhã.

— Gremlin — dizia ela agora, apertando o controle remoto da cama para reclinar o encosto e conseguir conversar direito com a irmã. Ainda havia fios presos em seu corpo. Sloane pensou que o mundo podia ser dividido em pessoas que já tinham recebido medicamentos intravenosos e aquelas que não. — É nossa segunda opção depois de "Pequeno".

Sloane sentou ao seu lado, mais reconfortada do que perturbada pelo senso de humor da irmã. Em seus melhores momento, Leila sempre fora direta e ácida. As duas estavam sozinhas na suíte de hospital arejada e espaçosa — Harvey fora levar as crianças para a escola e agora estava descansando, enquanto a mãe devia estar "cozinhando para os enfermeiros", segundo Leila.

— Como ele está? — perguntou Sloane.

— Parece que os pulmões estão melhorando. Mas dá para imaginar? Injeções de esteroide? Nos *pulmões*? Não estou me aguentando — disse ela, os olhos enchendo de lágrimas apesar do bom humor de alguns segundos atrás. — Eu o trago para o mundo, e a primeira coisa que ele sente é dor.

O que Sloane podia dizer? Que Leila não devia se culpar? Que as coisas com certeza dariam certo? Bem, ninguém tinha essa certeza. Ela não sentia qualquer previsão, qualquer sensação, nenhuma queimação em seu estômago. Sua famosa intuição devia estar sofrendo interferência das frequências do equipamento hospitalar, ou ela não tinha nenhum sexto sentido quando se tratava dos desfechos de vidas humanas.

— Leilee. — Ela acariciou o braço da irmã sob o algodão gasto da camisola de hospital, que tinha uma estampa absurda de patos. — As crianças sabem?

— Meu Deus. — Leila suspirou. — Harvey está cuidando disso, graças a Deus. Mamãe queria falar com eles ontem, mas dá para imaginar como teria sido.

— Ela parece estar muito mal.

— Ela está pior do que eu! — exclamou Leila. — Pior do que Harvey! Mas você sabe que, para mamãe, é como se cada neto fosse uma nova chance de vida.

Sloane ficou em silêncio, o coração acelerado. Tinha duas coisas que queria dizer para a irmã. A qualquer momento, uma enfermeira podia aparecer, a mãe podia voltar com um prato quente de comida. A compreensão de que aquele talvez fosse o único momento que teria pulsava dentro de si.

Começaria com a notícia mais fácil. Que faria Leila rir.

— Então, Leilee, tenho uma novidade — começou ela, afastando a mão do braço da irmã.

— Ahhh. O quê? Roman foi preso?

— Preso? — zombou Sloane. — Não. Mas é... é algo assim. Quer dizer, talvez eu tenha, tipo, um namorado?

— Como assim, um *namorado*? — arfou ela. — Que tipo de namorado?!

— Bem, ainda não chegamos a esse ponto. — Sloane corou. — Ainda nem... Eu não devia ter falado nada, mas é só que ele disse que talvez passe aqui hoje, e...

— Espere aí. Pode parar. Então, você largou seu marido praticamente ontem, e agora vou conhecer o seu *namorado*? *Assim?*

— Ah, ele não deve vir aqui, a gente só ia se encontrar...

— Quem *é* esse cara? — insistiu Leila.

— É um... colega de trabalho — disse Sloane, vacilando um pouco.

A irmã queria saber mais detalhes, então ela resumiu o que podia, passando a imagem de um Jin que apoiava suas ideias não convencionais desde o momento em que ela pisara na Mamute, e como o relacionamento se desenvolvera a partir disso, mas evitando contar que tudo realmente começara com os dois se atracando na casa da mãe dele. Mas, mesmo enquanto contava a Leila todos os detalhes melosos (ela dissera "lindo" duas vezes), Sloane estava distraída, nervosa, ficava prestando atenção no relógio. Era agora ou nunca. Precisava acontecer antes de Margaret chegar.

— Tem outra coisa — recomeçou ela, sentindo o rosto ficar vermelho.

— Ah, meu Deus, vocês vão casar!

— Não — respondeu Sloane, chocada. — O quê?

— Você foi demitida — continuou Leila, assentindo com a cabeça, determinada. — Por causa dele.

— Não. — Sloane franziu o nariz. — Na verdade, pedi demissão.

— Espere, o quê?

— Mas não é sobre isso que quero falar. Escute, Leila, escute. Tem uma coisa que preciso... Que quero te dar.

— Certo — disse Leila, hesitante.

Sloane olhou de verdade para a irmã, tanto pela primeira quanto pela zilionésima vez. Aquele rosto tinha se alargado, emaciado e emagrecido com o passar dos anos, mas os olhos permaneciam os mesmos. Os olhos para os quais sorria quando se aconchegavam embaixo de uma cabana na cama de Sloane, na parte de cima do beliche que dividiam, a cama que Leila sempre desejara, na qual agora Nina dormia às vezes.

Ela queria a irmã. Precisava da irmã. Pensando que aquilo não pioraria nada, Sloane enfiou a mão dentro da bolsa.

Ela pegou o cartão com o pão de forma que comprara, escrevera e nunca enviara para Leila tantos anos atrás. E o apoiou na palma da mão como se fosse um animal alado que não conseguia voar.

— Tem um ditado que diz que cada filho nasce trazendo um pão debaixo do braço — começou ela, tentando controlar a voz. — O que... o que não é muito apropriado agora, então desculpe a foto, mas é... é algo que escrevi para você quando Nina nasceu.

— Nina — repetiu Leila, a voz um pouco irritada. — Se não me falha a memória, você me mandou uma roupa francesa com uma gravatinha que teria estrangulado a menina se ela vestisse aquilo.

— Pois é. — Sloane se controlou para não rebater que o presente não fora esse. — Mas nunca te mandei isto.

Ela entregou o cartão para a irmã. Leila teve um vislumbre da escrita no interior, e sua expressão ficou séria.

— Sloane.

— Só leia — pediu ela, mordendo o lábio.

Sloane reviu as palavras em sua mente enquanto os olhos da irmã percorriam o texto:

Querida Leila,

Não acredito que você vai ser mãe. Bem, é óbvio que acredito... Quando penso em tudo que passamos ao longo dos anos, sei por que você vai ser mãe e sei por que será ótima nisso.

Você sempre foi a irmã mais velha da família, a que se importa com os outros, a que é responsável. E também é carinhosa, mas nunca bajuladora. Você sempre me ouvia quando éramos mais novas, mesmo quando não entendia meus problemas. Você presta atenção em todo mundo e toma a iniciativa, está presente nos momentos importantes, ajuda. De tantas formas, você sempre foi a minha irmã mais velha, o exemplo de pessoa que não consigo me tornar.

Ficou nítido que Leila chegara ao terceiro parágrafo quando ela tensionou a mandíbula. A irmã prendeu uma mecha atrás da orelha, depois da outra, enquanto o coração de Sloane batia forte.

Faz muitos anos que quero pedir desculpas. Você vai ser mãe; terá suas próprias vitórias e tristezas. De tantas formas, agora parece tarde demais para pedir perdão. Não espero que me perdoe — eu nem saberia colocar em palavras as coisas pelas quais quero me desculpar. Você só tinha 18 anos quando papai morreu. Precisei chegar aos 30 para entender o quanto isso é jovem. Eu não prestei atenção, eu não tomei nenhuma atitude, eu não dei apoio e eu não ajudei. Papai era meu melhor amigo, Leilee, e eu fugi. Sei que você acha que continuo fugindo, mas sou feliz em Paris. Nunca tive a sua força. Nunca fui tão aberta. É por isso que eu jamais poderia ser mãe. Depois do acidente, todas as células no meu corpo me diziam para ir morar em um lugar onde papai jamais estivera. Nada aqui me lembra dele, nada aqui me lembra de nós. Estou com um homem que não podia ser mais diferente de mamãe, papai e até de você. E é disso que eu preciso. Não é certo nem generoso da minha parte, mas é assim que consigo superar o que aconteceu.

Desculpe por estragar nossa amizade. Sinto muito por forçar você a superar seu sofrimento e agir como a mais velha. Não espero que me perdoe, mas você sempre foi mais nobre que eu. Talvez um dia compreenda que fui fraca, que não queria magoá-la. Mas me arrependo muito por ter feito isso.

Este não é nem um bom pedido de desculpas, e agora acabou o espaço no cartão. Eu amo você, Leilee, sempre amei. Estou com um pouco de inveja e animada com a sua vida. Um dia, no futuro próximo, espero compartilhá-la com você, da mesma forma como compartilhávamos tudo antes.

Sua irmã,

Sloane

Sloane permaneceu em silêncio enquanto a irmã terminava, seu peito parecendo prestes a explodir. Ela sabia que Leila estava relendo tudo, sem estar pronta para tirar os olhos do papel. Ocorreu-lhe que aquele talvez não fosse o momento certo, que não tinha direito de estar ali enquanto a irmã lia o cartão, e então Leila a encarou.

— O que é que eu *faço* com isto? — perguntou ela, secando os olhos. — Nove anos depois? Qual é o seu problema? Por que não *mandou* o cartão?

— Não sei.

— Mas que merda — disse Leila, o queixo tremendo. — Você sabe o quanto eu precisava ouvir isso? Sabe?

— Não — gaguejou Sloane. — Sim.

— Não acredito que você não mandou o cartão. Não ter mandado é quase pior do que nunca ter se desculpado. Não... — Leila secou os olhos de novo, desta vez com o punho fechado. — Talvez não seja. Mas, Sloane, isso... — Ela pressionou os lábios. — Eu queria isso. Tanto.

— Eu sei — engasgou-se Sloane. — Tem... alguma coisa errada comigo.

— Jura? Mas e agora? E se você voltar a ter "alguma coisa errada"?

Um barulhinho gutural, infantil, escapou da garganta de Sloane. Ela olhou para baixo, envergonhada. Sentia que a irmã avaliava o que fazer, e sabia que não merecia nada.

— Ah, mas que bosta — retrucou Leila, abrindo os braços. — Venha aqui me dar um abraço. Se eu me mexer, esses pontos ridículos na minha barriga vão abrir.

Sloane começou a chorar. Mas se moveu na direção dela, se moveu na direção dela, encostando a testa na da irmã, sentindo o cheiro de calcário do couro cabeludo quente.

— Desculpe — repetiu Sloane contra a bochecha de Leila.

— Só não seja babaca. Não faça isso de novo.

Ela se deixou levar pela certeza frágil daquela declaração — fraca porém pulsante. De que talvez quase tudo pudesse ser consertado.

— Ah! — exclamou uma voz atrás das duas.

A voz da mãe, e era nítida a alegria que se espalhava por seu rosto.

— Cheguei na hora errada? — perguntou Jin ao lado dela, sem emitir som.

— Não acredito que você veio — disse Sloane, o garfo pronto para atacar o presunto na sua salada do chef.

— Pois é — respondeu Jin. — A gente sempre escolhe os melhores lugares para comer.

Os dois se concentraram na comida por um tempo, então ele perguntou se ela entrara na internet.

— Internet? — repetiu Sloane, incrédula. — Eu estou meio que... *lidando* com uma situação aqui.

— Você está viral — contou Jin. — Ou melhor, seu discurso de demissão.

— O quê?

— Alguém deve ter gravado. Estão tentando descobrir quem foi. Analisaram o telefone de todo mundo. Dax está enlouquecido, claro. Ficou parecendo que a empresa dele está em crise.

— Alguém me *gravou*? — repetiu ela, chocada.

— Aqui.

Jin pegou o telefone e abriu um arquivo de áudio que fora compartilhado 37 mil vezes:

... o contato humano está em risco de extinção. *Vocês acham que o futuro pertence ao tipo de gente que vai sincronizar a geladeira com o smartphone, mas as pessoas já estão prontas para serem vulneráveis e livres e* íntimas *de novo. Não amanhã, mas agora...*

Sloane jogou o telefone de volta para ele como se o aparelho queimasse sua mão.

— Não quero isso! Não quero isso! Não consigo pensar nessas coisas agora!

Ela pedira desculpas para a irmã, e a mãe testemunhara. Sua única vontade naquele momento era se desconectar da própria mente.

— Jogaram na rede hoje — explicou Jin, guardando o telefone. — Hashtag: #ÍntimosDeNovo.

— E ontem era #sexomorreu — murmurou Sloane, sem se impressionar.

— Você não acha que as pessoas vão ficar loucas para seguirem um movimento que fala sobre mais sexo em vez de sexo nenhum? — perguntou ele.

— A gente pode mudar de assunto?

Os olhos de Jin se tornaram gentis.

— Sobre o que você quer falar?

Pela mudança no tom de voz, Sloane sabia que ele estava se referindo ao filho da irmã. E à irmã também.

— Não sei se quero entrar nesse assunto — disse ela. — Mas não quero falar sobre *isso*. — E gesticulou para o telefone. — Só preciso muito viver em negação sobre a Mamute até alguém aparecer para tirar Anastasia de mim e me *obrigar* a pensar no que aconteceu. Ou talvez chamem um reboque. Quero dizer, ela tem livre-arbítrio. É autônoma. Talvez tente ficar comigo.

— Sabe, agora que eu já conheci a sua família — começou Jin, mastigando —, talvez seja hora de você me apresentar ao seu carro.

— Eu não diria que se deparar com duas mulheres de 30 e poucos anos chorando se classifica como *conhecer* alguém.

Jin ergueu as mãos.

— Ainda temos tempo.

— Você é tão otimista. Não está preocupado em ser visto com uma *pária da sociedade*?

— Você não é uma pária — retrucou Jin. — Juro. É só olhar na internet.

Sloane enfiou o garfo na última alface com bordas escuras.

— Escute, vou voltar amanhã — continuou ele com uma animação que parecia forçada. — Vamos jantar direito. Em algum lugar que não seja assim.

— Você não precisa fazer isso, sabe — respondeu Sloane.

Jin franziu as sobrancelhas.

— Fazer o que, exatamente?

— Ter pena de mim.

— Ah, Sloane. — Ele soltou um suspiro cansado. — Por que você faz isso consigo mesma?

Ela resolveu procurar o próprio nome na internet. #ÍntimosDeNovo estava em sétimo lugar nos *trending topics* da nação, enquanto #sexomorreu era o segundo. Sloane passou os olhos pelas últimas manchetes associadas ao seu nome, a maioria das quais misturava o que Jin chamara de seu "discurso de demissão" com a aparição no *Presas*. "Influente analista de tendências diz a CEO da Mamute: mude de rumo ou enfrente as consequências." "Sloane Jacobsen declara a morte das redes sociais: a interação social é a próxima moda." "Jacobsen para Mamute: vocês estão tornando os seres humanos piores do que já são."

Com medo do que mais encontraria nas profundezas da rede mundial de computadores, Sloane trocou a lanchonete do hospital pela segurança do carro.

— Se você tivesse me avisado que viria, eu teria me pré-aquecido. Gostaria de um café? Como está sua irmã, Sloane?

— Bem — respondeu ela, se aconchegando no banco de trás. — Frustrada. Ainda não sabemos de muita coisa. Só estamos esperando. Um café cairia bem.

Os mecanismos internos do braço do assento começaram a zumbir.

— Você anda recebendo muitas ligações — relatou Anastasia enquanto Sloane esperava pela bebida.

— Do RH?

— Ainda não. De jornalistas.

— Pelo visto, fui parar na internet.

— "Casal influente em lados opostos!" — exclamou Anastasia. — Eu fiquei sabendo!

Sloane relaxou um pouco, por um momento achando graça do fato de Anastasia se manter informada sobre sua vida. Mas então viu a cobertura fina de neve nos tetos dos carros estacionados no hospital. Ali, a espera era uma atividade universal. Você esperava para melhorar. Esperava por outra pessoa.

De repente, ela estava exausta. Sentiu-se tão distante da irmã e completamente impotente, apesar de saber que, além de tempo e descanso, nada poderia ajudar Leila ou o Pequenininho.

Pelo visto, descanso também era algo de que ela precisava, porque, quando abriu os olhos, o sol estava mais alto no céu e grande parte da neve sobre os carros derretera.

— Ah — disse Anastasia enquanto Sloane piscava e tentava se recompor. — A biométrica do assento registrou uma respiração profunda e constante. Foi um bom descanso.

— Passei muito tempo dormindo?

— Uma hora e meia.

Sloane estalou o pescoço.

— Caramba. — Ela juntou suas coisas, alongou o pescoço de novo. — Vou dar uma olhada na minha família. Ver se alguma coisa mudou.

— Estarei aqui — disse Anastasia.

Sloane se animou com a possibilidade de o carro estar se rebelando também.

De volta ao quarto 234, Harvey e a mãe ocupavam cadeiras flanqueando a cama de Leila, os rostos focados na televisão presa à parede.

— Alguma notícia? — perguntou Sloane, soltando a bolsa.

— Você! — disse Leila, apontando.

Sloane gemeu ao ver o que assistiam. Era a filmagem do *Presas* de sua entrevista interrompida com Roman. No lado esquerdo da tela dividida, o ex-companheiro discursava sobre os motivos para as pessoas adotarem a realidade virtual: a antecipação de nossas necessidades por computadores, equipamentos eletrônicos de terceira onda, baías de interface mental. No seu lado, havia uma foto dela e o comentário: "Sloane Jacobsen, analista de tendências: *Não vai existir produto algum... a nova tendência é #descomprar.*"

— Ah. — Leila se virou para ela. — Você *com certeza* foi demitida.

"E o que você acha?", perguntava Brian Naecker, o apresentador do programa, provavelmente se referindo ao comentário que Sloane fizera.

"Bem, é claro que isso é um absurdo", disse Roman. "Os produtos eletrônicos são como o ar que respiramos. Eles nos mantêm muito mais do que conectados. Eles nos dão vida."

Brian fez alguma piada sobre Roman ser perfeito para a Mamute, já que a empresa vendia *tecnologia*, antes de agradecer a ele — e a Sloane, acrescentou com uma risada — pela presença no programa.

O âncora do noticiário reapareceu.

"Sloane Jacobsen e Roman Bellard foram contratados pela Mamute como analistas de tendências, mas, ontem, em um discurso que viralizou na internet, a Srta. Jacobsen se demitiu do cargo. Ainda não se sabe se o CEO da Mamute, Daxter Stevens, contratará alguém para substituí-la ou se o Sr. Bellard será o único responsável por orientar a empresa em sua conferência anual de tendências neste verão. Além disso, o Sr. Bellard está sofrendo muitas críticas de grupos conservadores por sua defesa do sexo sem penetração, que, de acordo com um porta-voz, 'é uma violação profunda dos valores americanos e uma ameaça grave não só à família, mas à continuação da vida humana'. Dezenas de manifestantes protestaram diante da sede da Mamute nesta manhã, exigindo a deportação do Sr. Bellard para a França, seu país de origem."

E então surgiu a imagem dos manifestantes, protegidos por casacos pesados, erguendo cartazes feitos em casa.

— Minha nossa — comentou Harvey com um assobio. — Você anda escondendo o jogo da gente, Sloane.

— Isso não era tão importante quanto... Podemos desligar a televisão?

— Na verdade, não sei se *ela desliga* — disse Leila, balançando o controle remoto na direção da tela. — Vou colocar no mudo.

— Querida! — exclamou a mãe. — Não acredito que você apareceu na televisão!

Sloane não conseguiu segurar a risada. Nada do que conquistara na vida fazia muito sentido para Margaret. Mas terminar com Roman, aparecer no noticiário em rede nacional, ser visitada no hospital por um homem que parecia gostar dela, tudo isso era compreensível.

— Pois é — disse ela.

— Bem, o que você vai fazer agora? — perguntou Margaret, animada.

— Não tem o que fazer. Pedi demissão.

— Mas e Roman! Querida — continuou ela, olhando para Leila. — E Jin! Você nem disse nada!

— Você sabe que ele tem 28 anos, não sabe? — interveio Leila. — Ela contou esse detalhe?

— Achei que ele fosse mais novo que isso. — A mãe riu.

Do outro lado, Harvey parecia tão chocado quanto Sloane por participar de um momento que, em qualquer lugar do mundo, seria considerado uma conversa normal de família. Será que tinha sido fácil assim? Será que, para tudo ficar bem, Margaret só precisava ver o quanto Sloane sempre amara Leila?

— Se vocês vão ficar tirando sarro da minha cara, posso pelo menos ter notícias do bebê?

— Ah, ele está melhor — respondeu Margaret, se inundando de alegria como um copo sendo enchido de água. — O médico disse que Leila talvez possa pegá-lo no colo até sábado. E pode ser que tirem o tubo de respiração neste fim de semana.

— E ele engordou 140 gramas. — A irmã estava radiante.

— Ah, Leila, que ótimo — disse Sloane. — E o nome?

— Nós gostamos muito de Pequeno — respondeu ela. — Mas vão implicar na escola.

— Você sabia que, no Reino Unido, os pais têm 42 dias para decidir? — perguntou Margaret. — Leila pesquisou na internet.

— Aqui temos que resolver antes de sairmos do hospital — explicou a irmã. — E, pelo andar da carruagem desta dupla de mãe e filho, pode ser que isso demore um pouco.

— Bem — comentou Harvey, sua atenção voltada para a televisão sem som que mostrava um clipe de Roman andando pela feira em seu macacão zentai. — Ele não vai se chamar Roman, isso é fato.

Naquela noite, com Jin ao seu lado, Sloane não conseguia dormir. Era a presença do corpo dele, a companhia estabilizante que desapareceria quando o alarme do relógio anunciasse um novo dia de trabalho, mas também as visões de trechos de programas de televisão e todo o incômodo que os acompanhava.

Ela vira a si mesma na telinha outras vezes. Em todos os lugares, Sloane, Roman, a Mamute... era difícil fugir daquilo tudo. Vários canais entrevistaram funcionários da empresa, e as conversas reais se misturavam com cenas imaginárias em sua mente.

Havia uma com Phillip, que declarara que Sloane era uma "inimiga do bom senso e do avanço tecnológico"; outra com Darla, que afirmara, pouco convincente, que a analista "só era antiquada". Fontes diziam que tentaram entrar em contato com Daxter — sem sucesso.

Outros trechos, irreais e bizarros. Mina Tomar aparecia pelada na praça de alimentação da Mamute, erguendo baquetas.

— Você só precisa ir atrás dos seus sonhos — dizia ela para a jornalista, a quem convencera a tirar a roupa também.

Andrew Willett aparecia como professor em uma creche, cercado por um rebanho de crianças pequenas usando ternos.

— A gente era casado — respondeu ele quando lhe perguntaram sobre o tempo que passara com Sloane. — Mas não deu certo.

Anastasia e Deidre caminhavam juntas por uma floresta no outono. A cena era filmada no estilo de comerciais sobre incontinência urinária, em que tudo insinuava calma, liberdade, paz. Anastasia era ruiva, com a pele clara, linda. Deidre tinha a mesma aparência de sempre, mas usava uma blusa bonita e saltos altos nos quais conseguia atravessar o caminho de terra batida cheio de folhas.

— Ela quer a mãe. — Deidre assentiu com a cabeça, acompanhando a música.

— Eu tentei — disse Anastasia, suspirando.

Deidre passou um braço sobre os ombros da amiga.

— Pelo menos nós temos uma à outra — consolou ela no sonho.

Houve mais devaneios, a maioria esquecidos. Algo sobre o Pequenininho. Algo sobre a mãe. Quando acordou, Sloane lembrou que dissera à irmã que queria fazer algo no aniversário da morte do pai. E imediatamente soube o quê.

Ela olhou para o relógio no painel de controle, decidindo que já era tarde o suficiente. Tocou a bochecha de Jin.

— Hummm... — disse ele, sorrindo antes de acordar.

— Jin? — murmurou ela. — Jin?

— Hummm — repetiu ele, beijando sua mão.

— Sei que este não é o tipo de coisa que se diz depois de uma noite de... — Ela fez uma pausa enquanto ele voltava a encostar os lábios sonolentos em sua mão. — Mas preciso falar com a sua mãe.

Sloane chegou ao consultório de Jodi sem saber o que esperar. Quando ligara, tinha dito que estava "pronta para aquele negócio sobre o qual tinham conversado", e a mulher não perguntara nada além de "Quando?".

A sala no Brooklyn era bem-iluminada e simples: pisos de madeira, paredes de tijolos, cantos cheios de plantas frondosas. Perto da janela com esquadria de metal, um altar colorido fora montado para uma divindade que Sloane não reconhecia. O ar estava perfumado com o aroma de cera queimando devagar.

Depois de guardar o casaco e o gorro de Sloane em um armário, Jodi a cobriu de óleo de lavanda: esfregou um pouco devagar, bem devagar, na testa, nos pulsos e na clavícula, então a convidou para sentar-se no chão, na sua frente. E trouxe uma almofada para o caso de a cliente ficar nervosa ou desconfortável e precisar deitar.

— Tudo bem — disse ela com um sorriso largo e carinhoso. Apoiou as mãos sobre os joelhos e relaxou a postura. — Você sabe por que está aqui?

Os ombros de Sloane se ergueram involuntariamente em um movimento envergonhado.

— Estou pronta para limpar minha mente — respondeu ela.

— Certo — concordou Jodi com bondade. — Chegar aqui já é um passo importante. Eu tento não guiar as pessoas durante suas jornadas. Tem mais alguma coisa que você queira dizer?

A voz da terapeuta ressoava em um contralto tranquilo que, combinado com um calmo tom grave, fazia Sloane se sentir reconfortada.

— Bem, acho que me sinto presa a algumas coisas. Com meu pai. Coisas que, hum, quero superar.

— Tudo bem. — Jodi assentiu com a cabeça. Então abriu um saquinho de pano e despejou uma série de seixos de rio e pedras preciosas no chão. — Escolha as que chamarem sua atenção — orientou.

Sloane encarou as pedras preciosas, mas seu brilho parecia intenso demais. Ela pegou um seixo com cor de carvão cuja única característica chamativa era o peso. Depois, uma branca — não passava de um cascalho — que a fez lembrar das pedrinhas na entrada da casa dos pais.

A última era cinza-claro com riscos cor-de-rosa. Aquela pedra a fez pensar nas viagens para a praia com os pais e a irmã na infância. Em todas as esperanças que nutria na época em que fazia parte de algo completo.

— Certo — disse Sloane. — Acho que estas são as minhas pedras.

— Muito bem — respondeu Jodi com um tom tranquilo, guardando as outras. — Pense em algo que esteja causando uma emoção negativa, algo pesado. Tente associar uma palavra à sensação. Então diga-a para a pedra.

Logo de cara, ter um objeto entre as duas tornava mais fácil mergulhar no significado das memórias que dominavam sua mente. Ela passou o dedão pelos contornos lisos e pontudos.

— Medo — começou Sloane, baixando a pedra pesada. Olhou para as duas que permaneciam em sua mão. — Alívio — disse para a pequena. — Família — estabeleceu para a cor-de-rosa, seu nariz pinicando de calor.

— Certo — disse Jodi com tranquilidade. — Agora escolha sobre qual quer falar.

Ela começou com "alívio". Mantendo o foco na pedra, disse que tinha medo de ser feliz; que achava que, caso se permitisse ficar satisfeita com uma situação, alguém morreria de novo. Era incrível como seu pavor estava ansioso para ser reconhecido. As lágrimas vieram no mesmo instante.

Mas Sloane seguiu em frente, pegou a próxima pedra, a que representava "medo". Era uma extensão da primeira preocupação — parecia que, se ela se permitisse melhorar muito, não seria capaz de *sentir* as coisas como antes. Não seria capaz de fazer seu trabalho.

Quando Sloane pegou a última pedra, Jodi ecoou:

— Família.

Sloane sentiu a garganta apertar. Aquela pedra era a base de todas as outras.

— Minha irmã acabou de ter um filho, seu terceiro — admitiu ela, hesitante, a pedra pulsando em sua mão. — E teve um monte de... problemas. Só que não me sinto calma. Ou afastada de tudo, como antes. Eu sempre disse que não queria filhos. — Ela curvou os dedos sobre a pedra cada vez mais quente. — Mas não sei. Talvez fosse só para me proteger.

— Do quê? — perguntou Jodi.

— Da felicidade.

Jodi emitiu um som baixinho, então se levantou. Sloane a ouviu mexendo em coisas pelo cômodo e teve a impressão terrível de que ela não voltaria. De que a decepcionara. De que era desanimador estar perto de alguém que erguia tantas barreiras para se proteger.

Mas ela voltou. Jodi pediu que deitasse; explicou que colocaria as três pedras nos locais onde sentia que Sloane ainda prendia muita energia.

"Alívio" foi posicionada sobre a garganta. "Medo", no estômago, pouco acima do umbigo, onde o nervosismo se revirava. E, finalmente, era a vez da "família".

A terceira pedra aterrissou logo acima de sua virilha, e, ao sentir isso, uma indignação surgiu dentro dela com tanta força que Sloane teve vontade de se levantar. Aquilo não estava certo, Jodi não a "lera", não entendera nada. A pedra "família" devia ficar sobre o seu coração, ou mais perto da barriga, perto do lugar secreto onde guardava todos os medos. Aquela posição era presunçosa — como se Jodi estivesse *zombando* dela ao colocar "família" em um lugar erótico. A garganta de Sloane ardia com a percepção de que a mulher não tinha os instintos que ela acreditara que tivesse. Sentiu pena da mãe de Jin e vergonha de si mesma, uma mulher adulta que tentava acreditar que pedrinhas fariam a diferença.

No entanto, ficou quieta e não se moveu. E quanto mais ficava parada ali, com a terceira pedra fazendo a verdade queimar dentro dela, mais começou a perceber que "família" fora posicionada exatamente onde precisava estar. Todas as alegrias de que privara seu corpo de repente pulsavam sob o calor da terceira pedra; suas dores foram reconhecidas; uma de suas maiores decepções, observada. Ela mantivera um relacionamento sem sexo por tantos anos que convencera a si mesma de que era o tipo de pessoa que podia funcionar sem amor. Jodi, de alguma forma, sentira isso. E discordara.

Profundamente envergonhada, ela virou a cabeça para o lado. Jodi se inclinou para baixo e colocou as mãos em cada têmpora de Sloane, as palmas recém-aquecidas com óleo.

— Está tudo bem — disse a terapeuta.

Sloane queria chorar. Queria chorar por todos os estragos que causara ao insistir que alguém como Roman permanecesse em sua vida. Queria chorar por todas as experiências que podia ter tido nos dez anos que passara com ele, chorar pelo namorado anterior com quem terminara após a morte do pai sem qualquer explicação. Chorar por todas as vezes em que precisara ser tocada, mas não se permitira pedir por isso. Queria chorar porque tinha uma nova chance com um novo alguém e temia sua capacidade de sabotar aquilo.

— Talvez você esteja sentindo muitos redemoinhos de energia agora — continuou Jodi, ainda massageando sua cabeça com calor. — Vou dar a volta e tentar tirar um pouco dessa energia perturbadora. E então veremos se estamos prontas para falar sobre o cordão umbilical.

Sloane ficou com os olhos fechados. Ela só queria ser abraçada. Mas então ouviu alguma coisa batendo, quase como um farfalhar de asas, como algo que saíra voando das plantas no canto da sala e parara em cima das duas.

Ela abriu um pouquinho os olhos e viu uma asa passar por cima do seu corpo, grande, com penas de um cinza tão escuro quanto sua pedra do medo. *Estou sendo abanada pela asa cortada de uma águia?*, perguntou seu cinismo interior. Mas a melhor versão de si mesma expulsou o ceticismo. *Respire fundo*, disse essa pessoa. *Está funcionando.*

Jodi movimentava as mãos sobre seu corpo como se tentasse remover a culpa. O ar perfumado que ela afastava e então jogava em sua direção tinha um efeito quase erótico, e, de repente, naquela leveza aliviada, Sloane viu o caminho que deveria seguir. Todo aquele tempo, tinha acreditado que precisava aceitar a morte do pai, que precisava seguir em frente. Quando, na verdade, todas as suas batalhas eram internas. A vida enorme e completa da qual ela se afastara não tinha desaparecido.

— Acho que consigo — disse Sloane de repente. Ela se sentou. — Consigo cortar o cordão.

— Tem certeza? — perguntou Jodi, a voz surpresa, mas sem qualquer julgamento.

— Sim.

A terapeuta a ajudou a ficar de pé. O desejo de Sloane por se conectar era mais forte que o medo. Ela ergueu a mão. *Queria* ser feliz. Estava pronta agora.

Pouco antes de cortar fora os medos que usara como uma armadura, ela olhou a pessoa que fora nos olhos. Olhos que não a repreendiam. Só pareciam cansados e resignados.

Adeus, disse Sloane, baixando a mão.

Sem *desculpe*, só *adeus*.

E a pessoa que ela fora abriu um sorriso. Como se estivesse pronta para partir havia muito tempo. Como se só estivesse esperando ter permissão para partir.

Quando você vê as coisas com clareza, passa a ter experiências que lhe tornam uma pessoa melhor, até o dia em que elas se tornam tão familiares e plenas que viram uma rotina gratificante, e, conforme a rotina se estabelece, sua vida ordenada acaba a surpreendendo.

Um ano depois, as tendências de contato físico ainda estavam ganhando força. Com seu discurso de demissão representando uma espécie de marco, Sloane se tornara a porta-voz de uma revolução social que valorizava relacionamentos pessoais em detrimento daqueles que só existiam na internet. Ao lado de Jin, ela se deleitava em rastrear os desdobramentos dessas novas conexões.

No Japão, as pessoas tinham começado a usar camisas de força caras para impedirem a si mesmas de pegar os celulares — havia um movimento entre os formadores de opinião, quase um desafio na verdade, de ver por quanto tempo aguentariam ficar longe dos aparelhos. Estava sendo difícil: dedos sentiam comichões e sons de toque inexistentes eram ouvidos. As camisas ajudavam: além de anunciar para o mundo exterior que o usuário estava fazendo uma "desintoxicação digital", também impediam as mãos de entrar em contato com telefones.

Em Nova Deli, os jovens abastados começaram a frequentar clínicas de linguagem corporal onde pessoas mais velhas ensinavam formas de comunicação não verbal que haviam caído em desuso: contato visual, expressões faciais empáticas, posturas e maneiras de usar o espaço físico.

No sul dos Estados Unidos, a pescaria fazia um sucesso estrondoso: pessoas na casa dos 20 anos iam em bando para lagoas e rios de truta sem sinal de celular para aprender a ter paciência e relaxar.

Em sites de hospedagem, era tanto o clamor por casas "desconectadas" que páginas de aluguel como o Airbnb criaram um subgênero para lugares "puros", sem Wi-Fi. A maioria ficava em áreas bucólicas — chalés de madeira em Montana, casas na beira de lagos nas montanhas Catskill —, mas, com uma frequência cada vez maior, o ícone de vetor branco que significava zonas livres de internet aparecia ao lado de anúncios no mundo todo. Cafés, bares e lounges de hotel seguiram a moda. Agora, a ausência de internet não apenas era impressionante: era moderno.

Um movimento de "corridas livres" tinha começado pelo país, e pessoas saíam para correr e se exercitar em espaços públicos sem aparelhos de MP3 ou fones de ouvido, sem telefones ou monitores fitness, às vezes sem sequer levar dinheiro. A arte urbana antitecnologia tomava conta das cidades globais: naquela tarde mesmo, Jin mostrara a ela a imagem de uma flor murcha com a cabeça se erguendo, numa plataforma de metrô no Brasil: *o despertar da juventude envenenada*.

Jodi dizia que nunca tivera tantos pacientes novos em seu consultório de terapia energética, e Leila reportara que não uma, mas todas as três babás que contratava esporadicamente usavam telefones que abriam e fechavam, e não faziam nada além de enviar mensagens. Kai tinha ligado um dia desses de Londres para explicar sobre uma nova onda de "Contatores" que estava ganhando força em Leeds. Eles se recusavam a mexer em telas durante qualquer tipo de transação e só faziam pagamentos em dinheiro. As pessoas que aderiam ao movimento estavam colando adesivos de "em mãos" por aí, enfatizando sua crença de que quanto mais a fisicalidade voltasse às interações comerciais, menos provável seria que os computadores dominassem trabalhos humanos.

Enquanto tudo isso acontecia, Sloane pensava na próxima fase de sua carreira. Por mais animadas que as pessoas estivessem com seu discurso contra a Mamute, ela pedira demissão de forma bem pública de uma empresa influente, e levaria tempo — um tempo necessário — antes de suas previsões começarem a fazer sentido para o mundo exterior. As ofertas de trabalho demoraram bastante para aparecer. Até que apareceram.

Fora depois da matéria do *The New York Times* sobre namoros com feromônios que Sloane começara a receber atenção de novos clientes. O artigo descrevia a nova mania entre os jovens: festas clandestinas para cheirar camisas, nas quais convidados vendados escolhiam seus parceiros ao cheirar peças de roupas que tinham sido usadas por três dias e depois seladas em um saco plástico. Para os intelectuais que acompanhavam as previsões de Sloane, aquilo era prova de que ela estava certa. Depois de anos confiando a vida amorosa a seus telefones, os jovens estavam prontos para voltar a confiar no próprio olfato.

Nada ansiosa para retornar ao mundo corporativo que acabara de abandonar, Sloane começara uma nova consultoria, oferecendo análise de tendências emocionais e comportamentais para empresas que defendiam políticas presenciais. Ela se recusava a pegar trabalhos diretamente relacionados ao consumo e só aceitava clientes que estavam animados de verdade com as possíveis mudanças de atitude e pensamento nas próximas décadas — não nos próximos anos.

Não importava a distância que os separava, as sessões de consultoria tinham que ser presenciais. Não por telefone, não por e-mail nem por Skype. Sim, isso diminuía a quantidade e o tipo de clientes que Sloane podia atender, mas era exatamente esse o plano. Afinal, ela estava se esforçando para ter a quantidade certa de trabalho: o suficiente para ser estimulante, não para sobrecarregá-la. O Pequenininho, seu afilhado, tinha completado 1 ano. No outro dia, soltara um "Slou!!", que era parecido o bastante com o nome dela para fazer seu coração inflar.

E Sloane também tinha conseguido se entender com a mãe. Margaret não era alguém para quem poderia simplesmente pedir desculpas: seria necessário passar o resto do tempo que tinham juntas transformando sua vida em uma prova de que compreendia o quanto a magoara, e o quanto se arrependia. Mas isso não a impedira de bater à porta do quarto da mãe durante uma visita para tentar. Tinha sido um sábado longo, cheio das tarefas ao ar livre que faziam Margaret se sentir amada. Tirar ervas daninhas, limpar o musgo do piso do pátio, reforçar a cerca. Ela estava entrando no quarto de hóspedes com Jin quando tivera aquela sensação no estômago: era essencial tomar atitudes, mas palavras também eram necessárias.

Há algo incrível na palavra "Desculpe". Quando é usada com descaso, se torna inútil, talvez até soe ofensiva. Mas quando se está falando muito, muito sério — mesmo quando sua mãe está de camisola e pronta para dormir, com espuma de pasta de dente na boca —, quando a palavra é dita com a força de todas as mudanças que ocorreram em você, ela pode bastar.

Surpreendentemente — ainda que de forma gratificante —, Sloane até recebera propostas da Mamute. Nos meses anteriores à conferência, enquanto Roman decolava e decolava e então se estatelava no chão, e pessoas no mundo inteiro começaram a deixar os celulares de lado, postando e escrevendo e falando para as massas "voltarem a ter contato de verdade", Daxter aparecera com uma proposta de trégua. Ela podia fazer consultorias para a Mamute do jeito e da forma como quisesse, nem precisava ir ao escritório, só queriam seus conselhos. As vendas de celulares estavam em queda pela primeira vez na história da empresa. Será que deviam produzir mais aplicativos? Como reformular suas ofertas para que os consumidores sentissem que estavam "participando" de um movimento em vez de se sentirem forçados a "comprar" uma versão de algo que já tinham?

Sloane dera corda para Daxter só até conseguir seu carro de volta. Não o *carro* mesmo, é claro, mas uma versão de assistente inteligente criada por seus fãs anônimos nos setores de TI e RH. Quando correra a notícia de como Sloane era apegada ao seu Carro-M (era o mínimo que ela podia fazer depois de sabotar as vendas dos aparelhos eletrônicos da empresa, ajudar com uma boa publicidade), um pacote chegara a sua casa, sem remetente, com instruções sobre como transferir o sistema de assistente do carro para seu telefone pessoal e para a linha fixa. Apesar de Sloane sentir falta de ter uma motorista particular com quem passear pela cidade (que batia papo com ela e lhe servia bebidas quentes), era ótimo ter sua amiga eficiente, atenciosa e maníaca por biométrica de volta.

E nos meses após sua fuga das garras corporativas da Mamute, ela fora perseguida por funcionários insistentes que queriam ser contratados por ela. Por enquanto, a única pessoa que aceitara fora Mina, para cuidar do design gráfico, mas sua carga de trabalho chegara ao ponto em que ficara óbvio que precisaria de uma secretária. Ela queria Deidre, desde o princípio, mas Deidre casara com Seth do setor de relacionamento com o cliente e estava gerenciando um retiro de artes plásticas para adultos nas Bahamas com o novo marido e os enteados.

Então Sloane acabara usando Anastasia, um resquício da tendência contra a qual ela se rebelara. A ex-motorista era uma admissão de que havia muitas vantagens na tecnologia. Era um meio-termo moderno.

Roman recebera um adiantamento de dois milhões de dólares por seu primeiro livro, que fora um fracasso de vendas. Quando

Não toque nisto finalmente fora publicado no outono, o país sofria um aumento de tiroteios em escolas, e havia uma revolta generalizada contra a ladainha de políticos que preferiam brigar para colocar guirlandas de Natal em copos de café a lutar pelo controle de armas. As pessoas estavam indo para as ruas e se organizando com os vizinhos para serem melhores do que aqueles que colocaram no poder. O aumento do contato entre a vizinhança significava novas conexões, o que também significava um aumento de sexo recreativo.

Com seus livros não vendidos sendo enviados para reciclagem e suas teorias pós-sexo completamente obsoletas, Roman voltara para Sloane com o rabo entre as pernas, como ela sabia que aconteceria. Depois de seu fracasso na Mamute (suas apresentações de projetos para a ReProdução foram um fiasco idiota e depravado), ele ainda recebera um convite para dar aulas na The New School de Nova York, mas só três semanas se passaram antes de o inevitável acontecer e os pais de um aluno reclamarem sobre as vestimentas de Roman durante as aulas. (Desde que sua fama estourara e depois se implodira, ele conduzia todos os compromissos pessoais e profissionais trajando o macacão zentai, na esperança de voltar a chamar atenção.) Com medo da opinião pública e de ser processada, a faculdade o forçara a pedir demissão, seu visto de trabalho não fora renovado, e, na primavera, Roman fora atrás de Sloane com sua inabalável confiança visivelmente abalada. Ele não queria voltar para a França. Não podia. Não depois de ter tido um gostinho daquela vida, do homem que poderia ser com ela ao seu lado. Ele conseguia admitir agora, tinha que admitir: precisava da sua ajuda. Será que ela poderia pensar em ministrar umas palestras em dupla? Sloane lhe passara o número do telefone do casal que alugava o apartamento dela em Paris para que ele pudesse tirar suas coisas de lá. Vá com Deus, dissera ela, boa sorte, e, aliás, se estivesse caro demais pegar um voo direto para Paris, ele devia fazer escala no aeroporto Schiphol em Amsterdã. Tinha uns canapés deliciosos lá.

Era junho quando o desequilíbrio começou — uma certa estranheza física que parecia tonteira. Conforme Sloane andava, parecia que o chão mexia sob seus pés. Era uma sensação assustadora e desestabilizadora, como se ela atravessasse um quarteirão inteiro mancando com um pé com salto e outro sem.

Sloane ficou com medo de estar com a doença de Lyme — ela e Jin tinham passado praticamente todos os fins de semana da primavera na casa da mãe dele nos Berkshires, onde aqueles carrapatos medonhos se enfiavam na lenha, em pelos de cachorro e casacos. Então pedira para Jin olhar seu cabelo, seu corpo, várias vezes. Era uma desculpa, na verdade, para sentir o toque dele. Quase sempre.

Em seguida, pensou que devia ser mononucleose. Depois disso, anemia: a confusão que comprometia a inteligência de um corpo que recebia pouco oxigênio. Diabetes foi a sugestão de um auxiliar de enfermagem extremamente sem noção: Sloane se recusou a fazer o exame. Síndrome da fadiga crônica? Mas ela se sentia dispersa, não exausta.

Foi só quando estavam almoçando em um raro fim de semana em Nova York que a ficha caiu. Sloane pediu um refrigerante de amora, algo nada típico dela, já que não gostava de bebidas que borbulhavam. Jin pediu uma cerveja. E então ele olhou para o próprio copo, olhou para o dela, e Sloane o observou. Foi nesse momento, com Jin derrubando as bebidas enquanto se esticava para abraçá-la, o líquido doce se espalhando pela mesa como uma camada protetora, que ela teve um vislumbre de todos os ritos maravilhosos que viriam. Os dois pediriam a conta para a jovem garçonete, sairiam do restaurante trêmulos. A farmácia com seus frascos brilhantes, o banheiro público com sua descarga barulhenta, automática. A forma como ela se apoiaria no metal frio da cabine, o teste branco em mãos. Os minutos que pareceriam uma tempestade de relâmpagos explodindo em sua cabeça enquanto ela esperava encontrar uma vida.

AGRADECIMENTOS

A Sally Kim e Rebecca Gradinger: pelas voltas e reviravoltas e repetições aparentemente intermináveis deste projeto enorme, vocês acreditaram na versão que têm em mãos agora. Suas respectivas edições me deixaram nervosa, mas tornaram a história melhor, e eu me tornei uma escritora melhor com vocês ao meu lado. Obrigada por não desistirem de mim.

Veronica, Gráinne, Melissa e todos da Fletcher & Company: obrigada por tudo. Ivan, Danielle, Alexis, Ashley M. e Ashley H., Elena, Emily, Christine, Carrie, Joel, Anna e o restante da minha equipe maravilhosa na Putnam, obrigada, obrigada por me apoiarem, pelo entusiasmo verdadeiro e por me acolherem. Agradeço também à minha equipe original na Touchstone, especialmente a Susan Moldow.

Este livro não teria sido escrito sem babás confiáveis. Obrigada à minha família enorme e barulhenta, especialmente às mulheres incansáveis na minha vida, que pegaram voos e trens e estradas para que eu tivesse tempo de escrever: minha mãe Linda, com seu coração enorme; minha sogra Annie, que tem olhos de águia; e minhas damas sulistas modernas, "Moo Moo" e Ashley. E à equipe do NELC: agradeço todos os dias por vocês, nunca sumam da minha vida!

Aos meus amigos: pela tequila, pelos abraços e pelos tímpanos, obrigada. Agradeço especialmente a Jeff, Emily, Alana e Sebastian, que apoiaram demais este projeto desde o primeiro dia.

Rodrigo Corral: você arrasou. Colin Lane: obrigada por me deixar apresentável de novo. Obrigada a todos que apoiaram esta história desde o início e aos amigos que me ajudaram a entrar em contato com escritores que admiro.

Obrigada aos cavalos. (Vocês sabem quem são.)

Obrigada ao bebê que me deu apoio durante a escrita da versão final. Você chegou na hora certa. E foi embora cedo demais.

Obrigada, Gabriela. Todas as coisas são apenas átomos e partículas quando estou com você.

Diego. Não sei como você consegue acordar todas as manhãs e dizer *Vou fazer de tudo para estar ao lado desta mulher*, mas foi o que fez por todas as horas deste ano. Sua bondade *é* um exemplo para mim. E que venha seu próximo filme.

Este livro foi composto na tipografia Adobe Garamon Pro, em corpo 13/16, e impresso em papel off-white no Sistema Cameron da Divisão Gráfica da Distribuidora Record.